Doris Gercke
Bella Ciao

Doris Gercke

# *Bella Ciao*

Ein Bella Block-Roman

Ullstein

Der Ullstein Verlag ist ein Unternehmen der
Econ Ullstein List Verlag GmbH & Co. KG
ISBN 3-550-08377-7

Umschlaggestaltung: Büro Jorge Schmidt, München
Umschlagabbildung: Ausschnitt aus dem Gemälde
»Sonja« von Christian Schad 1928, AKG Berlin
Gesetzt aus der Stempel Garamond
Satz: LVD GmbH, Berlin
Druck und Bindung: GGP Media, Pößneck
Printed in Germany

Unser Blut wird vergossen werden, und man wird uns nicht mitteilen, wofür.

(Christa Wolf)

Dass sie sich getroffen hatten, war ein Zufall gewesen; kein Zufall war, dass sie zusammenblieben, nachdem sie sich kennen gelernt hatten.

Zwei, nein eigentlich drei, kamen aus Deutschland. Elfriede und Hannah waren Deutsche, die dritte hieß Ruth und war eigentlich Polin, sie war aber schon ein paar Jahre in Deutschland. Die vierte war Natalja, Italienerin, und in Italien hatten sie sich auch zum ersten Mal getroffen. Von Italien sahen sie nichts. Das Land als touristische Attraktion interessierte sie nicht. Sie lebten nicht bewusst in Ländern und Grenzen. Im Grunde war alles, was sie bis dahin getan hatten, in ihren Augen eine ununterbrochene Kette von Zufällen. Deshalb wäre es eigentlich normal gewesen, ihr Zusammentreffen genauso als Zufall anzusehen, wieder auseinander zu gehen und nicht mehr darüber nachzudenken; bereit, einem neuen Zufall in die Arme zu laufen. Manchmal, später, als das geplante Leben die Zufälle abgelöst hatte, sprachen sie untereinander darüber, weshalb es diesmal anders gekommen war. Es war ihnen dann klar, weshalb sie zusammengeblieben waren. Was aber hatte sie dazu veranlasst, die Geduld aufzubringen, die zum Kennenlernen nötig ist?

Irgendwann einigten sie sich darauf, dass Elfriede, die sie dann schon Elfi nannten, der Anlass gewesen sein müsste. Elfriede war klein und zart und blond und so entschlossen, an ihre Grenzen zu gehen, dass sie bei anderen zuerst Erstaunen und dann, wenn sie fähig waren, das Wunder zu begreifen, das sich vor ihren Augen abspielte, Bewunderung auslöste. Sie hatten, zuerst noch jede für sich allein, ohne sich zu kennen, an den friedlichen Protesten gegen die Politik der westlichen Welt in Genua teilgenommen. Dass eine andere Welt möglich wäre, davon waren sie noch immer überzeugt. Auch die prügelnden Polizisten hatten sie von ihrer Überzeugung nicht abbringen können.

Elfriede war als Letzte auf den offenen Lastwagen geworfen worden, den drei anderen, die zufällig die Vorletzten gewesen waren, buchstäblich vor die Füße. Sie blutete aus einer Platzwunde am Kopf. Der dicke, weiße Schal, den sie um den Hals gewickelt trug, sah aus wie ein hässlicher, durchweichter Verband. Die Klappe, die die Ladefläche abschloss, wurde hochgehoben und von außen festgemacht. Die kleine Blonde zog sich von innen mit beiden Händen an der Klappe hoch. Alle, die ihr zusahen, erwarteten, dass man auf ihre Hände schlagen würde. Der Wagen fuhr langsam an. Niemand schien Lust zu haben, hinterherzugehen und auf Hände zu schlagen. Und sie sahen Elfriede zu, die ihren Kopf bis über die Klappe gebracht hatte, und mit klarer, heller Stimme laut und deutlich ihr Schweine, ihr Schweine, ihr Schweine, sagte; so lange, bis sich ihre Hände von der Klappe lösten und sie den drei anderen, die zufällig in ihrem Rücken saßen, bewusstlos vor die Füße fiel.

In der Nacht war Sturm aufgekommen und gegen Morgen auch Regen. Bella war ein paar Mal wach geworden, hatte dem Toben des Windes zugehört, dann auch dem Regen und war am Morgen trotzdem ausgeschlafen und in bester Laune aufgewacht. Der Weg am Strand entlang würde anstrengend werden. Sie freute sich auf die Anstrengung. Sie beschloss, ungewaschen zu laufen und sich später mit einem ausgiebigen Bad und einem großen Frühstück zu belohnen.

Als sie die Haustür hinter sich zuschlug, empfing sie eiskalter Regen. Langsam und gleichmäßig lief sie hinunter an die Elbe. Je näher sie dem Flussufer kam, desto stärker wurde der Sturm, der nun nicht mehr von Bäumen und Büschen aufgehalten wurde. Am Ufer wandte sie sich nach Westen und verstärkte ein wenig ihr Tempo. Der Wind kam ihr entgegen, der übliche Westwind, ohne den die Stadt im Grunde nicht denkbar war, nur stärker als sonst, wütender. Sie lief eine halbe Stunde, eine wunderbare gedankenlose halbe Stunde lang, nur konzentriert darauf, sich dem Sturm entgegenzustemmen und den Regen auf dem Gesicht zu spüren. Dann machte sie kehrt und ließ sich vom Sturm zurückjagen. Erst jetzt hatte sie Lust, sich auf das einzulassen, was sie sah. Was sie sah, war ein grauer Himmel, graues Wasser, ein grauer Horizont, vor dem sich grau und drohend, die Helgen der Werft abzeichneten. Einen Augenblick lang bestaunte sie das Bild, das sich ihr bot, weil Himmel, Wasser und Hafen aussahen, als seien sie mit der gleichen grauen Farbe überzogen worden. Die Farbe – es war ein besonderes Grau, das sich ihren Augen darbot, und sie brauchte ein wenig Zeit, um das passende Wort dafür zu finden. Dann fiel es ihr ein: fregattengrau.

Meinetwegen auch U-Boot-grau, dachte sie, und trieb vor dem Wind dahin, froh darüber, den anstrengenden Lauf so gut bewältigt zu haben, ein passendes Wort für das Grau gefunden zu haben und in der angenehmen Erwartung auf das heiße Wasser.

Sie nahm die Zeitung auf, die hinter der Tür lag, setzte die Kaffeemaschine in Gang und zog die nassen Sachen aus. Nackt lief sie die Treppe hinauf, verschwand im Bad, öffnete den Hahn und setzte sich auf den Boden der Badewanne. Ein paar Mal, während sie das warme Wasser genoss, klingelte das Telefon. Sie kümmerte sich nicht darum. Nicht ans Telefon zu gehen, ohne dabei ein schlechtes Gewissen zu haben oder beunruhigt zu sein, schien ihr der Inbegriff von freiem Leben.

Du frühstückst, während andere Menschen zu Mittag essen. Du liest, während andere Menschen fernsehen – du vögelst, während andere Frauen in die Kirche laufen und den lieben Gott um ein friedvolles Ende bitten, dachte sie, und musste lachen. Sie war immmer noch bester Laune. Am Abend würde sie ihren alten Freund Kranz treffen.

Kranz: ehemalige rechte Hand des ehemaligen

Innensenators. Der neue Innensenator brauchte keine rechte Hand mehr; er war selbst rechts. Kranz, der seit Jahren darüber nachgedacht hatte, seinen Job aufzugeben, sich aber nie hatte entschließen können, war froh, auf diese Weise vorzeitig und mit einem durchaus ansehnlichen Übergangsgeld aus dem Dienst ausscheiden zu können. Er hatte Bella zu einer Weltreise eingeladen. Sie war nicht darauf eingegangen. Kranz hatte vor, auf einem Luxusdampfer zu reisen, und sie konnte sich weder vorstellen, mit ihm so lange zusammen zu sein, noch mit den Leuten, die solche Schiffe bevölkerten. So war es dabei geblieben, dass er sie zu einem Abschiedsessen eingeladen hatte.

Zum Essen und allem, was dazu gehört, hatte Kranz gesagt, und Bella hatte fröhlich zugestimmt. Nach dem Frühstück würde sie eine gründliche Inspektion ihres Kleiderschrankes vornehmen. Kranz sollte würdig verabschiedet werden.

Von den Kleidern erwies sich einzig ein einfaches rotes als tragbar. Alle anderen waren entweder zu eng oder zu lang oder zu kurz. Das rote war vielleicht ein bisschen sehr tief ausgeschnitten. Aber weshalb sollte sie es nicht anziehen? Man könnte eventuell mit Ohrringen oder mit hochhackigen Schuhen oder mit irgendeinem anderen Firlefanz ein wenig vom Ausschnitt ablenken. Aber dann merkte sie, dass sie das gar nicht wollte, und amüsierte sich darüber, dass sie nahe daran gewesen war, kleinkarierten Bedenken nachzugeben. Sie legte das Kleid mitsamt allem Zubehör zurecht und ging die Treppe hinunter, um in Ruhe die Zeitung zu lesen.

Bella hatte den 11. September auf ihre Weise interpretiert. Ihr war nach kurzem Überlegen klar geworden, dass es sich um einen großen Sieg des Herakles und eine furchtbare Niederlage der Frauen und der Vernunft gehandelt hatte. Sie las seit diesem Tag die Zeitungen unter dem Aspekt, Beweise für ihre These zu finden. Sie fand sie an beinahe jedem Tag und sie wurde auch an diesem Tag nicht enttäuscht. Auf einem Foto waren Kanzler und Außenminister als Stammtischbrüder abgebildet, sich auf die Schenkel klopfend, die Gesichter zu grinsenden Grimassen verzogen, hämisch, hässlich und in vollem Bewusstsein ihres Sieges über die Frau, die an einem Pult neben ihnen stand und versuchte, eine Rede zu halten. Bella fand, dass dem Fotografen ein Jahrhundertfoto gelungen war. Gewaltsam und primitiv und schamlos führte sich Herakles auf, verlogen, machtgeil und gewissenlos.

Und du bleibst ruhig, legst tief ausgeschnittene Kleider zurecht und freust dich deines Lebens? Schämst du dich nicht, Bella Block?

Ne, dachte sie fröhlich, und genau in diesem Augenblick hörte sie die Klingel an der Haustür. Sie legte die Zeitung beiseite und ging, um zu öffnen.

Vor der Tür stand eine junge Frau. Am Straßenrand hielt ein Luxusauto, mit dem die Frau offenbar gekommen war. Der Chauffeur, ein Mensch mit einer Schirmmütze, stand mit dem Rücken ihr zugewendet an der Fahrertür. Die Frau trug eine teure Handtasche wie einen Schild vor sich her.

Bella Block?

Ja?

Wenn es so etwas gab wie Abneigung von der ersten Sekunde an, dann erlebte Bella sie gerade. Sie war in Versuchung, sich abzuwenden und die Tür hinter sich zuzumachen. Ein letzter Rest Neugier hielt sie davon ab. Was war das für eine Person, die solche Gefühle auslöste? Was wollte sie von ihr?

Ich muss Sie sprechen.

Bella musterte die junge Frau, sah hinüber zu dem Auto am Straßenrand und wandte sich wieder der Frau zu. Der Wind hatte zugenommen. Er versuchte, unter ihren Bademantel zu fahren.

Bitte, sagte Bella, und trat zur Seite.

Ohne zu zögern ging die Person an Bella vorbei, betrat das Arbeitszimmer und blieb in der Mitte stehen. Betont langsam schloss Bella die Haustür und ging der Frau nach. Sie setzte sich hinter den Schreibtisch und besah die Besucherin aufmerksam. Sie war jung, höchstens fünfundzwanzig, groß, sehr schlank, hatte ein schmales Gesicht, weiße Haut, große blaue Augen und schwarze Haare. Die Augenbrauen bildeten breite, dunkle Striche über den Augen. Die Figur und das Gesicht hätten, als sie sechzehn oder siebzehn gewesen war, einem Model gehören können. Diese Arbeitsmöglichkeit war jetzt vorbei. Was mochte sie also tun? Die dunkle Kleidung, Kostüm, Schuhe, Tasche, zeigte das unter jungen Leuten zur Zeit übliche teure Understatement. Jede Farbe ist recht, wenn sie nur schwarz oder dunkelgrau ist. Die Sachen waren allerdings teurer, als für normale Angestellte erschwinglich. Und das Auto vor der Tür?

Bella spürte, dass sie ungeduldig wurde. Die Frau

hatte offenbar genug gesehen. Sie wandte sich Bella zu.

Und das haben Sie alles gelesen?

Bella antwortete nicht. Sie wartete.

Na, ist ja auch egal. Wär nichts für mich.

Pippi Langstrumpf ist ja auch nicht dabei, sagte Bella.

Die Frau überhörte die Bemerkung, zog einen Stuhl heran und nahm vor dem Schreibtisch Platz. Sie schlug die Beine übereinander und Bella bewunderte die Hundertachtzig-Mark-Strumpfhose in Schwarz. Die Frau sah an Bella vorbei auf die Bücherwand in ihrem Rücken. Anscheinend hatte sie etwas entdeckt, das ihr Missfallen auslöste.

Semprun. Hätte ich mir denken können, sagte sie voller Verachtung.

Bella verlor die Geduld.

Wenn ich irgendetwas für Sie tun kann, dann haben Sie jetzt noch einen Augenblick Zeit, um mir zu sagen, was das sein könnte. Wenn nicht, ist es wohl das Beste, Sie gehen.

Die Frau wandte ihren Blick von der Bücherwand ab und sah Bella ins Gesicht.

Personenschutz, sagte sie.

Wie bitte?

Ich brauche Personenschutz.

Ach ja? Ist Ihnen einer Ihrer Liebhaber zu nah auf den Pelz gerückt? Ist Ihr Chef zudringlich geworden? Sie sind hier an der falschen Adresse, Mädchen.

Ich werde bedroht. Ich glaube, es geht um Mord.

Bella schwieg einen Augenblick und überlegte, ob sie weiter zuhören sollte.

Wer hat Sie zu mir geschickt?

Die Frau schwieg, aber so, dass Bella den Eindruck hatte, sie überlegte, ob sie den Namen preisgeben sollte.

Ein Herr Kranz, sagte sie schließlich. Sie sagte es hastig und so, dass Bella ihr nicht glaubte. Trotzdem wollte sie nun hören, worum es ging. Aus reiner Neugier.

Ach so, sagte sie, wenn Kranz Sie geschickt hat, ist das natürlich etwas anderes. Vielleicht erzählen Sie ein wenig genauer.

Da gibt's nichts Genaues. Ich werde eben verfolgt. Und die wollen mich umbringen.

Die?, fragte Bella.

Zwei, manchmal drei. Die lösen sich ab. Immer ist mir einer auf den Hacken.

Haben Sie eine Idee, was diese Männer von Ihnen wollen? Kennen Sie sie?

Sind Sie verrückt?! Die soll ich kennen! Keine Ahnung! Ich will bloß, dass Sie dabei sind, wenn –

Wenn man Sie umbringen will? Hören Sie: Ich glaube, wir vergeuden unsere Zeit. Wenn Sie Schutz brauchen, dann gehen Sie zur Polizei. Oder in einen dieser Selbstverteidigungskurse, die überall angeboten werden. Bei mir sind Sie jedenfalls an der falschen Adresse. Und wenn ich Ihnen noch einen Rat geben darf, für den Fall, dass Sie zur Polizei gehen, denken Sie sich eine bessere Geschichte aus. So ganz dumm sind die Jungs da auch nicht.

Sie lehnen also ab?

Sieht ganz so aus, sagte Bella, und machte Anstalten aufzustehen. Erstaunt sah sie, dass sich Erleichterung im Gesicht der Besucherin zeigte. Sie blieb sitzen. Ihr fiel etwas ein.

Auch wenn wir nicht miteinander zu tun haben werden, sagte sie, wär's doch ganz gut, wenn ich wüsste, mit wem ich gesprochen habe.

Sie lehnt ab, sagte die Frau.

Sie sprach mit sich selbst. Es klang wie ein kleiner Triumph.

Wie ich heiße, wie? Na ja, soll mir egal sein. Hanne Mertens. So. Da staunste, was?

Ich wüsste nicht weshalb, sagte Bella, und stand nun doch auf. Das scheint mir ein Name zu sein wie jeder andere. Vielleicht ein bisschen viel »a« und »e«, wo doch »i« oder »ä« viel besser zu Ihnen gepasst hätte.

Ohne eine Antwort abzuwarten ging sie in den Hausflur und öffnete die Tür. Die Geste war eindeutig. Die junge Frau kam über den Flur hinter Bella her. Ihre Absätze klapperten über die Fliesen. Sie ging an Bella vorbei, ohne sie zu beachten. Ihre Abneigung war trotzdem deutlich spürbar. Bella sah ihr nach. Sie ging auf das Auto zu, an dessen Steuer nun der Mensch mit Schirmmütze saß. Er sprang heraus und öffnete der Frau die Wagentür hinter seinem Sitz. Der Schirmmützige war ziemlich klein. Der Wagen fuhr davon, ohne dass einer der Insassen zu Bella herübergesehen hätte. Bella ging nachdenklich ins Haus zurück.

Der Besuch musste einen Sinn gehabt haben. Niemand macht sich die Mühe, sich zu verkleiden und ein teures Auto mit Chauffeur zu mieten, ohne dass er damit ein Ziel verfolgen würde. Aber die

Frau war eindeutig erleichtert gewesen, als ihr Auftrag abgelehnt worden war. Hatten die prüfenden Blicke auf die Bücherregale etwas zu bedeuten? Und diese sonderbare Bemerkung über Jorge Semprun – Bella trat an das Regal und betrachtete die Buchrücken, die das Interesse der Frau geweckt hatten.

Semprun gehörte in die Abteilung spanische Literatur und sie hatte sein Werk eigentlich nur der Vollständigkeit halber angeschafft. Sie schätzte ihn nicht besonders. Sie hielt ihn für zu eitel, um ein wirklich großer Schriftsteller zu sein. Als Zeitzeuge aber war er interessant und mit Bedauern sah sie nun, dass sie es noch immer nicht geschafft hatte, alle Titel zu lesen, die sich im Laufe der Zeit angesammelt hatten. Vielleicht hätte sie dann eher verstanden, warum ihre merkwürdige Besucherin den Namen Semprun voller Verachtung in den Mund genommen hatte.

Weshalb machst du dir eigentlich Gedanken über die freche Person?, dachte sie ungehalten. Frech, das war das richtige Wort. Frech, schlecht erzogen, Lügen von sich gebend. Die ganze Erscheinung war eine Lüge gewesen. Teure Aufmachung, billiges Benehmen. Und darüber denkst du nach?

Es fiel Bella leicht, den Besuch zu vergessen. Sie wußte schon lange, dass Detektive auch so etwas wie Lumpensammler waren. Der Beruf lockte die merkwürdigsten Menschen an. Und bei Detektivinnen kamen noch die neugierigen Kerle dazu, die von hartem Sex träumten und sich nicht in die entsprechenden Etablissements trauten. Es hatten schon Männer versucht, mit Bella Kontakt aufzunehmen, deren einziges Interesse darin bestand, von ihr verfolgt, bei einem Diebstahl erwischt und bestraft zu werden. Sie hätte viel Geld mit einigen dieser Kunden verdienen können. Das Messingschild Bella Block – Internationale Ermittlungen hatte sie schon lange von ihrer Haustür abgenommen. Sie bekam ihre Kunden auch ohne Firmenschild und es waren noch immer eher zu viele als zu wenige. Dass Kranz ihr diese schräge Dame ins Haus geschickt haben sollte, schien ihr kaum glaubhaft. Sie würde ihn fragen.

Die Bar lag in der Spitze eines Turms, schräg gegenüber vom Eingang zum alten Elbtunnel und bot einen fantastischen Ausblick über den nächtlich beleuchteten Hafen. Bella war absichtlich zu früh gekommen. Sie hatte vor, eine Weile allein dort oben zu sitzen und den Blick zu genießen. Außer ihr und dem Barkeeper war nur noch ein junger Mann hier, der sie hin und wieder mit bewundernden Blicken streifte. Bella fand, dass er einen guten Geschmack hatte. Sie beachtete ihn nicht. Der Keeper brachte ihr einen Wodka-Gimlet, schweigend, wofür sie ihm dankbar war.

Ihre Stimmung war nicht mehr so gut wie am Vormittag. Schuld daran war der Blick in die Zeitungen der letzten Tage gewesen, die liegen geblieben waren und die sie durchgesehen hatte, bevor sie sich umzog.

Schon einen Tag nach dem 11. September, als ihr klar wurde, dass dieses Datum dazu herhalten würde, wie eine Beschwörungsformel die Kriege der kommenden Jahre zu begründen, hatte sie eine Weile innegehalten und versucht, eine Haltung zu dem zu gewinnen, was folgen würde: Siegeszug der Gewalt, Niederlage der Vernunft, Niederlage aller Emanzipationsbestrebungen. Und sie hatte beschlossen, ihr Leben nicht davon beeinflussen zu lassen. Man konnte auch weghören, wenn ein aufgeblasener Ochsenfrosch, mitverantwortlich für den Krieg gegen Jugoslawien, im Parlament über die Befreiung der Frauen in Afghanistan sprach und damit Krieg meinte. Aber hin und wieder war eben doch nicht zu übersehen, dass das Land sich nun nicht mehr in einem, sondern in mehreren Kriegen befand und dass die Bevölkerung auf unterschwellige und subtile Weise daran gewöhnt wurde, diese Kriege nicht nur hinzunehmen, sondern auch zu begrüßen und zu finanzieren. Sie sah aus dem Fenster. Vor ihr lag das Gelände der Werft. Die fröhlichen, bunten Malereien auf der Außenwand von Dock 10 waren angestrahlt und deutlich zu erkennen. Über die Wände des Docks ragten die Aufbauten eines größeren Schiffes empor. Da lag ein Luxusliner oder ein Fährschiff der besseren Sorte, das überholt wurde. Bella war im Begriff, ein paar nostalgische Gedanken an die Stadt und ihre Werften zu verschwenden, als in ihrem Rücken die Tür aufging. Kranz kam ans Fenster, stellte sich hinter sie und legte seine Hand in ihren Nacken.

Eine schöne Kulisse, sagte er leise, und so verlogen.

Bella wandte sich vom Fenster weg und sah ihn an. Weder die Hand in ihrem Nacken noch die Bemerkung hätten bis gestern zu ihrem Freund Kranz gepasst.

Was ist los mit Ihnen?, sagte sie.

Ich bin ein freier Mann, antwortete Kranz. Was wollen Sie? Ich kann denken, was ich will, sagen, was ich will, und hingehen, wohin ich will. Mein einziger Kummer ist, dass ich nicht mitnehmen kann, wen ich will. Gimlet?

Bella nickte und Kranz machte dem Barkeeper ein Zeichen.

Erinnern Sie sich, dass ich Sie einmal einen Opportunisten genannt habe?, fragte sie.

Und ob ich mich erinnere. Wir saßen im »Atlantik« und ich durfte, nachdem Sie mich beschimpft hatten, Ihre Rechnung bezahlen. Sie hatten einen unglaublichen Abgang. Ich hätte Ihnen stundenlang nachsehen können. Im Übrigen hatten Sie natürlich Recht, jedenfalls ein bisschen. Aber nun bin ich frei. Und ich sage es Ihnen gleich: Ich habe immer noch die feste Absicht, Sie davon zu überzeugen, dass Sie mitkommen müssen.

Ach ja, sagte Bella. Und ich dachte, wir hätten uns getroffen, um einen schönen Abend miteinander zu verbringen.

Der Barkeeper stellte zwei Gimlets auf den Tisch und sie tranken sich zu.

Sie haben nie verstanden, weshalb ich dort gearbeitet habe, sagte Kranz. Als rechte Hand des Innensenators. Aber, was glauben Sie, wäre geschehen, wenn ich diesen Job nicht gemacht hätte?

Vermutlich wäre irgendein anderer Ihre Karriereleiter hochgeklettert.

Ja, vermutlich. Jemand, der den Job wirklich

ernst genommen hätte. Dann wäre niemand da gewesen, der Ihnen im entscheidenden Augenblick einen Tipp gegeben hätte. Niemand hätte seine Hand schützend über Ihren Freund Brunner gehalten. Niemand …

Brunner, sagte Bella, was wird aus ihm?

Da ist nichts mehr zu machen, fürchte ich. Sie werden ihn über kurz oder lang aus Krankheitsgründen entlassen.

Er ist krank, sagte Bella, das stimmt.

Er ist nicht so krank, wie es scheint, antwortete Kranz. Er hat zwei- oder dreimal bei Festnahmen Leute entkommen lassen. Junge Leute, etwa im Alter seiner Tochter. Wie heißt sie doch gleich?

Marie, sagte Bella, Brunners Tochter heißt Marie.

Ist ja auch gleich, jedenfalls wird man ihn vor die Tür setzen, das scheint festzustehen.

Wenn Sie, wie Sie mir gerade zu erzählen versuchen, so segensreich gewirkt haben in der Hamburger Innenbehörde, weshalb gehen Sie dann jetzt dort weg? Ich meine, wäre nicht gerade jetzt der Augenblick gekommen, sozusagen als spionierendes U-Boot, die Machenschaften ans Licht zu bringen, die nun dort ausgeheckt werden? Immerhin kommen zwei der neuen Senatoren aus Familien, die schon zu Nazi-Zeiten im Rüstungsgeschäft gewesen sind. Und der neue Innensenator braucht ganz offensichtlich eine aufmerksame Person in seiner Nähe. Jemanden, der im richtigen Augenblick aus dem Nähkästchen plaudern kann, wenn einmal die Haarsträhne zwecks Drogentest nicht mehr ausreicht.

Das, meine liebe, bezaubernde Bella, ist nun eine Frage der Ehre. Einmal abgesehen davon, dass der Neue mich vermutlich nicht um sich geduldet hätte. Wir haben einfach nicht den gleichen Umgang, wissen Sie. So etwas merken solche Kerle sofort. Ich hab schon den letzten sozialdemokratischen Innensenator nur noch schlecht ertragen. Irgendwie sind die Politiker auch nicht mehr das, was sie früher einmal waren. Sie sind so, ich weiß nicht genau, ob Sie verstehen, was ich meine, sie sind so … ausgestopft. Keine Persönlichkeiten.

Wenn Sie vorhatten, mich zum Mitkommen zu überreden, müssten wir das Thema wechseln, sagte Bella, der der Abend zu schade war, um über Politik zu reden. Kranz sah sie einen Augenblick lang schweigend an. Dann lächelte er.

Ich stell mir gerade vor, sagte er, welches Aufsehen Sie an Bord erregen würden. Die Mitreisenden zwischen siebzig und achtzig und dann Sie: in diesem wunderschönen Kleid, sehr verführerisch, ich an Ihrer Seite, deutlich attraktiver als der Rest der Herren an Bord, wir beide: ein umwerfendes Paar, am Tisch des Kapitäns –

Oh, mein Gott. Hören Sie auf.

Sie lachten beide und einen Augenblick lang wurde Bella wehmütig, weil sie Kranz ein ganzes Jahr lang nicht sehen würde.

Sie könnten mich besuchen, sagte er, als habe er ihre Gedanken erraten. Also, nehmen wir mal an, das Schiff liegt ein paar Tage in Syrakus. Das müsste doch etwas für Sie sein. Sizilien, meine ich. Wir mieten ein Auto, ich zeige Ihnen die Mafia – Palermo, Corleone – na?

Ich denke darüber nach, sagte Bella, falls ich nicht vorher verhungert bin.

Sie fuhren mit dem Fahrstuhl hinunter. Unten stand ein Trupp junger Leute, schwarz gekleidet, die Frauen mit bleich geschminkten Gesichtern. Sie konnten kaum aussteigen.

Langeweile und Gier gleichzeitig, dachte Bella, als sie in die Gesichter sah. Eine erstaunliche Mischung, von der ich noch vor ein paar Jahren nicht geglaubt hätte, dass sie möglich ist.

Sie betraten das zum Turm gehörende Restaurant, von dessen altmodischem Scharm Bella überrascht war.

Was werden Sie tun ohne mich?, fragte Kranz, als sie die Speisekarten beiseite gelegt hatten. Die Frage sollte ironisch klingen, aber sie war auch ein wenig ernst gemeint.

Ich werde von Ihnen träumen, antwortete Bella.

Sie sahen sich einen Augenblick an, dann lächelten beide.

Ich werde eine Chronik für Sie anlegen, setzte sie hinzu. Auf so einem Schiff bekommt man doch nichts mit von der Welt. Und von diesem Land schon gar nicht.

Ich weiß nicht, ob das eine gute Idee ist, sagte Kranz. Wollen Sie sich das wirklich zumuten?

Ach, ich dachte nur gerade, dass es doch hübsch wäre, wenn ich Ihnen bei Ihrer Rückkehr ein kleines Album überreichen könnte: eine Sammlung Soldatenfotos und Überschriften, die von unseren Kampferfolgen in der weiten Welt berichten; das Foto zur Gewalt des Tages, das Wort zur Gewalt des Tages. Vergessen Sie's, es war ein Scherz.

Sie schwiegen, während das Essen serviert wurde. Als die Kellner gegangen waren, sagte Kranz: Das ist nun der letzte Versuch, Bella. Sie werden unglücklich sein. Sie werden in die Zeitungen sehen und auf Bilder von Kriegen starren. Sie werden sich vornehmen, nicht darauf zu achten, sich nicht davon bedrängen zu lassen. Es wird Ihnen nicht gelingen. Ich verspreche Ihnen, an Bord dafür zu sorgen, dass Sie keine Zeitung in die Hand bekommen, wenn Sie es nicht ausdrücklich wollen. Ein Jahr aussteigen, Bella, aus allem aussteigen.

Nein, antwortete sie. Sie unterschätzen mich. Das Älterwerden hat viele Vorteile. Unter anderem den, dass es einem leicht fällt, Abstand zu halten. Man durchschaut die Lächerlichkeiten schneller, aus denen sich das zusammensetzt, was vielleicht früher einmal Politik genannt werden konnte. Sie macht eine kleine Pause. Hanne Mertens, sagte sie dann. Sagt Ihnen der Name etwas?

Kranz sah sie erstaunt an. Dann begann er zu lachen.

Das war kein besonders elegantes Ablenkungsmanöver. Ich geb's auf. Ich hoffe nur, dass Sie nicht von allem Abstand halten, was das Leben schön macht. Sex, zum Beispiel.

Hanne Mertens, sagte Bella.

Wirklich, ich hab keine Ahnung, wer das sein könnte. Ich versichere Ihnen, dass mir der Name noch nie begegnet ist. Wie war das mit dem Sex, sagten Sie?

Drüber reden oder ihn praktizieren?, fragte Bella.

Ich hab noch nie viel von unnötigen Redereien

gehalten, sagte Kranz. Er sah sie an und stand plötzlich auf.

Wenn Sie mich einen Augenblick entschuldigen wollen.

Bella sah ihm nach. Sie ahnte, was er vorhatte und freute sich darüber. Es dauerte nur wenige Minuten, bis Kranz wieder an den Tisch zurückkam.

Bella, die gerade dem Mann aus der Tower-Bar, der an ihrem Tisch vorüberging, mit den Augen gefolgt war, wandte sich Kranz zu.

Was ich Sie immer schon mal fragen wollte, sagte Kranz, Sie müssen nicht antworten. Ich weiß natürlich, dass ich nie der Einzige war, mit dem Sie, den Sie ... na ja, Sie wissen, was ich meine. Aber was ich gern wissen möchte, ist: Was halten Sie eigentlich in dieser Beziehung von jungen Männern?

Im Bett?

Natürlich, antwortete Kranz und bemühte sich, seiner Stimme einen beiläufigen Klang zu geben.

Keine Ahnung, sagte Bella, und sah dem jungen Mann entgegen, der das Restaurant nun in umgekehrter Richtung durchquerte, so dass sie ihn von vorn sehen konnte. Er war groß, schlank, aber nicht dünn, hatte dunkle Haare und trug ein schlabberiges, dunkelblaues Leinenjackett, das mindestens zehn Jahre alt und nur deshalb noch tragbar war, weil es einmal sehr viel Geld gekostet hatte.

Wirklich, keine Ahnung, wiederholte sie. Man müsste sie einfach mal ausprobieren.

Einen schönen Gang mag er meinetwegen haben, sagte Kranz, als der junge Mann an ihrem Tisch vorüber war. Aber der Kopf wirkt irgendwie hohl, finden Sie nicht?

Sie lachten und schoben die Teller zurück.

Noch fünf Minuten, sagte Kranz. Dann ist alles bereit. Diese Mertens, irgendetwas Besonderes?

Ach, nein, antwortete Bella. Eine kleine Ziege, die sich wichtig machen wollte, mehr nicht.

Sie tranken ihren Wein aus. Der junge Mann ging noch einmal an ihrem Tisch vorbei, aber sie beachteten ihn nicht mehr.

Was für ein wunderbares Leben, dachte Bella, während sie aus dem Fenster auf den nächtlichen, von Tausenden von Lichtern erhellten Hafen sah und dann auf Kranz, der aufgestanden war und nun mit ihren Mänteln auf dem Arm zurückkam. Bella erhob sich und ging neben ihm zum Fahrstuhl.

Ich hab das Schönste genommen, was da war, sagte Kranz. Es liegt ganz oben. Der Blick über den Hafen wird wunderbar sein.

Auf dem Gang begegnete ihnen niemand. Vor der Zimmertür ließ Kranz die Mäntel auf den Boden fallen und sie küssten sich, bevor er die Tür aufschloss. Im Zimmer war die Bettdecke zurückgeschlagen. Zwischen den hohen Fenstern, deren Vorhänge zugezogen waren, prangte eine Schale mit Papageientulpen. Auf einem Servierwagen stand ein mit Eis gefüllter Kübel, in dem eine Flasche Wodka steckte. Die Blumen, der Wodka und noch ein paar andere Dinge, die dazu geeignet waren, die kommenden Stunden angenehm zu gestalten, nahm Bella nur flüchtig wahr.

Nicht, sagte sie, nicht die Vorhänge öffnen. Das machen wir später.

Später, ziemlich viel später, lagen sie, eingewickelt in viel zu große weiße Bademäntel, auf wuchtigen Sesseln, zwischen sich Gläser mit Wodka und vor sich die Aussicht auf den Hafen.

Danke, sagte Bella irgendwann. Falls Sie die Absicht hatten, mich so zu beeindrucken, dass ich Sie eine Weile in Erinnerung behalte, dann war das die richtige Art und Weise.

Ich muss mir doch Mühe geben. Die Konkurrenz ist groß und jung, setzte er nach einer kleinen Pause hinzu.

Sie Armer, sagte Bella, und Kranz war entzückt über den zärtlichen Ton in ihrer Stimme.

Sie schliefen noch einmal miteinander. Dann waren sie erschöpft. Als Bella am späten Vormittag wach wurde, war sie allein. Der Kübel, in dem der Wodka gesteckt hatte, war nicht mehr da. An seiner Stelle lag ein auf Hotelpapier geschriebener Brief.

Läuten Sie nach dem Frühstück. Vergessen Sie mich nicht. Achten Sie auf Ihren Weg. Kranz.

Bella bestellte das Frühstück und verschwand im Bad. Während sie in der Badewanne lag, hörte sie, wie nebenan das Zimmer in Ordnung gebracht und das Frühstück aufgebaut wurde.

Was für ein wunderbares Leben, dachte sie, während sie versuchte, mit den Füßen das untere Ende der Wanne zu berühren, ohne mit dem Kopf unter Wasser zu rutschen. Es ging nicht. Die Wanne war zu groß.

Sie hatten schon vor längerer Zeit beschlossen, zu vermeiden, miteinander gesehen zu werden. Sie verbrachten die Nächte zusammen, aber am Tage, auf den Straßen, sollte es so aussehen, als hätten sie nichts miteinander zu tun; jedenfalls nichts, das über eine flüchtige Bekanntschaft hinausging. Deshalb war sie schon nach wenigen hundert Metern aus dem Auto ausgestiegen und zu Fuß weitergegangen. Sie war sicher, dass sie nicht verfolgt wurde. In den Monaten, in denen sie an ihrem Plan gearbeitet hatten, war in ihnen, so dachten sie, ein besonderer Instinkt geweckt worden, der sie vor Verfolgern schützte. Sie hatten trainiert, die Bahnen zu wechseln, leere Straßen zu meiden, in Menschenansammlungen nach Gesichtern zu suchen, die zu unbeteiligt waren. Sie setzten sich niemals auf Parkbänke, ohne die im Auge zu behalten, die auf den Nachbarbänken saßen, und vermieden es soweit wie möglich, feste Gewohnheiten anzunehmen. Sie benutzten nur öffentliche Telefonzellen, hatten keine E-Mail-Adressen und wenn sie jemanden, den sie nicht kannten, zweimal hintereinander trafen, begannen sie, diese Person zu beschatten, bis sie herausgefunden hatte, dass sie harmlos war. Sie fühlten sich sicher, aber sie waren klug und wussten, dass Sich-sicher-Fühlen zu einer Falle werden könnte. Und das, gerade das, machte es aus, dass sie sich wirklich sicher fühlten.

Die Landungsbrücken waren menschenleer, als Ruth, von Westen kommend, den Steg der Brücke 10 benutzte, um auf den Ponton zu gehen. Es war dunkler als für die Tageszeit üblich. Eine schwarze, tief hängende Wolke von ungeheuren Ausmaßen wurde vom Westwind herangetrieben. Sie verdeckte die Sonne, die schon beinahe untergegangen war, aber, wäre sie nicht verdeckt gewesen, noch ausreichend Licht hätte geben können, um den Mord zu beleuchten, der hier geschehen würde. Zwischen Brücke 10 und 9, im Schutz der Wände des Restaurants Pantry standen ein paar Männer, die auf Ruth warteten. Die Männer waren über ein Funktelefon davon unterrichtet worden, dass sie auf dem Weg sei. Sie hatten nur zu warten. Sie traten aus dem Schutz der Wände heraus, als Ruth an ihnen vorüberging. Sie konnte an ihren Gesichtern ablesen, was sie vorhatten. Es waren zu viele, fünf oder sechs, jedenfalls zu viele, um den Kampf aufzunehmen. Das Wasser war ihre einzige Chance. Damit hatten sie gerechnet. Die Stangen, die sie, unauffällig, aber gebrauchsfertig, an den äußeren Rand des Pontons gelegt hatten, waren dazu bestimmt, die Frau unter Wasser zu halten, bis sie tot war.

Natürlich hatte Kranz die Hotelrechnung bezahlt. Bella war's zufrieden. Eine freundliche junge Frau überreichte ihr einen Packen sorgfältig gebündelter Zeitungen. Sie nahm die Karte heraus, die unter dem Bindfaden steckte, und las: Ihre Idee mit dem Album war doch nicht so schlecht. Auf diese Weise denken Sie wenigstens täglich einmal an mich. Auf Wiedersehen. Ihr Ergebener. PS: Das Foto auf Seite 2 wird Ihnen gefallen.

Bella setzte sich und zog die oben liegende Zeitung aus dem Stapel hervor. Dem Fotografen war etwas Besonderes gelungen. Das Foto war tatsächlich beeindruckend. Es zeigte eine Militärmaschine in der Luft. Möglicherweise war sie gerade gestartet. Sie flog in einem Strahlenbündel von Kerosin- und Kondensstreifen, an deren Ende sich kugelförmige Ausbuchtungen gebildet hatten, den Leuchtkugeln eines Feuerwerks ähnlich. Gewalt und Tod flogen in einem Feuerwerk von Profiterwartungen in den Himmel. Frech und ohne Scham verkündete die Bildunterschrift, dass die Rüstungsoffensive in den Vereinigten Staaten die innovativen Unternehmen der Verteidigungsbranche stärke.

Bella sah das Foto lange und nachdenklich an. Konnte man eine Zeitung noch als verlogen bezeichnen, die so offen Gewalt und Tod verherrlichte? Sie beschloss, wenigstens eine kleine Sammlung von Kriegsfotos und eine kleine Auswahl von Wörtern, die die Sprache den Kriegszeiten anpasste, zusammenzustellen. Bei dieser Arbeit würde sie genug Zeit haben, über den Charakter der Zeitung, die das Foto mit der dazu gehörigen Unterschrift veröffentlich hatte, nachzudenken. Sie schob das Blatt zurück unter die Verschnürung und verließ das Hotel.

Es war inzwischen später Nachmittag geworden, aber der Nebel hatte sich nicht gelichtet. Sie beschloss, zu Fuß nach Hause zu gehen. Auf dem Weg an der Elbe entlang würden an einem normalen Arbeitstag wie heute und um diese Zeit kaum Menschen unterwegs sein. Sie freute sich auf einen ruhigen, einsamen Spaziergang, musste aber nach ein paar hundert Metern wieder umkehren, weil sie die falschen Schuhe trug. Sie wären kaputt gewesen, wenn sie sie zu Hause ausgezogen hätte. Natürlich kam dann kein Taxi vorbei, so dass sie bis zum Hotel zurückgehen musste, um eines zu bestellen. Während sie wartete, ging der junge Mann, der zwischen ihr und Kranz am Abend zuvor eine Rolle gespielt hatte, durch die Hotelhalle. Er trug weder eine Aktentasche noch das Abzeichen einer Firma am Revers. Er machte überhaupt nicht den Eindruck, als sei er geschäftlich unterwegs.

Ein Müßiggänger im Hotel, dachte Bella und wunderte sich. Sie hatte geglaubt, so etwas gäbe es nur in Romanen.

Zu Hause besah sie mitleidig ihre Schuhe, wurde aber durch das Klingeln des Telefons daran gehindert, einen endgültigen Entschluss zu fassen, was mit ihnen zu geschehen hätte. Ihr Freund Brunner war am Apparat.

Ich räume gerade meinen Schreibtisch leer. Da fiel mir ein, dass du vielleicht Lust haben könntest, dabei zu sein. Hast du?

Weshalb sollte ich, fragte Bella.

Tja, ich weiß auch nicht so genau. Ich zähle dir einfach mal auf …

Brunner, sagte Bella, ist noch jemand bei dir im Zimmer?

Hier? Hier ist schon lange niemand mehr. Und soll ich dir mal verraten, warum nicht?

Ich kann's mir denken.

So? Kannst du? Na gut, ich sag's dir trotzdem: Es hat denen hier zu sehr nach Alkohol gerochen.

Am anderen Ende blieb es still. Bella wartete, denn Brunner hatte nicht aufgelegt. Schließlich wurde sie ungeduldig.

Brunner? Was ist? Rede oder leg auf, aber lass mich nicht einfach hier herumstehen.

Tut mir Leid, antwortete Brunner, ich bin nur mal schnell an die Tür gegangen. Die Luft ist rein. Also, was ist, kommst du oder kommst du nicht?

Lohnt es sich denn?, fragte Bella.

Sie hatte nicht vor, Brunner bei seinem Auszug aus dem Büro zu helfen. Sie versuchte nur, herauszubekommen, ob sie ihn vor einer Dummheit bewahren müsste.

Na klar, lohnt es sich. Mindestens zwanzig unerledigte Fälle. Aber nicht, weil Brunner vielleicht zu betrunken gewesen wäre. Nein, einfach so, auf Anweisung von oben.

Wenn du Anweisung hattest, die Sachen nicht weiter zu verfolgen, kannst du doch keine Akten mehr haben? Die lässt man dann doch verschwinden, nehme ich an.

Ja, lässt man, sagte Brunner. Der eine kopiert und der andere lässt verschwinden. Ich bin schon ein toller Kerl, ein Doppelwhopper bin ich. Kopiert und lässt verschwinden.

Brunner machte eine Pause. Bella hörte deutlich das Geräusch, das entsteht, wenn eine Flüssigkeit in einen Pappbecher läuft.

Hör zu, sagte sie. Was ist noch in deinem Schreibtisch? Los, rede schon. Was, außer diesen Akten, ist noch in deinem Schreibtisch?

Sie hörte Brunner lachen.

Warte, sagte er, warte einen Augenblick.

Sie hörte ihn murmeln, verstand aber nicht, was er sagte.

Dreiundzwanzig Pappbecher, sagte er laut. Eine halbe Flasche Nordhäuser und drei leere Flaschen. Die sind schon im Papierkorb.

Brunners Stimme hatte sich verändert. Bella sah ihn vor sich, wie er neben seinem Schreibtisch stand, sich umblickte, die Wände ansah, aus dem Fenster sah, das Telefon mit einem zornigen Blick streifte. Brunner war gern Polizist gewesen, mit Leidenschaft und auch mit Erfolg, bis ihn der Alkohol ruiniert hatte. Merkwürdigerweise hatte es am Anfang seiner Krankheit eine Zeit gegeben, in der er seinen Beruf plötzlich sehr klar gesehen hatte. In dieser Zeit hatte er aufgehört, sich mit dem Staat zu identifizieren und eine Weile auf seine Art Widerstand geleistet. Er hatte Behördenstrukturen dazu genutzt, Menschen, die er für unschuldig hielt, obwohl sie sich nach allgemeiner Meinung schuldig gemacht hatten, Vorteile zu verschaffen. Er hatte Zeugenaussagen gefälscht, so dass die Staatsanwaltschaft davon absehen musste, Anklage zu erheben, hatte Türen offen stehen lassen, die eigentlich verschlossen zu sein hatten, und war nicht davor zurückgeschreckt, Beweise verschwinden zu lassen, die jemanden seiner Meinung nach unnötig belasteten. Seine Aktivitäten waren eine Zeit lang unentdeckt geblieben, denn Brunner war ein kluger, mit allen Wassern gewaschener Polizist. Aber er hatte seine Krankheit nicht im Griff gehabt. Irgendwann war er unvorsichtig geworden. Nicht, dass er im Suff geredet hätte. Brunner war einer von denen, die ruhiger wurden, je mehr sie tranken. Aber er hatte vergessen, seinen Schreibtisch abzuschließen und ein Foto im Büro liegen gelassen, das einem Vorgesetzten, der dachte, dass dieses Foto vernichtet worden wäre, in die Hände fiel. Da war das Maß voll gewesen. Plötzlich galt Brunner als unheilbar krank, was er vermutlich auch war, aber bis dahin kaum jemanden gestört hatte. Und nun war er dabei, sein Zimmer zu räumen. Das fiel ihm schwer. Deshalb hatte er bei Bella angerufen. Er brauchte ein wenig Trost.

Hör zu, sagte Bella. Liegt da irgendwo bei dir eine Plastiktüte herum?

Na klar doch, antwortete Brunner. Hab ich heute früh mitgebracht. Zwei, zwei hab ich mitgebracht.

Gut. Dann schließ jetzt deine Tür ab, hörst du?

Hab ich schon, sagte Brunner. Hab ich alles schon.

Gut. Dann pack diese verdammten Akten in die Tüten, so schnell du kannst. Ich bleib so lange dran. Nun los, mach schon.

Sie hörte, wie der Hörer auf den Tisch gelegt wurde, dann ein schabendes Geräusch und dann, dass der Hörer auf den Boden gefallen war. Sie versuchte, sich vorzustellen, wie betrunken Brunner sein musste, wenn es ihm nicht mehr gelang, den Hörer ordentlich auf den Tisch zu legen.

Brunner!, rief sie. Brunner!

Alles in Ordnung, sagte er, das Ding ist nur runtergerutscht. Es muss hier ziemlich glatt sein.

Bist du fertig, fragte Bella.

Fertig schon, aber die Flasche. Sie passt nicht mehr rein. Ich werd sie leer trinken müssen.

Lass das jetzt, sagte Bella. Lass sie stehen.

Ich kann doch nicht.

Schließ die Tür auf, nimm die Tüte und verschwinde. Nimm dir ein Taxi und fahr nach Hause. Ich komme am Abend vorbei und bringe dir eine neue Flasche mit. Ich hab keine Lust, mich mit einem Volltrunkenen abzuquälen, wenn ich mich schon um dich kümmere.

Bella, du bist ein Schatz, sagte Brunner. Ich mach alles, was du sagst. Nur die Flasche …

Verschwinde von da oder wir sind geschiedene Leute, brüllte Bella ins Telefon. Statt einer Antwort fiel wieder der Hörer auf den Boden. Er musste in der Nähe der Tür gelandet sein, denn gleich darauf hörte sie, dass die Tür aufgeschlossen wurde. Dann rutschte der Hörer noch einmal über den Boden und dann blieb es still. Brunner hatte seine Wirkungsstätte endgültig verlassen.

Bella hatte lange darüber nachgedacht, ob sie ihr Versprechen, Brunner zu besuchen, einhalten sollte. Die Samariterrolle, die Frauen nur allzu bereitwillig einnehmen, lag ihr nicht.

Aber Brunner ist ein Freund, dachte sie. Und Freunde lässt man nicht im Stich.

Ja, genau. Hatte er keine männlichen Freunde? Kollegen, die ihn und seine Arbeit geschätzt hatten? Niemand mehr übrig? Nur eine Frau sollte am Ende noch bereit sein, Brunner zu helfen? Und diese Frau sollte ausgerechnet sie sein?

Er hat dir geholfen, Bella. Denk an die Frau vom Meer.

Er hat nicht mir geholfen, sondern ihr.

Weil er in Ordnung ist. Weil …

Ihr wurde plötzlich klar, wie kleinlich ihre Überlegungen waren. Er war ein Freund, der Hilfe brauchte. Sonst nichts.

Später am Abend machte sie sich auf den Weg. Unterwegs kaufte sie eine Flasche Wodka. Wenn

Brunner schon trinken musste, dann wenigstens nicht diesen widerlichen Korn. Sie ging zu Fuß in die Stadt und erreichte Brunners Viertel gegen halb zehn. Das Viertel zeigte sein Nachtgesicht. Einige Läden dort waren noch immer geöffnet. Aus ein paar Kneipen drangen Geräusche auf die Straße, von denen Bella annahm, dass es sich um Musik handelte. Vor den Türen von Lokalen standen junge Leute, Männer und Frauen, die modisch-schlampig angezogen waren, rauchten, Bierflaschen in den Händen hielten oder aus Papiertüten irgendwelches Zeug aßen, das nach Fett roch. Die jungen Leute waren gut gelaunt, jedenfalls nach dem Gelächter zu urteilen, das Bella im Vorübergehen mitbekam. Gleichzeitig wirkten diese Gruppen und Grüppchen in sich geschlossen und jeder Einzelne völlig auf sich bezogen. Es schien, als nähmen sie nicht wahr, dass Menschen an ihnen vorübergingen, die nicht zu ihnen gehörten. Es ging eine Art Besitzerstolz von ihnen aus, der ausdrückte: Dies ist unser Viertel. Hier geschieht nichts ohne unser Wissen. Um zu uns zu gehören, müsstest du ein paar Prüfungen ablegen, die du sowieso nicht bestehen würdest. Also, sei froh, dass du hier unbehelligt entlanggehen kannst.

Bella versuchte, in einer der Gruppen Brunners Tochter Marie oder deren Freund Pit zu entdecken. Aber sie sah sie nicht. Die Tür zum Treppenaufgang von Brunners Haus war verschlossen. Sie drückte auf die Klingel. Viel schneller als sie erwartet hatte, ließ sich die Tür öffnen. Sie stieg zwei Treppen hoch und versuchte dabei, sich an Brunners Wohnung zu erinnern. Es gelang ihr nicht besonders gut. Ihr fiel ein, dass sie dort vor langer Zeit in einem großen, dunklen Raum auf dem Teppich gelegen hatten, nur beleuchtet von einem hin und wieder aufblinkenden Reklameschild jenseits der Fenster. Sie hoffte, dass Brunner nicht ebenfalls ausgerechnet an diese Szene denken würde. Sie betrachtete ihr erotisches Verhältnis mit Brunner als beendet.

Er stand in der offenen Wohnungstür und sah ihr entgegen. Sein Gesicht war blass, die Wangen zeigten dunkle Schatten, er hatte bläulich-braune Ränder unter den Augen und er war nüchtern.

Du besuchst einen Mann, der voller Tatendrang ist und ein zweites Leben anfangen will, sagte er zur Begrüßung. Er nahm Bella die Wodkaflasche ab und stellte sie in den Kühlschrank, ohne sie weiter zu beachten.

Warte einen Augenblick, sagte er, ich will dir etwas zeigen. Brunner verschwand im hinteren Teil der Wohnung. Bella blieb allein in der Küche sitzen. Plötzlich stand Marie im Türrahmen. Sie sah Bella an, als überlegte sie, ob sie mit ihr reden könnte.

Er ist krank, nicht wahr?, sagte Marie.

Ja, antwortete Bella, sehr krank.

Ich wollte ausziehen. Nicht seinetwegen. Einfach nur so. Aber Pit meint, er würde denken, ich zöge seinetwegen aus. Und das würde ihm den Rest geben. Ich bleibe jetzt.

Tun Sie immer, was Pit sagt?, fragte Bella und hatte sofort den Eindruck, sie habe eine sehr dumme Frage gestellt.

Du hast Schwierigkeiten, dich auf junge Leute einzustellen, merkst du's? Denk bei Gelegenheit darüber nach, woran das liegen könnte, redete sie sich im Stillen zu.

Weshalb nicht, wenn er Recht hat?, sagte Marie.

Der Klang ihrer Stimme war vollkommen gleichmütig. Mein Vater hält viel von Ihnen. Danke, dass Sie gekommen sind. Sie machte eine kleine Pause und sah Bella an.

Sie erwartet etwas von mir, dachte Bella, irgendetwas, das gar nichts mit ihrem Vater zu tun hat.

Ich geh dann, sagte Marie. Ihre Nummer hab ich ja, falls mal irgendwas ist. Warte nicht auf mich, sagte sie zu Brunner, der zur Tür hereinkam und einen Umschlag aus braunem Papier in der Hand hielt.

Hab ich schon mal auf dich gewartet?, fragte Brunner, und lächelte seiner Tochter zu. Der Ausdruck seines Gesichts war zärtlich und zärtlich und ein bisschen gequält lächelte Marie zurück.

Ein schönes Paar, Vater und Tochter, dachte Bella, und als die Wohnungstür hinter Marie zuschlug, sagt sie es auch.

Ich hab das Gefühl, wir sind uns fremd geworden, antwortete Brunner, aber das ist wohl normal.

Bella dachte, dass Brunner möglicherweise sich selbst fremd geworden war, aber sie sagte nichts. Brunner setzte sich zu ihr an den Küchentisch und schüttete einige alte Fotos aus dem Umschlag.

Hier, sieh mal, sagte er. Gasmasken, Modell Träger. Motoren, Modell Kramm. Kriegsware, interessant, nicht?

Woher hast du die Fotos?, fragte Bella. Und was willst du damit? Es sind keine Geheimnisse drauf.

Ach, nur so, sagte Brunner. Seine Stimme klang

nun ernüchtert, fast ein wenig kleinlaut. Die Dienststelle, meine letzte, war in einer alten Villa untergebracht. Gleich nach 1945 ist da oben auf dem Boden ein Archiv eingerichtet worden. Das muss wirklich gleich nach fünfundvierzig gewesen sein. Es gab noch Dokumente, aus denen hervorging, dass in der Bürgerschaft kommunistische Abgeordnete saßen. Irgendjemand von denen muss damals mit der Einrichtung eines Archivs begonnen haben. Das wurde nicht fortgesetzt, als die aus der Bürgerschaft rausgeflogen sind. Das Interesse an der Nazi-Zeit hat dann überhaupt nachgelassen, findest du nicht? Na ja, später haben da Personalakten gelagert und noch später hat die Finanzbehörde einen Teil ihrer Akten dort untergebracht. Im letzten Jahr wurde das alles ausgeräumt. Ich bin ein paar Mal oben gewesen. Sie hatten eine kleine Archivarin geschickt, die – er unterbrach sich und schwieg. Bella sah seinem Gesicht an, dass er an etwas Angenehmes dachte.

Na ja, sagte er dann, ich hab ihr hin und wieder etwas zu trinken nach oben gebracht. Du kannst dir nicht vorstellen, wie staubig so eine Archivarbeit ist.

Bella konnte es sich vorstellen.

Vor ein paar Wochen ist sie fertig geworden, sagte Brunner. Sie hatte wirklich keine Ahnung. Ist schon erstaunlich, wie geschichtslos die jungen Leute heute aufwachsen. Sie kam mit den Fotos an und fragte mich, ob die etwas mit den neuen Senatoren zu tun haben könnten.

Und du hast ihr zum Abschied noch eine kleine Unterrichtsstunde in Geschichte gegeben?

In Wirtschaftsgeschichte, sagte Brunner.

Er schwieg und sah vor sich hin. Seine Stimmung war plötzlich umgeschlagen. Sie wusste, dass er nun aufstehen und den Wodka aus dem Kühlschrank holen würde.

Ich brauch Geld, sagte er, nachdem er das erste Glas geleert hatte. Ich hab die Pension, aber das reicht nicht. Erinnerst du dich? Wir haben früher schon mal darüber gesprochen, ob ich so wie du Detektiv spielen soll. Was hältst du davon? Sollen wir uns zusammentun?

Nein, sagte Bella. Aber ich kann dir vielleicht den einen oder anderen Auftrag besorgen. Jedenfalls am Anfang, bis sich dein Ruf als Meisterdetektiv herumgesprochen hat.

Das sollte lustig klingen, aber es klang so erbärmlich wie die ganze Situation war. Brunner hatte seine Arbeit nur noch dank der beinahe unendlichen Langmut getan, die sein Arbeitgeber mit ihm gehabt hatte. Er würde nicht fähig sein, die Disziplin aufzubringen, die nötig war, wenn er sich selbstständig machte. Trotzdem beschloss sie, ihn zu bestärken. Aber Brunner war zu klug, um nicht zu ahnen, was sie dachte.

Du wirst sehen, sagte er betont zuversichtlich, du wirst schon sehen, dass ich noch gut bin. Du kannst es dir vielleicht nicht vorstellen, aber für einen sensiblen Menschen ist es unerträglich, jeden Tag um die gleiche Zeit an denselben Schreibtisch zu gehen und in dieselben dummen Gesichter zu sehen. Damit ist es doch nun vorbei.

Er füllte sein Glas noch einmal mit Wodka und hob es Bella entgegen, ehe er trank.

Ich möchte eigentlich langsam ganz mit der Arbeit aufhören, sagte sie. Nur noch annehmen, was mich wirklich interessiert. Und das wird immer weniger. Es ist einfach so, dass mich die Leute nicht mehr interessieren, die zu mir kommen. Aber vielleicht macht es einen guten Eindruck, wenn ich ihnen statt meiner Hilfe die Hilfe eines erfahrenen Polizisten anbieten kann. Ich sage, ich hätte zu viel zu tun, und schick sie einfach zu dir.

Nett von dir, sagte er, dass du so viel Vertrauen in mich hast. Im Augenblick bist du wahrscheinlich die Einzige.

Du wirst hier aufräumen müssen, sagte Bella, nur, um überhaupt etwas zu sagen. Du wirst so etwas wie ein Büro brauchen. Marie wird bestimmt nichts dagegen haben, wenn du …

Marie, Marie, unterbrach Brunner sie ungehalten, Marie wird sowieso bald ausziehen. Der Verrückte wartet doch schon darauf.

Sollte sie Brunner sagen, dass Marie nur noch deshalb bei ihm wohnte, weil der Verrückte sie davon überzeugt hatte, dass es nötig sei?

Wie ich diesen Familienkram hasse, dachte Bella. Was geht es mich an, wenn die Leute sich gegenseitig das Leben schwer machen? Den jungen Mann, den Brunner verrückt nannte, hatte sie als freundlichen, politisch sehr engagierten Jugendlichen kennen gelernt, der behauptete, für Bullen eine natürliche Feindschaft zu empfinden. Wahrscheinlich waren die beiden, Brunner und Pit, in Wahrheit Rivalen um Maries Gunst. Wieso begriff Brunner nicht, dass er in dieser Frage so etwas wie ein natürlicher Verlierer war, und zog sich großmütig zurück? Weshalb ging Marie nicht ihre eigenen Wege, anstatt sich von zwei Gockeln aus eigennützigen Motiven behindern zu lassen?

Was geht's mich an, dachte Bella und stand auf.

Ich würde dir raten, die Kopien der alten Akten erst einmal beiseite zu legen, möglichst so, dass deine Kunden nicht gleich darüber fallen. Ich ruf dich an, sobald ich jemanden habe, der deine Hilfe braucht. Besorg dir einen Gewerbeschein, dann kannst du dir ganz offiziell ein Schild an die Tür machen.

In dieser Gegend?, fragte Brunner.

Er lachte, wenn auch ein wenig gequält, aber er lachte.

Bella atmete tief, als sie wieder auf der Straße stand. Sie hatte Lust, in eine der vielen Kneipen zu gehen, an denen sie vorüberkam, aber gleichzeitig spürte sie, dass sie zu unruhig war, um still in einer Ecke zu sitzen und Menschen zu betrachten. Bei einem der Zeitungsverkäufer, die auf der Straße unterwegs waren, kaufte sie eine Morgenpost, nur, um einen Augenblick stehen zu bleiben und mit dem Mann ein paar Worte wechseln zu können.

Hier Zeitung, gut, sagte er freundlich, und dann hatte sie plötzlich keine Lust mehr, sich auf ein Gespräch einzulassen. Die Bemerkung war ihr unverständlich. Die Morgenpost war nicht gut, das konnte auch einem einigermaßen intelligenten Zeitungsverkäufer, der sein Geld mit ihrem Verkauf verdiente, nicht entgangen sein. Sie steckte die Zeitung in die Manteltasche, ohne einen Blick hineinzuwerfen. Als sie zu Hause war, wollte sie das mit halb nackten Frauen, Sex-Anzeigen und Polit-Sensatiönchen bedruckte Papier in den Papierkorb werfen. Zufällig fiel ihr Blick auf zwei Fotos. Das erste Foto zeigte Tulla. Sie war erblondet und zur Kultursenatorin gemacht worden. Oder war sie zuerst zur Kultursenatorin gemacht worden und dann erblondet? Tulla war Journalistin. Bella hatte sie und ihren geradezu sensationell gut ausgeprägten Opportunismus kennen gelernt, als sie mit der Frau vom Meer beschäftigt gewesen war. Jetzt gehörte sie dem erbärmlichen neuen Senat an. Es war im Grunde nur unklar, weshalb man erst so spät auf sie gekommen war. Das zweite Foto zeigte eine junge Frau, deren Leiche an den Landungsbrücken entdeckt worden war. Sie hatte im Wasser gelegen, mindestens zwei Tage, aber es handelte sich eindeutig um Hanne Mertens, die Frau, die von ihr Personenschutz gewollt hatte. Der Text unter dem Foto lautete: Diese junge Frau ertrank an den Landungsbrücken, als niemand in ihrer Nähe war. Sie hieß Ruth Kraffzik und die Polizei bittet die Bevölkerung um Hinweise auf ihre Familie oder Menschen, die sie gekannt haben, um die näheren Umstände ihres Todes aufklären zu können. Zur Zeit geht man von einem Unglücksfall aus, aber auch ein Selbstmord kann nicht ausgeschlossen werden.

Bella betrachtete das Foto lange und gründlich. Es bestand kein Zweifel. Die Frau auf dem Foto hatte, soweit sie es erkennen konnte, sogar dieselben Kleidungsstücke getragen wie ihre Besucherin. Wenn die Angaben unter dem Bild richtig waren, musste sie nach dem Besuch bei Bella ins

Wasser gefallen sein oder Selbstmord begangen haben. Bella setzte sich und konzentrierte sich darauf, sich die Szene mit der Besucherin noch einmal in allen Einzelheiten ins Gedächtnis zu rufen. Am Ende kam sie zu dem Ergebnis, dass die Frau weder ängstlich noch traurig gewirkt hatte. Sie war selbstbewusst, anmaßend, ja frech aufgetreten. Und es war vollkommen klar, dass sie, als Bella den Auftrag nicht angenommen hatte, erleichtert gewesen war. Und trotzdem waren die Tote auf dem Foto und ihre Besucherin dieselbe Person. Weshalb hatte sie einen anderen Namen genannt, als sie Bella aufsuchte? Welches war ihr richtiger Name? War sie, Bella, nun Schuld am Tod dieser Frau? Wie war sie überhaupt gestorben? Sie war jung und kräftig gewesen. Man ertrinkt doch nicht einfach, wenn man aus Versehen ins Wasser fällt. Und wie eine Selbstmörderin hatte sie bestimmt nicht gewirkt. Waren bei der Untersuchung der Leiche irgendwelche Spuren von Gewalteinwirkung festgestellt worden? Anscheinend nicht, denn einen Mord hätte sich die sensationslüsterne Zeitung sicher nicht entgehen lassen. Oder hielt die Polizei absichtlich Informationen zurück?

Bella saß da und grübelte, bis ihr einfiel, dass es vor allen Überlegungen eine grundsätzliche Frage zu entscheiden gab: Sollte sie sich um die Angelegenheit kümmern oder nicht? Sie brauchte eine ganze Weile für die Antwort, weil es sehr viele Argumente gab, die dagegen sprachen. Sie war nicht verantwortlich für die Frau. Sie hatte den Auftrag abgelehnt. Es hatte also keine Geschäftsbeziehung zwischen ihnen bestanden. Sie wusste, dass sie Schwierigkeiten haben würde, an polizeiliche Informationen zu gelangen. Kranz und auch Brunner, auf deren Unterstützung sie bisher hatte zählen können, waren schließlich nicht mehr im Apparat. Und sie hatte das unklare Gefühl, dass, nähme sie sich der Sache an, ihr ruhiges, in den letzten Monaten sehr bewusst im Gleichmaß gehaltenes Leben zu Ende sein würde. Der Gedanke bereitete ihr das allergrößte Unbehagen.

Eine Maxime, nach der sie beschlossen hatte zu leben, seit Tolgonai vor ihren Augen erschossen worden war, lautete:

Die Welt geht dich nichts mehr an. Du hast deinen Teil getan. Du hast nichts ändern können. Frauen werden getötet werden. Weil Krieg ist, den du nicht beenden kannst.

Die Tatsache, dass Deutschland sich inzwischen aktiv an verschiedenen Kriegen auf der Welt beteiligt, war ihr nur noch wie ein zusätzliches Argument für ihren Verzicht auf jegliches Engagement erschienen. Sollten sich die Kerle doch gegenseitig umbringen. Sollte das Parlament sich doch freiwillig entmachten und die Öffentlichkeit belogen werden. Sollten doch weibliche Wehrbeauftragte mit Offizieren schlafen, Kulturbeauftragte dazu aufrufen, Journalisten eine Kampfausbildung zu beschaffen, und Männer die Welt beherrschen, die beim Genuss einer Brezel vom Sofa fielen. Ihr, Bella, würde das bis in alle Ewigkeit egal sein. Es ließ sich gut leben mit dieser Haltung. Sie hatte es ausprobiert. Zwar hatte sie in der letzten Zeit bei ihrem Entschluss an den Rändern so etwas wie ein leichtes Ausfransen bemerkt, es hatte zu tun gehabt mit den sich häufenden Soldatenfotos in den Zeitungen. Man musste schon ziemlich abgebrüht sein, um die Bilder von Mördern und Tötungsmaschinen gelassen hinzunehmen oder ganz zu übersehen, die einem täglich präsentiert wurden. Doch es war ihr gelungen und sie war stolz darauf.

Aber weshalb sollte das anders werden, nur weil sie ein paar Nachforschungen anstellte, die ihr den Tod dieser jungen Frau begreifbar machten?

Weil alles mit allem zusammenhängt, dachte sie. Das weißt du genau. Nichts geschieht ohne Grund. Und die Gründe liegen nicht auf der Hand oder an der Oberfläche oder an einer sonst noch gut einsehbaren Stelle. Die Gründe haben keinen Anfang und kein Ende, oder doch, sie haben einen Anfang. Am Anfang steht Gewalt. Wenn du Gründe suchst, dann findest du Gewalt. Du kannst selbst beschließen, wie weit du zurückgehen willst: bis zu den Eltern? Den Großeltern? Kain und Abel? Und wenn du die Menschen betrachtest, betrachtest du die gewaltsamen Verhältnisse, die sie sich geschaffen haben. Die von Männern geschaffen wurden, deren einmaliges und unerreichtes Vorbild der dämliche Kraftprotz Herakles ist. Hast du wirklich Lust, dich auf die Betrachtung dieses Dummkopfs in seiner aktualisierten Form einzulassen? Und: Bist du denn überhaupt davon überzeugt, dass die Frau ermordet worden ist?

Was denn sonst, sagte Bella laut. Und ich möchte gern wissen, weshalb.

Es war nicht viel, was sie wusste, im Grunde

wusste sie fast gar nichts. Sie hatte zwei Namen: Hanne Mertens und Ruth Kraffzik. Sie hatte die Frau lebend gesehen, aber da sie nun tot war und nirgends mehr auftauchen würde, nützte das wenig. Nur, dass die teuren Kleider und das Luxusauto nicht so richtig zu ihr gepasst hatten, war klar. Der Name Mertens war vermutlich falsch gewesen. Sie wusste nun vielleicht den richtigen Namen. Immerhin. Und wenn der Name falsch gewesen war, war ja vielleicht auch das Auto nicht ihr eigenes gewesen?

Es gab nicht viele Autoverleiher in der Stadt, die einen Maserati mit Chauffeur in der Garage hatten.

Die drei, die in Frage kamen, rief sie nacheinander an. Das Gespräch lief jedes Mal in fast den gleiche Worten ab.

Kripo Hamburg. Schmidt. Wir brauchen eine Auskunft von Ihnen.

Moment, ich hol mal den Chef.

Pause. Warten.

Hallo, wer ist da?

Sind Sie der Chef?

Allerdings. Und Sie sind von der Kripo?

Wir brauchen nur eine kleine Auskunft. Sie vermieten doch Maseratis? Hat bei Ihnen am 18. dieses Monats eine junge Frau einen solchen Wagen mit Chauffeur gemietet?

Wir vermieten Autos, aber keine Chauffeure.

Sehen Sie trotzdem nach.

Pause. Warten.

Nein, am 18. hat der Wagen den ganzen Tag hier gestanden.

Die Spur war keine, jedenfalls nicht im Augenblick. Blieb noch der Name. Hanne Mertens war falsch. Sie erinnerte sich an das Gesicht der jungen Frau, als sie ihr den Namen entgegengeschleudert hatte. Was hatte sie dabei gesagt? Da staunste, was? Vielleicht war der Name etwas Besonderes. Mit einer besonderen Person verbunden? Sie hatte keine Ahnung. Und wo sollte sie etwas darüber herausfinden? Vielleicht war es einfacher, zuerst mit dem richtigen Namen zu beginnen. Ruth Kraffzik. Im Telefonbuch gab es fünfmal den Namen Kraffzik. Sie rief fünf Telefonnummern an, stellte sich als Gerichtsmedizin, Schmidt, vor und hatte fünfmal keinen Erfolg. Es überraschte sie nur, mit welcher Bereitwilligkeit die Leute am Telefon Auskunft gaben. Bei zweien, da war sie sicher, hätte sie zu einer verabredeten Stunde kommen und die Wohn- und Schlafzimmer in aller Ruhe nach Bargeld durchsuchen können.

Bella überlegte. Eigentlich blieb ihr nur der Weg zur Polizei, aber bevor sie sich dort eine Niederlage abholte, würde sie lieber einen Gang an den Tatort machen. Es könnte doch sein, dass die Kollegen irgendeine Kleinigkeit übersehen hatten, mit der sie in dem Spiel »eine Hand wäscht die andere« ihre Chance bekäme. Ihr fiel ein, dass sie nicht wusste, ob der Fundort der Leiche auch der Tatort gewesen war. Sie nahm den Artikel noch einmal zur Hand, um nach irgendwelchen Hinweisen zu suchen. Da stand: ertrank an den Landungsbrücken. Das ließ darauf schließen, dass sie auch dort ins Wasser gefallen war. Sie würde sich an den Landungsbrücken umsehen. Aber noch etwas anderes im Text hatte Bellas Aufmerksamkeit geweckt: Die Polizei wusste, wie die Frau hieß, aber anscheinend waren ihr die Familie und der Wohnort der Toten unbekannt. Wenn die Frau einen Ausweis bei sich gehabt hatte, wäre es einfach gewesen, festzustellen, wo sie wohnte. Wenn sie aber keinen Ausweis bei ihr gefunden hatten, konnten sie eigentlich auch ihren Namen nicht kennen.

Ein kalter Wind schlug ihr den Regen ins Gesicht, als sie vor die Tür trat. Sie verzichtete darauf, zu Fuß zu den Landungsbrücken zu gehen. Der Porsche sprang nach wenigen Versuchen an. Das Motorgeräusch klang angeberisch. Es sollte, wie Schminke oder Kosmetik bei Frauen, die nicht alt werden können, über das wahre Alter des Autos hinwegtäuschen. Bella war froh, als sie den Wagen an der Hafenstraße abstellen konnte. Aber der Wind und der Regen waren so grässlich, dass sie zurückging und den Steg der Brücke 10 bis zum Wasser hinunterfuhr. Erst auf dem Ponton stieg sie wieder aus. Als sie dort stand und den kahlen, nassen Beton vor sich liegen sah, wurde ihr klar, dass sie umsonst hierher gekommen war. Sie wusste weder, an welcher Brücke die Frau gefunden, noch wo sie wieder ins Wasser gestoßen worden war. Es gab zehn Brücken und weit und breit niemanden, der sich an einem gewöhnlichen Alltag bei ungewöhnlich schlechtem Wetter hier unten aufhielt. Es war Unsinn, an den Brücken nach Hinweisen zu suchen.

Sie flüchtete zurück ins Auto und blieb dort eine Weile sitzen. Vor ihr lag graues, unruhiges Wasser und, am gegenüberliegenden Ufer, Dock 10 der Werft. Die stählerne Außenwand, die Wand, die zum Fluss und zur Stadt hinüber zeigte, war mit buntem Graffiti bemalt.

Der Regen schlug gegen die Frontscheibe. Bella stellte die Scheibenwischer an. Das Gemälde dort drüben war nun etwas besser zu sehen. Sie sah ein strahlend weißes Schiff, das gerade die Werft verließ. Die Bedeutung der übrigen Malerei konnte sie nicht erkennen. Aber vielleicht kam es darauf ja auch gar nicht an? Vielleicht war nur wichtig, dass auf dem Bild ein weißes Schiff vom Stapel lief?

Bella schüttelte den Regen aus den Haaren und fuhr an. Es würde ihr nichts anderes übrig bleiben, als ihr Glück bei der Polizei zu versuchen. Sie musste sich auf dem Weg dorthin eine einigermaßen plausible Geschichte ausdenken.

Das Büro, in dem sie landete, war neu, nüchtern und strahlte den Scharm der fünfziger Jahre aus. Der Mann, dem sie gegenüberstand, war weder besonders freundlich noch auffallend attraktiv. Er schien aber über ausreichende Intelligenz zu verfügen, denn er verstand Bellas Anliegen schon nach der zweiten Erklärung.

Über den Stand und den Inhalt der Ermittlungen kann ich Ihnen selbstverständlich keine Auskunft geben. Es wundert mich, dass Sie überhaupt fragen. In Ihrem Job weiß man im Allgemeinen um das Verhältnis von staatlichen Ermittlungsorganen und privater Detektivspielerei.

Seine Antwort war eine Frechheit. Und er trug sie mit der Überzeugung eines Mannes vor, der nicht nur das gesamte, in Form eines Polizeisterns neu erbaute Gebäude des Polizeipräsidiums, sondern die Staatsgewalt von Hamburg bis Berlin hinter sich wusste. Weshalb, so mochte er sich denken, soll ich dieser Hergelaufenen irgendeine Auskunft geben.

In meinem Job gibt's eben immer mal wieder Ausrutscher, sagte Bella. So Leute wie mich, die noch an das Gute im Menschen glauben.

Und was soll in diesem Fall das Gute sein?, fragte der Mann. Er war verblüfft. Er sah es nicht. Er konnte es nicht sehen.

Das Gehirn, sagte Bella ganz ernst. Ich finde, das Gute am Menschen ist sein Gehirn. Das ist der Ort, an dem vernünftige Entschlüsse gefasst werden können.

Und was sollte in diesem Fall ein vernünftiger Entschluss sein?, fragte der Mann.

Es sah beinahe so aus, als habe er Gefallen an ihrem Frage- und Antwortspiel gefunden. Bella sah ihn sich genau an, bevor sie antwortete, aber es gab auch bei genauerem Hinsehen keine besonderen Merkmale an ihm zu entdecken.

Über den eigenen Schatten zu springen, natürlich, sagte Bella. Das ist übrigens der einzige Sprung, bei dem man nur äußerst selten mit der Nase im Dreck landet.

Sie werden doch nicht um meine Nase besorgt sein?

Der Beamte lächelte nun und Bella verstärkte ihr Lächeln. Anscheinend hatte sie den richtigen Ton getroffen. Der Rest war dann einfach. Sie erfuhr, dass der Körper der Frau noch in der Gerichtsmedizin war. Dort hat man so viel zu tun, dass die Ergebnisse einer genaueren Untersuchung nicht vor Ende der Woche zu erwarten sein würden. Auch die Polizei ging inzwischen nicht mehr von Unfall oder Selbstmord aus. Eigentlich war man von Anfang an nicht davon ausgegangen.

Und weshalb nicht?, fragte Bella.

Zu dieser Frage schwieg der Beamte dann beharrlich. Bella begriff, dass er bereit gewesen war, ihr Informationen zu geben, die aus irgendeinem Grund am Kern der Sache vorbeigegangen waren. Über den Kern aber wollte oder konnte er nichts sagen. Es hatte keinen Sinn, ihn weiter zu bedrängen. Es könnte doch sein, dass sie seine freiwillige oder unfreiwillige Mitarbeit noch einmal brauchen würde. Sie bedankte sich, ließ sich noch einmal den Namen ihres Gesprächspartners nennen – er hieß Weiß –, sagte, es wäre ja möglich, dass sie ihn noch einmal anriefe, um ihm etwas über interessante Ergebnisse ihrer Ermittlungen mitzuteilen, und ging.

Unterwegs dachte sie wehmütig an die Zeit zurück, als sie ihre Kontakte zur Polizei über den jungen Kollegen Beyer hergestellt hatte. Beyer war tot. Kranz befand sich auf einer Weltreise und Brunner auf einer langen Reise in die Nacht. Plötzlich wurde ihr bewusst, dass die Männer, die ihr in den vergangenen Jahren etwas bedeutet hatten, allesamt Polizisten gewesen waren.

Schon merkwürdig, Bella Block, findest du nicht?, dachte sie. Und es war sicher kein Zufall, dass ihr gleich darauf einfiel, wie lange sie nicht an Olgas Grab gewesen war. Ihre Mutter hatte Polizisten nicht ausstehen können. Sie hielt sie für Vertreter der Staatsgewalt, der Demokraten grundsätzlich kritisch gegenüberzustehen hätten. Dass Bella eine Zeit lang Polizistin gewesen war und auch nach dem Ende ihrer Karriere als Büttel des Staates noch Freunde unter ihnen hatte, war für Olga Anlass zu ständigen Missfallenskundgebungen gewesen. Der Gedanke, bei einem Spaziergang über den Friedhof noch einmal über die Tote im Hafen nachzudenken, vielleicht dabei sogar auf eine Idee zu kommen, wie der Wahrheit in dieser undurchsichtigen Sache näher zu kommen wäre, gefiel ihr. Sie lenkte den Wagen in Richtung Ohlsdorf, nur um gleich darauf zu bremsen, auf der Straße zu wenden und die Richtung nach Hause einzuschlagen. Sie wollte nicht an Olgas Grab stehen. Sie wollte am liebsten gar nichts mit Toten zu tun haben, egal, ob es sich dabei um ihre Mutter oder um eine Unbekannte handelte, von der sie nichts weiter wusste als den Namen.

Und wer weiß, vielleicht war der genauso falsch, wie der, den sie genannt hatte.

Das Autoradio meldete einen Stau auf der Ost-West-Straße, deshalb nahm sie einen Schleichweg und kam, Zufall oder nicht, am Hafen-Hotel vorbei. Der Abend und die Nacht dort mit Kranz waren schön gewesen. Sie hielt an. Auf die Lebenden zu trinken, schien ihr vernünftiger, als an die Toten zu denken.

Das Restaurant war leer. Auch an der Bar saß niemand. Bella setzte sich an das äußerste Ende, lehnte den Rücken an die Wand und sah durch die breiten Fenster hinaus auf den Eingang zum alten Elbtunnel. Auch dort war keine Menschenseele zu entdecken. Einen Augenblick lang schien es, als sei sie allein auf der Welt. Ein Kellner kam. Sie bestellte zwei Wodka, achtete nicht auf das erstaunte Gesicht des Kellners, saß entspannt da und dachte amüsiert daran, dass Kranz nun gerade mit der einzigen Frau an Bord, die allein und unter siebzig war, zusammen an einer der Bars hockte und sich darin übte, auf intelligente Art Konversation zu machen.

Ich würde gern mitlachen, sagte jemand neben ihr.

Bella sah auf. Natürlich, sie hätte es sich denken können. Der Müßiggänger, ein wenig zerknittert, ein wenig lässig und mit viel Zeit.

Der Witz war absolut privat, sagte Bella.

Ich möchte mich nicht aufdrängen. Aber es könnte doch sein, dass wir etwas finden, worüber wir auch gemeinsam lachen können. Wenn wir ein bisschen überlegen? Darf ich mich vorstellen? Krister, Krister Mangold.

Bella Block, sagte Bella. Und wenn Sie etwas finden, worüber wir lachen können, dürfen Sie sich setzen.

Das ist sehr einfach. Ich sage Ihnen meinen Beruf und Sie werden sehen …

Beruf? Bella lachte.

Sehen Sie, sagte Mangold, nun lachen Sie schon, ohne dass ich etwas gesagt habe. Was ist so komisch? Das müssen Sie mir verraten.

Ach, ich lache nicht über Sie. Ich lache über mich. Ich hatte Ihnen nämlich schon einen Beruf gegeben.

Mir? Nur, weil wir uns ein paar Mal gesehen haben? Und welchen? Bitte. Das interessiert mich nun.

Er hat das Gesicht eines Jungen, dachte Bella.

Aber er ist kein Junge, dieser Mangold. Er ist Anfang vierzig und ziemlich attraktiv, jedenfalls, wenn man große Männer mag, die dunkle Haare haben und sich etwas seltener rasieren als der gewöhnliche Deutsche.

Für mich waren Sie der Müßiggänger, sagte sie. Ich hatte Sie eigentlich für ein Überbleibsel aus einem Roman der zwanziger Jahre des letzten Jahrhunderts gehalten.

Du lieber Himmel, sagte Mangold. Ich glaube, vor Ihnen muss man sich in Acht nehmen.

Kann auf jeden Fall nicht schaden, aber was erstaunt Sie so? Habe ich Recht gehabt?

Ich möchte gern etwas trinken. Ich trinke um diese Zeit Gimlet und ich werde Ihnen erklären weshalb, wenn Sie mir dabei Gesellschaft leisten.

Mangold wartete Bellas Zustimmung ab und bestellte zwei besonders schöne Gimlets.

Ich versuche mich als Schriftsteller, deshalb der Gimlet, sagte er und hielt Bella das Glas entgegen, bevor er trank. Es kommt mir so vor, als sei das ein typisches Getränk. In Wirklichkeit versuche ich mich nämlich nicht nur als Schriftsteller, sondern als Krimi-Schriftsteller.

Von Versuchen kann man nicht leben, sagte Bella. So ein Leben im Hotel ist nicht gerade billig, nehme ich an.

Ach, es geht, antwortete Mangold. Aber es hat auch sehr angenehme Seiten. Und als Bella ihn ungläubig ansah: Ich hab ein bisschen geerbt, also nichts, was sich mit Paul Getty vergleichen ließe. Aber ich kann ganz gut davon leben.

Er machte eine kleine Pause. Man sieht mir schon

an, dass ich nichts tue?, fragte er dann und machte dazu ein so betrübtes Gesicht, dass Bella wieder lachen musste.

Ich hab's Ihnen angesehen, sagte sie. Wahrscheinlich, weil …, sie unterbrach sich. Sie hatte sagen wollen, weil ich ganz ähnlich lebe, aber sie fand, dass sie Mangold nicht gut genug kannte, um ihm etwas über ihr Leben zu erzählen.

Ich hab einen Blick für Leute, sagte sie, beruflich bedingt. Und weil Sie unter dem Nichtstun leiden, werden Sie Schriftsteller?

Krimi-Schriftsteller, antwortete Mangold.

Ist das nicht gleich? Ich meine, wo ist da der Unterschied?

Mangold sah sie interessiert an.

Sie sind keine Deutsche?

Was hat denn das nun wieder zu bedeuten? Natürlich bin ich Deutsche. Es ist mir ziemlich wurscht, was in meinem Pass –

In deinem Pass, Bella, steht, dass du in Neapel zur Welt gekommen bist, dachte sie. Irgendwann hat Olga es fertig gebracht, euch beiden die deutsche Staatsbürgerschaft zu besorgen. Das war in der Zeit, als ihr in der sowjetisch besetzten Zone gelebt habt. Vielleicht haben die da drüben sich nicht so angestellt in solchen Sachen. Vielleicht schien es Olga auch nur praktischer zu sein. Die Revolution war vorbei. Zum bürgerlichen Leben gehörte ein bürgerlicher Pass. Olga hat immer praktisch gedacht.

Sie sind eben sehr weit weg gewesen in Ihren Gedanken, sagte Mangold. Ich hab uns noch zwei Gimlets bestellt.

Eine junge Frau, die Bella zuvor an der Rezeption gesehen hatte, kam heran und stellte sich neben Mangold. Sie trug ein schwarzes Kleid und eine feine, goldene Kette um den Hals. Ihre Haare waren sehr dunkel und ihre Haut hatte einen olivbraunen Ton. Sie war sehr hübsch.

An der Rezeption ist ein Telefongespräch für Sie, Herr von Mangold, sagte sie. Sie hatte auch eine hübsche Stimme.

Mangold entschuldigte sich und ging mit der jungen Frau nach vorn.

Von Mangold, dachte Bella belustigt. Ich hab immer gewusst, dass sich in diesem Land noch nicht viel geändert hat, seit der Kaiser zum Holzhacken geschickt worden ist. Sie winkte dem Kellner und zahlte ihren Wodka.

Sie können jetzt nicht gehen, sagte Mangold. Ich hab Ihnen doch noch gar nicht erzählt, weshalb ich ein berühmter Krimi-Schriftsteller werden will.

Er war zurückgekommen und stand neben ihr, bereit, sich ihr in den Weg zu stellen.

Das ist sicher eine zu lange Geschichte, sagte Bella. Lang und kompliziert. Solche Sachen liegen mir nicht.

Sie bleiben?

Er trat einen Schritt zur Seite. Bella war unentschlossen. Dann fiel ihr ein, dass es keinen besonderen Grund gab, gerade jetzt nach Hause zu gehen. Sie konnte genauso gut noch ein wenig an dieser Bar sitzen und sich von einem gut erzogenen jungen Mann eine belanglose Geschichte erzählen lassen.

Mein Problem ist, glaube ich, dass ich einfach zu

harmlos bin, um ein wirklich guter Krimi-Autor zu werden, sagte Mangold. Ich bin zu – zu –, er suchte nach dem richtigen Wort.

Weshalb muss es denn ausgerechnet ein Kriminalroman sein? Hin und wieder eine hübsche, kleine Reiseerzählung, eine Kurzgeschichte à la Menschen im Hotel, wäre das nicht Ihrem Leben sehr viel angemessener? Ich stell mir vor – also wirklich, ich hab keine Ahnung von Kriminalromanen –, aber ich stell mir vor, dass man dafür vielleicht besondere Milieukenntnisse haben muss? Sie sehen nicht so aus, als ob Sie wüssten, wie man mit einem Revolver umgeht oder mit einer Drahtschlinge.

Drahtschlinge?

Bella hob die Hände an den Hals und machte eine Geste, die das Zuziehen einer Schlinge demonstrieren sollte.

Aber darauf kommt es doch gar nicht an, sagte Mangold. Seine Stimme klang beinahe erleichtert. Mordmethoden, meine Güte, da muss ich doch nur in irgendein Fachbuch sehen.

Sehen Sie, sagte Bella. Ich hab Ihnen gesagt, dass ich nichts von der Krimi-Schriftstellerei verstehe. Und worauf kommt es an, Ihrer Meinung nach?

Sie begann sich zu langweilen. Nur gute Manieren und ein erfreulicher Anblick reichen vielleicht doch nicht, dachte sie. Sie schob ihr Glas beiseite und sah Mangold an. Es war eine Veränderung in ihm vorgegangen, irgendetwas an ihm war anders als zu Beginn ihres Gespräches. Sie versuchte herauszufinden, was das war. Sein Gesicht war blass. Über der Oberlippe glänzte seine Haut wie von einem dünnen Schweißfilm überzogen. Er sah aus, als habe er vergessen, dass er sich in einem Gespräch befand. Seine Augen wanderten zwischen den Flaschen an der Rückwand der Bar hin und her. Im Spiegel hinter den Flaschen waren die Lichter der Werft zu sehen, die jenseits des Flusses lag.

Wie spät ist es?

Er fragte mit einer Stimme, die gleichzeitig gehetzt und gepresst klang, so, als könnte die Antwort auf eine harmlose Frage eine Katastrophe auslösen.

Ich weiß es nicht, sagte Bella, ich habe keine Uhr. Aber es sieht so aus, als ob Sie eine hätten.

Sie sah auf Mangolds Handgelenk. Er hatte seine Hände auf den Tresen gelegt, fest, so, als wolle er ein Zittern vermeiden.

Ja, sagte er, ich hab eine Uhr. Es wird acht sein.

Fünf Minuten nach acht, antwortete Bella. Über der Tür zum Restaurant hatte sie eine alte Schiffsuhr entdeckt, die offensichtlich funktionierte. Mangold atmete tief. Seine Hände entkrampften sich. Er war sichtlich erleichtert. Er wandte sein Gesicht von den Flaschen und Spiegeln hinter der Bar ab und Bella zu. Unter der Nase glänzte die Haut noch immer, aber die Farbe war in sein Gesicht zurückgekehrt.

Wunderbar, sage er, das ist ganz wunderbar. Wo waren wir stehen geblieben? Ach ja. Ich wollte Ihnen erklären, worauf es meiner Meinung beim Kriminalroman ankommt. Ich habe lange überlegt, aber ich glaube, ich hab's verstanden. Das Zentrale, das, was unbedingt im Mittelpunkt stehen muss, was immer da sein muss, auch wenn nicht darüber geredet oder geschrieben wird, dieses Zentrale, auf das es ankommt, ist – er machte eine kleine Pause und strahlte Bella an – die Angst.

Bella sagte nichts. Sie sah ihn an und wartete. Sie war sicher, Mangold würde weiter reden. Er musste reden, um die Anspannung abzubauen, unter der er gestanden hatte. Sie hatte plötzlich wieder Lust, ihm zuzuhören.

Überrascht Sie das?, fragte Mangold. In seiner Stimme klang so etwas wie ein kleiner Triumph mit. Ich will Ihnen ehrlich sagen, dass mich diese Erkenntnis am Anfang auch überrascht hat. Nichts von dem, was ich mir zurechtgelegt hatte – Milieu oder böse Schurken oder raffinierte Mordtheorien – zählt wirklich. Was wirklich zählt, ist die Fähigkeit, den Lesern ihre Angst bewusst zu machen. Angst haben sie alle. Aber niemand gibt gern zu, dass er Angst hat.

Der Krimi als Therapeutikum, sagte Bella.

Lachen Sie ruhig, aber ich werde Ihnen beweisen, wie wichtig es ist, Angst nicht zu unterdrücken. Sehen Sie, wenn alles, was wir tun, von Angst bestimmt ist –

Von unbewusster Angst, sagte Bella.

Wenn alle unsere Handlungen davon bestimmt sind, dann können wir uns niemals frei entscheiden. Wissen Sie, wo Sie jetzt sein würden, wenn Sie Ihr Leben in der Hand gehabt hätten?

Ich hab's in der Hand, denke ich, sagte Bella, und deshalb werde ich jetzt gehen. Mag ja sein, dass Angst in Ihrem Leben eine besondere Rolle spielt. Ich hab mich bisher für relativ furchtlos gehalten und so soll's auch bleiben. Vielleicht sollten Sie noch einmal überlegen, ob Sie wirklich Kriminalromane schreiben oder nicht doch lieber Ihr Leben in Ordnung bringen wollen. Wenn Sie schon das Vorrücken des Uhrzeigers in Panik versetzen kann, gibt es bestimmt ein paar Dinge, die Sie klären sollten.

Ich könnte mit Ihnen darüber reden, sagte Mangold. Alle Erregung war aus seiner Stimme gewichen. Er wirkte ernst und nüchtern und sympathisch.

Nein, danke, antwortete Bella. Ich eigne mich überhaupt nicht zur Therapeutin. Und ich habe überhaupt keine Lust, mich mit den Schwierigkeiten anderer zu befassen. Es war interessant, Ihnen zuzuhören. Ich wünsche Ihnen noch einen schönen Abend.

Schade, hörte sie Mangold in ihrem Rücken sagen. Ich bin übrigens jeden Abend um diese Zeit hier. Für den Fall, dass Sie einmal wieder Lust auf einen Gimlet haben.

Auf dem Weg nach Hause dachte sie über die Begegnung nach. Sie stellte fest, dass ihr der Mann trotz der merkwürdigen Redereien sympathisch war. Die Vorstellung, ihn hin und wieder im Hotel zu treffen, war ihr nicht unangenehm. Sie fand, dass Mangold und sie etwas gemeinsam hatten, eine Art sicher finanziertes Außenseiterleben, das eine besondere Sicht auf die Welt beinahe automatisch mit sich brachte; eine Sichtweise, bei der man nur selten einen Partner fand. Sie war sich der Tatsache bewusst, dass sie gern wieder einen Freund gehabt hätte, und Mangold schien ihr jetzt, von weitem sozusagen, dafür gar nicht ungeeignet zu sein. Er hatte irgendein Problem, das war deutlich geworden. Aber Probleme waren dazu da, dass man sie löste.

Nur nicht jetzt, dachte sie. Zuerst will ich wissen, wer Ruth Kraffzik umgebracht hat. Es müsste doch möglich sein, herauszufinden, wo sie gelebt hat. Sie dachte an Brunner. Irgendwelche Beziehungen müßte er doch noch haben, die man ausnutzen könnte. Sie beschloss, am nächsten Vormittag mit ihm zu telefonieren. Sie selbst würde die Gerichtsmedizin anrufen. Sie musste versuchen, das Ergebnis der Obduktion von dort zu bekommen. Zufrieden damit, wenigstens zwei kleine Schritte für den nächsten Tag geplant zu haben, schaltete sie das Autoradio ein.

> Die Gebärmuter ist ein dunkler,
> gefährlicher Ort, eine
> unsichere Umgebung. Wir hätten
> unsere potenziellen
> Kinder lieber an einem Ort,
> an dem wir sie beobachten
> und bestmöglich schützen könnten.

Sie hörte einen Augenblick der Stimme eines Wissenschaftlers zu, bevor sie das Radio wieder ausschaltete. Die Vorstellung, ihn und seine Kollegen vor rosafarbenen Plastikbehältern zu sehen, in denen Föten schwammen, die auf ihre Tauglichkeit als Panzerfahrer, Bombenwerfer oder Eisverkäufer untersucht wurden, bereitete ihr Übelkeit.

Im Haus war es warm und der Sessel am Fenster wirkte einladend. Sie brachte ein paar Bücher auf das Tischchen daneben und holte sich noch eine

Decke, bevor sie sich niederließ, um zu lesen. Zuerst las sie einen kleinen, einfühlsamen Aufsatz von Ilse Aichinger über Dashiell Hammett. Sie mochte Hammett. Aber ihre Gedanken waren nicht bei der Sache.

Was für einen Unsinn dieser junge Mann redet, dachte sie, ich werde ihm ein paar Krimis von Hammet geben, damit er etwas Vernünftiges hat, um sich zu orientieren. Angst. Wie albern. Aber er hat es ernst gemeint. Und er hatte Angst, jedenfalls zeitweise.

Sie verdrängte die Gedanken an Mangold so gut sie konnte. Eine Weile gelang es ihr auch, dann spürte sie, dass sie müde wurde. In ihrer Bibliothek gab es eine kleine Abteilung von Reiseberichten und Tagebüchern zum Thema Moskau. Vor einigen Tagen war als Neuerwerbung Feuchtwangers Moskau 1939 dazu gekommen. Sie hatte das Buch noch nicht gelesen und überlegte einen Augenblick, ob sie es mit hinaufnehmen sollte. Während sie vor dem Bücherregal stand und den Band unschlüssig in der Hand hielt, hörte sie draußen vor dem Fenster ein Geräusch. Sie lauschte, aber das Geräusch wiederholte sich nicht. Trotzdem beschloss sie, nachzusehen. Es war nicht das erste Mal, dass sich jemand an ihrem Haus zu schaffen machte. Sie hatte keine Lust, wieder Geld für Reparaturen auszugeben. Also nahm sie die Taschenlampe und ging vor die Tür. Es war niemand zu sehen. Es regnete stark. Vielleicht hatte der Regen einen Zweig heruntergeschlagen. Trotzdem ging sie, den kleinen Garten ableuchtend, um das Haus herum. Aber es zeigte sich niemand. Bevor sie um die Hausecke bog, um wieder hineinzugehen, meinte sie, einen leichten Benzingeruch wahrzunehmen. Sie blieb stehen, aber anscheinend hatte sie sich getäuscht. Der Benzingeruch konnte auch aus dem Garten des Nachbarn gekommen sein. Dort stand am Ende eines Grundstücks, das mindestens fünftausend Quadratmeter groß war, eine offene Hütte, die die Kinder der Familie manchmal als Unterstand für ihre Motorroller benutzten.

Sie ging wieder hinein, legt die Taschenlampe beiseite, nahm nicht den schmalen Feuchtwanger-Band, sondern eine Abhandlung mit dem, wie sie fand, interessanten Titel »Die Legende vom Künstler« zusammen mit einem Glas Wasser und trug beides nach oben. Sie war zu müde, um länger als fünf Minuten zu lesen, und von dem, was sie in diesen fünf Minuten gelesen hatte, wusste sie am nächsten Morgen nichts mehr. Dafür erinnerte sie sich genau an einen Traum, in dem Olga eine Rolle spielte. Olga war nicht tot, sondern lebte und saß, angetan mit einem roten Gewand und einer Mütze auf dem Kopf, die den Hüten der Richter am Bundesgerichtshof ähnlich sah, auf einer Parkbank und fütterte Eichhörnchen.

Mein Kind, sagte Olga, da siehst du, wie weit es die Gerechten gebracht haben.

Das muss man sich mal vorstellen.

Sie waren vier Tage und vier Nächte in Genua eingesperrt gewesen. Natalja war der Polizei entkommen, Heimvorteil, aber als die anderen aus dem Tor des Gefängnisses gekommen waren, hatte sie auf der Straße gestanden. Sie hatte gewartet. Und sie hatte auch etwas zu essen: Brot und Käse. Später sagte Elfriede, sie habe noch niemals in ihrem Leben so gutes Weißbrot gegessen. Und wenn die Bullen in Genua nicht so widerlich gewesen wären, würde sie dableiben. Nur wegen des Brotes.

Und dann wollte Natalja mitkommen.

Sie verständigten sich schnell darüber, dass das nicht möglich sei. Sie hatten selbst keine feste Unterkunft. Es war schwer genug, jeden Abend irgendwo ein Quartier zu finden. Noch eine Person würde nur die Schwierigkeiten vergrößern.

Und woher kommst du überhaupt und weshalb muss es unbedingt Deutschland sein?

Natalja kam aus Nervi, einem Vorort von Genua. Die anderen kannten Nervi nicht, aber sie konnten es sich vorstellen, als Natalja ihnen den Ort beschrieb: Jugendstil-Villen, verfallende Gärten, manchmal Klaviermusik aus geöffneten Fenstern, die Straßen abfallend zum Meer hin, Sonnenuntergänge, die das Meer rot färben; das Meer und die Alten, die unten an der Promenade sitzen. Untote aus der Zeit, in der die Villen gebaut worden waren, übrig geblieben, als habe sie der, der dafür zuständig war, sie rechtzeitig sterben zu lassen, einfach vergessen.

Sie kann schön reden, hatte Ruth gesagt, als Natalja schwieg.

Wieso sprichst du Deutsch?

In unserer Familie wurde schon immer Deutsch gesprochen. Meine Großmutter hat darauf bestanden, dass ich es lerne. Wir sprechen auch Russisch.

Und Italienisch, natürlich. In unserem Haus hat einmal eine berühmte russische Dichterin gewohnt, als sie noch ein Kind war. Sie hieß Marina Zwetajewa. Damals waren viele Russen hier, reiche Russen. In Nervi haben sie den Winter verbracht.

Natalja hatte noch eine Weile über die russische Dichterin geredet. Die anderen hatten ihr zugehört.

Sie ist so was wie du, Hannah, hatte Elfriede endlich gesagt. Sie kommt aus einem reichen Haus. Und sie ist eine Dichterin.

Und das genügt? Das glaubt ihr doch wohl selbst nicht.

Und dann war Ruth an der Reihe gewesen zu fragen.

Was hast du gemacht, außer Sprachen gelernt und das Meer besungen?

Warum bist du in Genua dabei gewesen?

Wen kennst du in der Stadt, der uns helfen könnte?

Wie bist du gerade auf uns gekommen?

Als Antwort auf diese Frage hatte Natalja Elfriede angesehen und die anderen hatten verstanden. Es war so, wie es schon öfter gewesen war. Elfriede hatte die kleine Natalja beeindruckt.

Wie alt bist du eigentlich?, fragte Ruth.

Ihre Stimme klang schon nicht mehr so unfreundlich. Sie waren ein Stück vom Gefängnistor entfernt und gingen in die Richtung, die Natalja ihnen zeigte. Sie wussten schon, dass sie diese Nacht ein Bett haben würden.

Achtzehn, antwortete Natalja.

Die anderen sahen sie an; sahen ihr breitflächiges, braunes Gesicht, die schmalen Augen, die dicken, dunklen Zöpfe, die sie um ihren Kopf gewickelt hatte.

Sie ist jünger, hatte Elfriede gesagt. Aber das macht nichts. Sie wird schon achtzehn werden.

Da war sie aufgenommen gewesen. Das war Monate her und nun liegen sie in diesem Bunker, eingewickelt in Decken, die Hannah aus dem Haus ihrer Eltern geholt hat, während die in New York an einem Erinnerungsfest zum 11. September teilnehmen, und Elfriede hat gerade gesagt: Man muss sich das mal vorstellen.

Sie schweigt eine Weile, bevor sie weiter spricht. Ihre Stimme ist klar und gut zu verstehen.

An dem Abend ist die Mertens unterwegs gewesen. Sie war ja eine berühmte Schauspielerin und oft eingeladen. Bevor sie in ihre eigene Wohnung ging, hat sie bei ihrer Freundin angeklopft. Die haben da schon gesessen, der Spitzel und zwei Gestapoleute, die sich unter falschem Namen vorgestellt hatten. Natürlich wusste die Mertens davon nichts, weder von dem Spitzel, obwohl sie den Mann schon länger kannte, noch von diesen beiden Schweinen. Sie ist dann noch eine Weile dort geblieben und hat mit denen getrunken. Und dann haben sie alle zusammen dieses Lied gesungen.

Natalja, die die Geschichte nicht kennt und auch das deutsche Lied nicht, fragt nach dem Lied. Elfriede singt es kurz vor.

Es geht alles vorüber, es geht alles vorbei.
Zuerst Adolf Hitler, und dann die Partei.

Dann redet sie weiter, ohne Pause, bis sie die Geschichte hinter sich hat.

Das war ja auch richtig mit dem »Vorüber«. Es war Februar, Februar 1945, und die Alliierten waren schon nah. Da rennen diese Gestapo-Leute noch rum und stellen der Mertens eine Falle. Ein paar Tage später ist sie morgens zum Milchholen gegangen. Da sind sie ihr auf der Straße entgegengekommen. Sie haben sie unter einem Vorwand, irgendetwas mit Bezugsscheinen, angeblich waren sie beim Wirtschaftsamt, mitgelockt. Die Mertens hätte bestimmt geschrien, wenn sie auf der Straße festgenommen worden wäre. Sie war eine sehr mutige Frau. Die hätte die Leute zusammengeschrien. Sie haben sie nach Fuhlsbüttel gebracht. Da ist sie verhört worden, gefoltert worden, geschlagen worden. Es waren Aufseherinnen da, KZ-Aufseherinnen, die sie besonders gehasst haben. Sie hat Widerstand geleistet. Sie ist frech gewesen. Bestimmt ist sie frech gewesen. Deshalb wurde sie in den Arrestbunker gesperrt. Kalt, keine Decke, zwei Scheiben Brot am Tag, keine Unterwäsche, nur das KZ-Kleid an. Dafür gibt es Zeugen, wie diese Weiber sie gequält haben. Und es war allen klar, dass der Krieg zu Ende gehen würde. Wahrscheinlich konnte man die Engländer schon hören. Ich stell mir vor, dass die Aufseherinnen gerade deshalb so grausam waren. Sie waren am Ende und das hat sie wütend gemacht und neidisch auf die anderen, die versucht hatten, anständig zu bleiben.

Es interessiert mich nicht, was diese Weiber für Gründe hatten, sagt Hannah. Du bist zu sentimental. Du versuchst, sie zu verstehen. Du kannst sie aber nur verstehen, wenn du genauso bist. Du bist aber nicht wie die. Deshalb hör auf.

Ich weiß nicht, antwortet Elfriede. Ihre Stimme klingt klein.

Erzähl die Geschichte zu Ende, bitte, sagt Natalja.

Ihretwegen hat Elfriede damit begonnen. Natalja wollte wissen, was Ruths zweiter Name zu bedeuten hat.

Um die Zeit hat die SS Befehl gegeben, das KZ Neuengamme zu räumen. Alle KZs mussten geräumt werden, nicht nur Neuengamme. Sie hatten Schiss, dass die Zustände in den Lagern den Alliierten bekannt würden. Die Gefangenen wurden in Todesmärschen durch das Land gejagt. Neuengamme war dann schon fast geräumt, als am 19. März, nachts, Menschen dort eingeliefert wurden, dreizehn Frauen und achtundfünfzig Männer. Die SS bringt sie in den Bunker und die Häftlinge, die noch im Lager sind und Erfahrung haben mit den Methoden der SS, wissen, was das bedeutet. Der Bunker bedeutet den Tod. Die dreizehn Frauen und achtundfünfzig Männer wissen das nicht. Als man sie von Fuhlsbüttel wegbringt, glauben sie noch, dass sie entlassen werden sollen. Der Krieg ist zu Ende. Niemand von ihnen ist angeklagt worden. Niemand von ihnen ist verurteilt worden. Sie wissen nicht, dass Graf von Bassewitz-Behr sie auf eine Liquidationsliste setzen ließ und dass die SS sie töten wird.

SS-Kommandant von Bassewitz-Behr, sagt Hannah. Sie sagt es mit einer Stimme, die Natalja erschreckt. Wenn ich jetzt dabei bin, fällt der Name nicht. Aber früher …

Ihre Eltern, erklärt Elfriede, die kennen dessen Familie. Sie sind mit denen befreundet. Hannah erträgt das nicht gut.

Weiter, sagt Hannah, jetzt rede weiter. Sie soll auch das Ende wissen.

Sie haben die Frauen zuerst umgebracht, sagt Elfriede. Hanne Mertens auch. In dem Bunker waren Zellen und davor ein Gang. An der Decke des Ganges war ein Balken. Die Frauen mussten sich ausziehen. Die SS-Männer haben die erste aus der Zelle geholt und sie an dem Balken im Gang aufgehängt. Dann haben sie die zweite Frau geholt und sie neben der ersten aufgehängt. Dann haben sie die dritte Frau geholt und sie neben der zweiten aufgehängt. Da hängen jetzt drei nackte, tote, ermordete Frauen und es wird die vierte gebracht, und sie sieht, was mit ihr geschehen wird, und sie wird umgebracht, und die fünfte wird aus der Zelle geholt, und sie weiß schon alles, denn sie haben Schreie gehört, sie müssen Schreie gehört haben, aber es ist etwas anderes, ob du Schreie hörst oder die nackten Frauen siehst, die da vor dir hängen, denen das Genick gebrochen ist, und du wirst jetzt dahin gebracht, wo die anderen schon sind, mit denen du gerade noch gesprochen hast, sie sind ja noch nicht kalt. Das muss man sich mal vorstellen.

Elfriedes Stimme funktioniert nicht. Sie hat zu schnell gesprochen oder zu angestrengt. Sie redet nicht weiter. Auch die beiden anderen schweigen. In dem Bunker, der vor mehr als fünfzig Jahren in die Elbböschung gegraben und seit Kriegsende nicht mehr benutzt wurde, ist es kalt. Sie hätten Feuer machen können, aber es soll sie der Rauch nicht verraten. Elfriede beginnt von Neuem.

Zwölf haben sie so aufgehängt. Die Dreizehnte hatte sich versteckt. Man hat sie gefunden. Sie wussten doch, dass es dreizehn waren. Es hingen da ja erst zwölf. Sie hat sich gewehrt. Ich weiß nicht, ob sie die Einzige war, die sich gewehrt hat. Aber von ihr weiß ich es genau. Einer der SS-Männer hat sie mit einem Stein erschlagen, nein, er hat ihren Kopf zu Brei geschlagen. Als er fertig war, haben sie den Bunker verlassen, in dem noch die achtundfünfzig Männer waren, um ermordet zu werden. Die SS wollte jetzt eine Pause machen. Sie wollten jetzt erst einmal ihr Leben genießen. Einer der Häftlinge, der zu ihrer Bedienung gebraucht wurde, hat ihnen Wasser in der Badestube anheizen müssen. Sie brauchten nun dringend ein Bad, Entspannung, etwas zu saufen. Es badet sich gut, es trinkt sich gut nach so vielen nackten Frauen. Man muss darüber reden, vergleichen, da sind doch Erfahrungen gemacht worden, die besprochen werden müssen.

Woher willst du das wissen?, fragt Natalja. Das kann man doch alles gar nicht wissen.

Ich weiß es, antwortet Elfriede. Der Häftling, der ihnen das Bad bereitet hat, war mein Großvater. Er hat überlebt. Aber das ist eine andere Geschichte.

Wie hat sie ausgesehen, die Schauspielerin?, fragt Natalja. Sah Ruth ihr ähnlich?

Nein, antwortet Hannah. Die Mertens war groß,

größer als Ruth, ihr Gesicht war breiter, mit hohen Wangenknochen. Sie hatte blaue Augen und blonde Haare, eher ein herber Typ. Sie hat gern gelacht. Sie war so – ohne Bedenken, einfach nur sagen, was man denkt. Darin war sie Ruth ähnlich. Sie war sechsunddreißig, als man sie umgebracht hat. Wir müssen darüber reden, ob wir weiter machen wollen, jetzt, nachdem Ruth tot ist, sagt Elfriede.

Auf dem Weg über das Krankenhausgelände, an dessen Ende das Gebäude stand, in dem die Gerichtsmedizin untergebracht war, hatte Bella genügend Zeit und ausreichend Gelegenheit gehabt, sich ein paar Fragen zu stellen; sie fragte sich etwa: Wie kommt es, dass die Menschen, denen ich hier auf dem Gelände begegne, beinahe alle so aussehen, als kämen sie aus den unteren Schichten? Warum sehen alle diese Menschen so entsetzlich unglücklich aus, obwohl sie hier sind, um sich helfen zu lassen? Weshalb sehen beinahe alle so aus, als sei eine Katastrophe über sie hereingebrochen, die sie zerstören wird, mit der sie nicht fertig werden? Rechnen sie nicht mehr damit, dass ihnen geholfen werden kann? Müsste nicht ein Krankenhaus die Menschen freundlich stimmen? Stattdessen: Angst in ihren Gesichtern, Verstörung, Verzweiflung, Versteinerung. Waren das alles Todgeweihte?

Der Gedanke kam ihr lächerlich vor. Aber es war nicht zu übersehen, dass so ein Krankenhausgelände ein ganz besonderes Biotop darstellte. Im Übrigen: Was gingen diese Menschen sie an? Sie sollte lieber darüber nachdenken, wie es ihr gelingen konnte, die Ergebnisse der Obduktion zu bekommen, wenn der Pathologe, den sie von früher her kannte, inzwischen nicht mehr im Dienst wäre. Aber sie hatte Glück. Sie fand das Büro an demselben Ort, an dem es gewesen war, als sie dort noch dienstlich zu tun gehabt hatte. Das Namensschild Dr. Seemüller war rechts neben der Tür angebracht. Die Tür war, wie alle Türen auf dem langen Flur und wie der Flur selbst, seit damals nicht neu gestrichen worden.

Seemüller saß hinter seinem Schreibtisch, als Bella eintrat. Er erkannte sie sofort, stand auf und kam ihr entgegen. Ihr fiel plötzlich ein, dass der Mann damals ein Drogenproblem gehabt und ganz offen mit ihr darüber gesprochen hatte. Das war ihr nicht mehr eingefallen. Umso erstaunlicher, dass er noch hier ist, dachte sie. Und als hätte der Arzt ihre Gedanken erraten, sagte er:

Das Zeug konserviert, wie Sie sehen. Willkommen im Haus der Konservierten.

Nicht alle, nehme ich an, erwiderte Bella und schüttelte Seemüller die Hand, die er ihr entgegengestreckte.

Da haben Sie Recht, sagte er, ich hab wirklich Glück gehabt mit meiner Pferdenatur.

Das Glück hielt sich in Grenzen. Während Bella ihm gegenübersaß und ihn genauer betrachtete, sah sie die Zeichen des Verfalls deutlicher. Seemüller war nicht schlank, sondern abgemagert. Seine Hände waren lang und knochig, jeder einzelne

Knochen war gut zu erkennen, fast wie bei einem Gerippe. Der Gedanke, dass der Mann, wenn er aufstände, klappernde Geräusche erzeugen müsste, schoss ihr durch den Kopf, und sie rief sich zur Ordnung.

Ich hab Sie so lange nicht gesehen, sagte er, und Sie sehen so gut aus, dass ich annehme, Sie sind nicht mehr bei dem Verein. Was machen Sie stattdessen? Modeln?

Bella lachte. Sie haben einen guten Blick, Doktor, sagte sie.

Ja, schade, dass ich ihn nur bei Leichen anwenden kann. Aber da bin ich nicht schlecht. Weshalb sind Sie gekommen? Doch nicht, um mich altes Gerippe zu besuchen?

Sie haben da eine Tote …

Ich habe hier viele Tote.

Seemüller unterbrach Bella, stand auf und ging ans Fenster. Dicke Tote, fette Tote, kleine Tote, schwarze Tote, weiße Tote, arme Tote. Alles arme Tote. War die, die Sie suchen, arm? Dann ist sie bestimmt hier irgendwo. Mit den anderen ist das irgendwie merkwürdig. Es muss doch auch andere geben. Sagen Sie, Sie haben doch Erfahrung: Murksen sich die Armen gegenseitig ab?

Kann schon sein, sagte Bella. Praktisch wär's jedenfalls. Die Frau, die ich suche, war aber nicht arm. Nicht, als ich sie zuletzt gesehen habe. Sie war Anfang zwanzig, sehr gut angezogen, teuer, und ließ sich in einem teuren Auto herumfahren. Leider ist sie ertrunken, bevor ich sie näher kennen lernen konnte. Ich wüsste gern, ob sie freiwillig ertrunken ist.

Seemüller ging an seinen Schreibtisch und schaltete den Computer an.

Wann war das?

Bella nannte ihm das Datum und wartete.

Ruth Kraffzik, sagte Seemüller und sah beim Sprechen auf den Bildschirm. Ja, ja, ja – damit will ich Sie nicht langweilen. Freiwillig? Wahrscheinlich nicht. Seemüller sah hoch.

Wie wahrscheinlich?

Sie wollen 's gern genau haben, wie? Gefallen oder gestoßen, das lässt sich nicht mehr genau feststellen. Aber ertrunken auf jeden Fall. Nicht etwa tot ins Wasser geworfen. Und als sie drin war, hat man sie nicht wieder herausgelassen.

Wie das?

Mit Stangen, nehme ich an. Mindestens zwei, Männer oder Frauen, mit vier Stangen, oder vier Männer, von denen jeder eine Stange hatte, um sie unter Wasser zu halten. Na klar, hat man sie umgebracht. Sind Sie sicher, dass die Frau nicht doch arm war?

Ganz sicher bin ich nicht. Ihre Theorie hat etwas für sich, Doktor.

Sie haben mir immer noch nicht gesagt, wozu Sie die Information brauchen, sagte Seemüller. Sein Gesichte zeigte ein paar Flecken.

Bella dachte, dass sie ihn bald allein lassen müsste.

Wozu schon?, antworte sie. Ich bin immer noch dabei, nur nicht mehr in dem großen Haufen.

Sie sind schon damals rumgelaufen wie ein einsamer Wolf. Wissen Sie, dass ich Sie zuerst grässlich fand? Ich hab Sie am Anfang für die typisch deutsche Polizistin gehalten. Pflichtbewusst, genau, ohne Humor, staatsgläubig …

Jetzt hören Sie aber auf. Das ist ja furchtbar.

Nur am Anfang, sagte Seemüller. Dann hab ich angefangen, Sie zu bewundern. Ich wollte Sie immer mal zum Essen einladen, aber dann waren Sie plötzlich weg. Und nun ist es zu spät. Mit Essen halte ich mich inzwischen nicht mehr auf.

Da ist noch einer dabei, sich selbst zu zerstören, dachte Bella. Sie stand auf. Auch Seemüller erhob sich. Er kam hinter dem Schreibtisch hervor.

Leben Sie wohl, sagte er. Sie sehen wirklich fantastisch aus. Vier Stangen, wie gesagt, sonst keine Gewalteinwirkung. Sie haben es richtig gemacht. Man muss rechtzeitig aufhören, wenn es keinen Spaß mehr macht. Übrigens: Sie hatte sich eine Nummer auf den Arm gemalt, mit Kopierstift, in die aufgekratzte Haut: 13 348. Kopierstift ist heute bei uns ziemlich unüblich. Und das Gebiss war eindeutig in Polen saniert worden. Ich nehme an, Sie finden den Weg allein. Ich muss mich ein wenig frisch machen.

Danke, sagte Bella, leben Sie wohl, Doktor.

An der Tür sah sie sich noch einmal um. Seemüller stand neben dem Schreibtisch und sah ihr nach. Er kratzte sich am Hals und sah nicht unglücklich aus.

Auf dem Rückweg über das Krankenhausgelände schenkte sie den dort umhergehenden Unglücksmenschen keine Beachtung mehr. Stattdessen dachte sie über die Informationen nach, die Seemüller ihr gegeben hatte. Zu den ständig wechselnden Moden in der Jugendszene hatte sie schon lange keinen Zugang mehr. Vielleicht könnte Brunner ihr weiterhelfen oder noch besser Marie. Marie war zwar Studentin und aus irgendeinem Grund glaubte Bella nicht, dass die Tote eine Studentin gewesen war, aber Marie kam, politisch bewegt, wie sie war, auch mit anderen Jugendlichen zusammen. Vielleicht würde irgendjemand wissen, was die Zahlen auf dem Arm zu bedeuten hatten. Und das in Polen sanierte Gebiss? Das konnte alles Mögliche bedeuten. Viele Leute fuhren inzwischen dorthin, um sich ihre Zähne in Ordnung bringen zu lassen. Polnische Zahnärzte seien gut und arbeiteten preiswert, hieß es. Vielleicht hatte Seemüller Recht und die Tote gehörte wirklich nicht zu den Reichen.

Bella beschloss, sofort zu Brunner zu fahren. Sie hätte die ganze Angelegenheit gern so schnell wie möglich erledigt. Konsequent vermied sie es, darüber nachzudenken, weshalb. Sie hatte so eine Ahnung, als würde sie sonst darauf kommen, dass die Sache sie zu langweilen begann.

Marie öffnete die Tür und es war nicht zu übersehen, dass sie erschrak, als sie Bella sah.

Ich wollte gerade gehen, sagte sie, ich will nur noch mein Tasche …, sie verschwand im Hintergrund der Wohnung. Bella hörte sie dort reden, leise und hastig. Sie nahm an, dass Maries Freund Pit in einem der hinteren Zimmer saß. Auch aus der Küche kamen Stimmen. Bella erkannte die von Brunner und die einer Frau, die sie nicht kannte. Brunner und die Frau saßen am Küchentisch und spielten irgendein Kartenspiel. Eine große Thermoskanne stand auf dem Tisch. Es roch nach Kaffee und Waffeln.

Das ist Charlie, sagte Brunner, während er aufstand, um Bella zu begrüßen und ihr einen Stuhl heranzuziehen. Charlie ist die schönste Frau aus dem Viertel und außerdem damit beschäftigt, meinen Körper zu retten. Meinen Körper, nicht meine Seele. Du würdest die Seele retten, was Bella? Aber Charlie rettet den Körper. Sie ist wild auf meinen Körper. Am liebsten würde sie ihn mit hinübernehmen in ihr Bett. Ist doch so, Charlie, oder?

Die Frau, die Brunner Charlie genannt hatte, stand auf. In einem hatte er Recht: Sie war wirklich sehr attraktiv. Groß, schmal, dunkel, elegante Bewegungen, eine angenehme Stimme, blaue Augen, ein ausdrucksvoller Mund.

Bei manchen Frauen stimmt wirklich alles, dachte Bella, so, als ob die Natur nur von den besten Zutaten genommen hätte.

Hören Sie nicht auf ihn, sagte Charlie. Er hat getrunken. Aber fragen Sie mich nicht, wann und wo. In der Kanne ist jedenfalls nur Kaffee. Möchten Sie einen Kaffee?

Gern, sagte Bella.

Sie setzte sich, auch Charlie setzte sich wieder, nachdem sie einen Becher mit Kaffee vor Bella hingestellt hatte. Brunner war verschwunden.

Ich versuch's einfach, sagte Charlie, obwohl es überhaupt keinen Zweck mehr hat. Er will einfach nicht.

Hör nicht auf sie, sagte Brunner, der zurückgekommen war. Er brachte einen leichten Alkoholgeruch mit, der aber schnell verschwand. Alles, was sie sagt, dient nur dem Zweck, mich ins Bett zu kriegen. Wahrscheinlich hat sie gerade versucht, dich zur Mithilfe zu überreden.

Red keinen Unsinn, sagte Bella. Setz dich und hör mir einen Augenblick zu.

Brunner setzte sich tatsächlich. Charlie beugte sich über den Tisch und goss Kaffee in seinen Becher. Er tat so, als sei sie nicht anwesend. Bella sah Charlie an, die auf ihrem Stuhl in sich zusammenkroch und dabei einen Fuß auf die Sitzfläche des Stuhls stellte. Sie trug verwaschene, dünn gescheuerte Jeans und Ringelsocken und das abgetragene Zeug sah an ihr mindestens so gut aus, wie ein Abendkleid an der Vorsitzenden des Bundespresseclubs. Bella beschloss, nicht auf Brunners Gerede einzugehen.

Hör zu, sagte sie, was könnte es bedeuten, wenn sich jemand eine Nummer auf das Handgelenk malt, richtig mit Haut einritzen und Kopierstift. Irgendeine Knast-Mode? Eine Sekte? Weißt du etwas darüber?

Brunner überlegte. Im Flur schlug mit einem lauten Knall die Wohnungstür zu. Charlie zuckte zusammen, blieb aber sitzen.

Keine Ahnung, sagte Brunner endlich. Ich tippe auf Neuengamme. Wie ist die Nummer? Hast du sie im Kopf?

13 348, sagte Bella.

Könnte hinkommen, obwohl – wer läuft denn noch so rum? Das war doch keine echte Nummer, oder?

Nein, sagte Bella. Das hätte Seemüller gesagt. Außerdem: Die Frau war gerade zwanzig.

Solidarität, sagte Charlie. Manchmal denken die Jungen so verquer, dass man eine Weile braucht, bis man begreift, was sie überhaupt meinen.

Die Listen mit den Nummern kann man einsehen. Du solltest nachsehen, welcher Häftling diese Nummer tragen musste. Dann weißt du vielleicht mehr.

Aber das ist doch absurd, sagte Bella. Irgendeine andere Idee hast du nicht?

Brunner vergaß zu antworten. Er war damit beschäftigt, Charlie anzusehen.

Sieh sie dir an, Bella, sagte er, nachdem eine Weile niemand am Tisch ein Wort gesprochen hatte. Sieh sie dir genau an. Du wirst so schnell nichts Schöneres finden. Wenn sie bloß nicht diesen verdammten Samaritertick hätte. Sie begreift einfach nicht, was mit mir los ist.

Vielleicht begreift sie es besser als du, sagte Bella und stand auf. Hör auf, dich wie ein Idiot zu benehmen. Er soll mich anrufen, wenn er wieder nüchtern ist, sagte sie zu Charlie gewandt. Vielleicht gibt es Arbeit.

Sie haben Ihren Kaffee gar nicht getrunken, sagte Charlie.

Es klang wie eine Feststellung. Auch so etwas wie Erleichterung war in ihrer Stimme zu hören.

Unten vor der Tür atmete Bella tief durch, obwohl die Luft nach Abgasen und Bratfett roch. Sie ging ein paar Schritte, um aus der Umgebung einer Imbissbude wegzukommen, dann blieb sie stehen und überlegte, was sie tun sollte. Sie hatte keine Lust, nach Hause zu fahren. In der Nähe gab es ein Kino. Vielleicht hatte sie Glück und es wurde ein Film gespielt, der sich lohnte. Als sie vor dem Kino stand, war sie einen Augenblick ratlos. Drei Filme wurden angezeigt und sie hatte überhaupt keine Ahnung, worum es ging. Sie beschloss, trotzdem ins Kino zu gehen, einfach so, aus dem gleichen Grund, aus dem sie im Ausland auf den Speisekarten die Gerichte auswählte, die sie nicht kannte. Manchmal hatte sie Glück und fand zufällig etwas Besonderes.

Der Film, den sie kurz darauf sah, war für Menschen gemacht worden, die Kampfhunde liebten. Zerbissene Leiber, hechelnde Meuten, blutige Böden, blutbespritzte Wände, Menschen, die sich damit vergnügten, Hunden zuzusehen, die sich zerfleischten. Nach einer halben Stunde verließ Bella den Kinosaal. Auf dem Weg zum Ausgang kam sie an einem zweiten Vorführraum vorbei. Kurz entschlossen, öffnete sie die Tür und betrat den Raum. Nur wenige Menschen saßen darin. Sie fand schnell einen Platz und setzte sich. Auf der Leinwand war ein alter Mann zu sehen. Er stand an einem vermoderten Gartenzaun und erzählte eine Geschichte in die Kamera, die ihn sichtlich mitnahm. Er sprach Polnisch und Bella verstand ihn, auch ohne die einkopierten Untertitel lesen zu müssen.

Er sagte: Es war genau hier. Ich werde diese Stelle nie vergessen. Da waren Frauen, die Babys dabei hatten. Sie versuchten, die kleinen Kinder vor der SS zu verstecken. Aber man hat sie gefunden. Die SS hat die Babys in die Luft geworfen und darauf geschossen.

Der alte Mann begann zu weinen, aber so, als schämte er sich seiner Tränen. Bella stand auf und ging hinaus.

Sie fuhr nach Hause, langsam und mit heruntergelassenen Scheiben. Die Abendluft war nicht kalt. Als sie die Elbchaussee erreicht hatte, fuhr sie noch langsamer. Links, über dem Fluss, glitzerten die Lichter der Werft und des Ölhafens. Sie atmete tief und dachte, dass es keinen schöneren Anblick gäbe. Als sie die Sirene eines Feuerwehrwagens hinter sich hörte, hielt sie an. Der Wagen raste an ihr vorbei, gleich darauf folgte der zweite. Dann wurde der Lärm geringer und sie fuhr weiter langsam und immer noch versunken in den Anblick der Lichter über dem Fluss. Sie überlegte, ob sie aussteigen und noch ein Stück am Elbufer entlang laufen sollte, beschloss dann aber, nach Hause zu fahren und den Abend bei Wodka und Orangensaft zu beschließen. Sie gab Gas und fuhr schneller.

Sie begriff, dass es ihr Haus war, das brannte, bevor sie die Absperrung erreicht hatte. Sie ließ den Wagen stehen und ging langsam auf das Feuer zu. Das Feuer war so groß, dass sie sofort verstand: Da war nichts mehr zu retten. Viele Menschen hatten sich angesammelt, die nur widerwillig zur Seite gingen, als Bella sie darum bat. Die meisten waren ihr fremd, aber es waren auch ein paar Nachbarn da, die sie erkannten und ihr bereitwillig und mitleidig Platz machten. Als sie vor dem Feuer stand, blieb sie allein. Niemand war ihr gefolgt. Sie stand eine Weile da und starrte in die Flammen.

> Die Feuermähnen, Funken sprühend,
> Der goldenen Pferde, goldner Brand!
> Es jagen die Wolkenwinde, glühend
> Gierbrüste, aus der Flammenhand.

Jemand hatte wohl einen Feuerwehrmann auf sie aufmerksam gemacht. Der kam heran.

Frau Block? Sie sind die Eigentümerin?

Die Stimme brachte Bella in die Gegenwart zurück, aber ihre Augen blieben weiter auf das Feuer gerichtet. Sie sah auf Wände mit brennenden Büchern.

Ja?

Lassen Sie uns zur Seite gehen, sagte der Mann.

Sein Gesicht war verschwitzt. In seiner Stimme war ein mitleidiger Ton. Er machte einen Schritt auf die Menge zu.

Bella folgte ihm nicht.

Hier ist nichts mehr zu retten, tut mir Leid, sagte er, und kam wieder zurück. Wir können nur noch aufpassen, dass die Nachbarn nicht in Mitleidenschaft gezogen werden. Kommen Sie, wir können uns in meinen Wagen setzen.

Eine große, blonde Frau kam heran, die ein Tweedjackett übergeworfen hatte und Reitstiefel trug.

Ich bin aus der Nachbarschaft, sagte sie zu dem Feuerwehrmann. Wenn Sie wollen, können Sie zu uns kommen. Die Frau braucht Ruhe nach dem Schock.

Bella sah die Nachbarin an. Sie hatte das Gefühl, sie müsste sich bedanken, aber sie brachte kein Wort hervor.

Ist Ihnen das recht?, fragte der Feuerwehrmann.

Bella wandte sich ab und sah wieder in die Flammen. Drinnen fielen Deckenbalken herunter. Die Bücher waren verschwunden. Es war heiß, aber es schien, als habe die Feuerwehr das Feuer unter

Kontrolle. Es war schon kleiner geworden, seit sie dort stand.

Ich will Sie nicht drängen, sagte die Frau. Unser Haus ist das übernächste. Kommen Sie, wenn Sie sich danach fühlen. Ich werde etwas zu trinken bereithalten. Mögen Sie Wodka? In so einer Situation ist das vielleicht das Beste.

Danke, sagte Bella, das ist eine gute Idee. Ich glaube, ich habe nun genug gesehen. Sie wandte sich an den Feuerwehrmann. Werden Sie die Brandstelle absperren? Ich meine, so absperren, dass niemand auf die Idee kommen kann, in den Trümmern herumzustochern?

Sie wusste nicht, weshalb sie das sagte, und wunderte sich.

Das können wir nicht, antwortete der Feuerwehrmann. Das wird zu teuer. Man müsste einen hohen Zaun …

Das zahle ich, sagte Bella, bitte veranlassen Sie das für mich. Ich übernehme die Kosten.

Sie wandte sich ab und versuchte, der Frau im Tweedjackett zu folgen. Zum ersten Mal nahm sie die Gesichter um sich herum wahr. Wo kamen all die Leute her?

Wer hat Sie gerufen?, fragte sie den Feuerwehrmann, der sich an ihrer Seite hielt, als befürchtete er, sie könnte weglaufen.

Das wissen wir nicht, antwortete er. Eine Frau, vielleicht jemand von den Nachbarn. Sie war ziemlich aufgeregt, so aufgeregt, dass sie vergessen hat, uns ihren Namen zu sagen.

Das kam Bella merkwürdig vor. Sie antwortete nicht, sah aber nun aufmerksamer in die Gesichter der Herumstehenden. Sie konnte sich nicht erinnern, irgendjemand von ihnen schon einmal gesehen zu haben. Einige junge Leute waren darunter, vermutlich aus den umliegenden Häusern, junge Frauen, viel mehr Frauen als Männer; auch das schien ihr ungewöhnlich zu sein. Wo waren die Männer aus den schönen Häusern ringsherum?

Sie ließen die Menge hinter sich und betraten den Garten des übernächsten Hauses. Bella blieb auf dem Kiesweg stehen und sah vor sich hin.

Kommen Sie doch, sagte der Feuerwehrmann, die Dame wartet schon auf uns.

Ist das nicht merkwürdig?, sagte Bella. Noch vor ein paar Tagen habe ich überlegt, ob ich das Haus verlassen soll. Für eine Weltreise, mindestens ein Jahr lang.

Sie folgte dem Feuerwehrmann, der auf die Haustür zuging, ohne ihr zu antworten. Die Tür stand offen. Die blonde Frau erschien im Türrahmen. Sie hatte ihre Jacke abgelegt. Auf ihrem hellblauen Pullover lag eine Perlenkette.

Kommen Sie, bitte, sagte sie, trat zur Seite und ließ Bella und den Feuerwehrmann ein. Hier drinnen riecht man den Rauch fast gar nicht. Das ist eine schreckliche Geschichte.

Sie ging voran in ein Wohnzimmer, das fünfzig oder sechzig Quadratmeter groß, aber nur spärlich möbeliert war. Auf einem niedrigen Tisch standen Gläser, Eis und eine Wodkaflasche.

Für mich lieber ein Wasser, sagte der Feuerwehrmann. Ich bin ja im Dienst. Aber Frau Block kann, glaube ich, einen Doppelten gebrauchen.

Ich lasse Sie eine Weile allein, sagte die Frau.

Bella sah, dass sie beigefarbene Reithosen trug.

Es dauert nicht lange, antwortete der Feuerwehrmann. Ich muss ihr nur die in so einem Fall üblichen Fragen stellen.

Die Frau verschwand irgendwohin. Bella nahm das Glas, das vor ihr stand, trank einen kleinen Schluck und stellte es wieder auf den Tisch zurück. Der Tisch hatte eine Platte aus schwarzem Granit. Seine Form erinnerte an einen Sarg.

Geht's wieder?, fragte der Feuerwehrmann.

Bella nickte.

Ich hoffe, dass Sie versichert sind, sagte der Feuerwehrmann.

Bella sah ihn an. Seine ramponierte Uniform passte nicht zu dem weißen Ledersessel, auf dem er saß.

Ja, sagte sie, ich bin versichert. War das Brandstiftung?

Wie kommen Sie darauf?

Der Feuerwehrmann war hellhörig geworden. Er hatte sich mit seinen Kollegen schon darauf geeinigt, dass sie in einem Fall von Brandstiftung gelöscht hatten. Die Spuren waren zu deutlich gewesen. Aber es kam nicht oft vor, dass Opfer von Brandstiftern die Täter kannten oder kennen wollten. Zwischen Feuerwehr und Polizei gab es außerdem eine gewisse Konkurrenz. Es würde ihm gut gefallen, wenn er denen die Täter auf dem Tablett, servieren könnte, noch bevor die anderen angefangen hatten, zu ermitteln.

Bella antwortete nicht gleich. Sie konnte hören, dass an der Haustür geklingelt wurde. Gleich darauf kam die Frau herein und brachte einen Mann mit, bei dessen Anblick Bella hellwach wurde.

Ein Herr Kaul von der Kripo, sagte die Frau. Ich glaube, es ist nicht ungewöhnlich, dass die Polizei sich um solche Dinge kümmert. Jemand anderen hätte ich nicht eingelassen.

Sie ging wieder und Kaul nahm auf einem der weißen Sessel Platz. Er unterdrückte nur mit Mühe ein schadenfrohes Lächeln und wandte sich an den Feuerwehrmann.

Schön, dass Sie die Dame begleitet haben, sagte er. Den Rest übernehme ich dann. Ihre Auswertung geht an unsere Dienststelle.

Er zog eine Visitenkarte aus einer Innentasche seines Mantels, reichte sie dem Feuerwehrmann und sah ihn auffordernd an. Bella spürte ihren Hass auf Kaul. Das Gefühl brachte sie der Wirklichkeit ein Stück näher. Sie sah den Feuerwehrmann an. Er wirkte enttäuscht.

Ich danke Ihnen, sagte sie. Ich bringe Sie an die Tür.

Sie stand auf und begleitete den Mann hinaus. Kaul erhob keinen Einspruch. Er blieb einfach sitzen.

Dieser Mann mag mich nicht besonders, sagte sie, als sie die Haustür fast erreicht hatten. Wir waren Kollegen, alte Geschichten. Wenn's Ihnen nicht unmöglich erscheint, hätte ich gern ebenfalls ein Exemplar Ihres Berichts.

Wieso unmöglich?, sagte der Mann. Soll's ja geben, Streit unter Kollegen. Besonders sympathisch hab ich ihn, ehrlich gesagt, auch nicht gefunden.

Schreiben Sie Ihre Adresse auf den Bericht, sagte Bella. Ich revanchiere mich bei Gelegenheit.

Der Mann ging, kam aber nach wenigen Schritten noch einmal zurück.

Aber wo soll ich das denn hinschicken, fragte er.

Bella überlegte einen Augenblick und gab ihm dann die Adresse des Hafen-Hotels. Irgendwo würde sie schlafen müssen. Als sie zurückkam, saß Kaul genauso im Sessel, wie sie ihn verlassen hatte.

Na, Schnüffler, sagte sie, nichts ausspioniert inzwischen? Ist vielleicht eine Nummer zu groß, dieser Haushalt, wie?

Dafür ist Ihrer ja nun weg, sagte Kaul und grinste endlich so schadenfroh, wie er konnte. Es musste ihn viel Kraft gekostet haben, dieses Grinsen so lange zurückzuhalten.

Nachdem er sich einigermaßen beruhigt hatte, sagte er: Wenn ich dann bitten dürfte.

Bella setzte sich und sagte nichts.

Machen Sie bloß keine Mätzchen, sagte Kaul. Das hält uns nur auf. Also: Die Geschäfte gingen schlecht. Niemand wollte sich von lausigen Privatbullen, oh Pardon, Privatbullenweibern, noch bedienen lassen. Sie waren verzweifelt, was sollten Sie tun? Der Einfall mit dem Benzin kam Ihnen ganz spontan, sagen wir, weil Ihre alte Karre liegen geblieben war und Sie einen Kanister voll Benzin von der Tankstelle holen mussten. Plötzlich sah es so aus, als wären dann alle Ihre Probleme gelöst. Da haben Sie das Benzin an alle vier Ecken gegossen, eine Zündschnur –

Halten Sie den Mund, Kaul, sagte Bella. Mir ist es egal, dass Sie sich lächerlich machen, aber meine Zeit ist mir zu schade, Ihnen zuzuhören. Ich sage

Ihnen jetzt etwas und hören Sie gut zu, ich sag's nur einmal: Ich habe mein Haus nicht angezündet.

Sie schwieg und begann darüber nachzudenken, ob in dem, was Kaul gesagt hatte, irgendein Hinweis gewesen sein könnte. Eine Zündschnur ..., wenn das Feuer mit einer Zündschnur in Gang gesetzt worden war, müsste jemand in der Nähe gewesen sein. Zündschnüre stecken sich nicht von selbst an.

Wo waren Sie, bevor Sie nach Hause gekommen sind? Ich will wissen, wie Sie den Abend verbracht haben, jede Minute, mit Zeugen. Zeugen könnten Ihnen nützlicher sein, als Sie glauben.

Bella antwortete nicht. Sie sah, dass Kaul begriff, wie sie sich verhalten würde, und sie sah, wie er wütend wurde. Er stand auf und trat ans Fenster. Er wandte Bella den Rücken zu und starrte hinaus. Sie stellte sich vor, dass sein Gesicht nun allen Gleichmut verloren hatte und war's zufrieden. Das Dunkel vor dem Fenster wurde an manchen Stellen von niedrigen Gartenlampen unterbrochen, die Raseninseln beleuchteten. Der Garten musste ungeheure Ausmaße haben. Kaul wandte sich um.

Ich krieg Sie zum Reden, keine Bange, sagte er. Ich nehme Sie einfach mit. Brauchten Sie nicht ein Bett für die Nacht? Bilden Sie sich doch nicht ein, dass Sie mir auf der Nase herumtanzen können. Sie doch nicht, Sie – Sie Nullnummer.

Er war wieder laut geworden und kurz davor, die Beherrschung zu verlieren. Bella hütete sich zu lachen. Sie hatte keine Lust, die Nacht in einer Zelle zu verbringen.

Ich glaube, unser Gast braucht ein wenig Ruhe, meinen Sie nicht?

Die Dame des Hauses war eingetreten. Weder Bella noch Kaul hatten sie kommen hören. Anscheinend hatte sie Kauls Worte gehört und beschlossen, einzugreifen.

Es gibt ein paar Dinge, die geklärt werden müssen.

Kaul machte einen lahmen Versuch, Herr der Lage zu bleiben. Er war der Gastgeberin nicht gewachsen.

Frau Block ist mein Gast, sagte sie. Ich darf Sie daran erinnern, dass sie heute Abend ihr Heim verloren hat. Das ist ein schwerer Verlust und ich bitte Sie, es für heute genug sein zu lassen. Ich werde Sie gern zur Tür begleiten.

Das war deutlich. Und Kaul war zu gut mit den Spielregeln vertraut, die hier herrschten, um sich zu widersetzen.

Selbstverständlich, sagte er.

Bella meinte ihn mit den Zähnen knirschen zu hören.

Ich erreiche Sie, das verspreche ich Ihnen. Oder noch besser: Sie sind morgen früh um zehn im Präsidium. Mein Name ist Kaul. Fragen Sie einfach beim Pförtner nach mir. Bei Ihrer – er brach ab, weil er bemerkt hatte, dass er schon wieder dabei war, aus der Rolle zu fallen. Die Frau nickte Bella zu und ging zur Tür. Kaul blieb nichts anderes übrig, als ihr zu folgen. Bella hörte die beiden einen Augenblick lang miteinander sprechen, bevor die Tür ins Schloss fiel. Sie hatte nicht verstanden, was gesagt worden war, und es interessierte sie auch nicht. Die Haustür wurde geschlossen. Die Frau kam nach einer kleinen Weile ins Zimmer zurück. Sie hatte die Reitstiefel ausgezogen und trug flache, hellbraune, sehr weit ausgeschnittene Schuhe. Sie hatte auch die Hose gewechselt. Schuhe und Hose hatten die gleiche Farbe.

Es tut mir Leid, wenn der Polizist Sie belästigt haben sollte, sagte sie. Diese Leute sind wohl manchmal aus beruflichen Gründen ein wenig aufdringlich.

Danke, sagte Bella.

Wenn ich Ihnen noch irgendetwas anbieten kann? Sie können auch gern eine Weile allein bleiben. Ich würde Ihnen gern vorschlagen, bei uns zu übernachten, aber wir erwarten Gäste, die hier schlafen werden ...

Nein, sagte Bella. Wirklich nicht, ich werde mir ein Hotel suchen. Ich werde jetzt einfach mal gehen. Es ist ja nichts ..., sie unterbrach sich, weil sie erstaunt war darüber, was sie hatte sagen wollen. Es ist ja nichts weiter geschehen, nur ein Haus ist abgebrannt. Aber es war klar, dass das eine Lüge gewesen wäre. Merkwürdig, was einem manchmal durch den Kopf ging.

Ich möchte Sie etwas fragen, bevor ich gehe, sagte sie.

Bitte.

Die Frau hatte ihr gegenüber auf einem Sessel Platz genommen. Ihre Füße standen dicht nebeneinander. Die edlen Schuhe waren ganz sicher handgenäht.

Haben Sie Kinder?, fragte Bella, vielleicht Töchter? Sie, oder vielleicht Ihre Nachbarn?

Die Frau lächelte. Sie war zu fein, um irgendeine Art von Erstaunen zu zeigen.

Nein, sagte sie, dies ist zufällig eine reine Jungen-Gegend. Wir haben zwei. Der Ältere lebt zurzeit in London. Der Kleine volontiert. Wir glauben, dass er ein Talent dazu hat, mit Geld umzugehen. So etwas ist selten. Man sollte es fördern.

Ja, sagte Bella, und dachte an die Hunderttausende von Kleinaktionären, die in den letzten Jahren mit großem Werbeaufwand geschaffen worden waren. Sie hatten alle kein Talent gehabt und waren auch nicht gefördert worden. Nur ihr Geld hatte man befördert; weg von den Sparkonten in die Rachen der Großen. Es hatte entscheidende Vorteile, wenn man aus dem richtigen Loch gekrochen war. Sie stand auf.

Vielen Dank, sagte sie. Sie haben mir sehr geholfen. Ich glaube, ich bin nun wieder in der Lage, mich allein zurechtzufinden.

Sie wusste, dass das nur halb richtig war. Sie fürchtete sich davor, an den glimmenden Balken vorbeizugehen, die einmal ihr Haus gewesen waren, und sie fürchtete sich, doch noch die Fassung zu verlieren. Aber wenn sie blieb, würde sie vermutlich irgendwann aus der Rolle fallen. Das wäre ungerecht und undankbar. Die Frau begleitete sie hinaus. Erst jetzt fiel Bella auf, dass es im Haus sehr still war. Es war ein großes Haus. Irgendwo würden vielleicht Menschen sein, die das Abendessen vorbereiteten, Radio hörten oder sich unterhielten. So hoffte sie wenigstens.

Sie ging über den Gartenweg auf die Straße hinaus. Sie kannte die Straße, aber sie erschien ihr fremd. Sie war nun eine Fremde in dieser Gegend, eine, die nicht mehr hierher gehörte. Je näher sie der Brandstelle kam, desto langsamer ging sie und blieb dann doch davor stehen. Sie stand da und starrte auf die Balken, die verkohlt, auf der unteren Seite noch glühend, übereinander lagen, und dachte plötzlich, dass ihr am meisten das Foto ihres Großvaters fehlen würde. Und dann, als habe ihr der Gedanke an Alexander Blok ein Fenster geöffnet, durch das sie auf Leben in diesem Haus sehen konnte, kamen die Erinnerungen so heftig, dass sie sich zusammen nehmen musste, um nicht zu heulen. Sie dachte an Carlos, der zuerst froh gewesen war, für sie arbeiten zu können und irgendwann gegangen war, weil seine spanische Ehre es nicht ertragen konnte, dass sie ihn als Mann nicht beachtet hatte. Sie dachte an den jungen Beyer, der ihr Geliebter gewesen war, bis er sich aus Versehen erschossen hatte. Erst mit Beyer hatte sie das Haus wirklich in Besitz genommen. Sie dachte an Wilhelmine van Laaken, Willi, die für sie gesorgt, mit ihr zusammen gearbeitet und gelacht hatte. Willis Lachen im Haus hatte sie lange vermisst. Sie dachte an Olga, an die endlosen Telefongespräche, die sie mit ihr geführt hatte; im Bett liegend, viel zu früh geweckt von ihrer verrückten Mutter. Niemals mehr würde sie am Fenster sitzen, auf den Fluss sehen, Wodka mit Orangensaft trinken und …

Es reicht, Bella Block, sagte sie laut. Wir wissen ja beide, dass du gelegentlich zu Sentimentalitäten neigst. Natürlich ist dies eine Gelegenheit zum jammern. Aber willst du wirklich so ein billiges Theater machen? Dein Geld ist nicht verbrannt.

Überleg doch. Schon seit Tolgonai in deinem Haus gewohnt hat, hast du das Gefühl gehabt, dass es dir fremd geworden sei. Tolgonai.

Der Gedanke an die junge Frau, der sie zur Flucht aus Odessa verholfen hatte, brachte sie vollständig in die Wirklichkeit zurück. Es war Kaul, der Polizist Kaul, der sich damals als ihr entschlossener Feind hervorgetan hatte. Jetzt war er wieder da und seine Gegenwart bedeutete nichts Gutes. Wo Kaul war, da war die Staatsgewalt, und zwar die illegale. Kaul war einer von denen, die Daten abglichen, die man zuvor unerlaubt gesammelt hatte; einer von denen, die Telefongespräche abhörten, ohne nach richterlicher Erlaubnis zu fragen, der Menschen bespitzeln ließ, weil sie schwarze Haare hatten. Er tauchte nur hin und wieder aus dem Dunkel auf, in dem er sich wirklich zu Hause fühlte. Und wenn solche Leute auftauchten, dann taten sie das, um einzuschüchtern, zu drohen und sich groß zu tun. Wenn sie es sich genau überlegte, hatte sie absolut keine Lust auf Kaul. Aber es hatte den Anschein, als habe er im Augenblick ein besonderes Interesse an ihr. Sie würde sich, ob sie wollte oder nicht, mit ihm befassen müssen. Nachdenklich ging sie zum Auto. Der Wagen stand dort, wo sie ihn abgestellt hatte. Jemand hatte einen Zettel hinter den Scheibenwischer gesteckt. Wir reinigen Ihren Teppichboden schnell und preiswert, stand darauf. Während Bella über die Elbchaussee zurückfuhr, sah sie nicht mehr auf die Elbe und die Lichter am gegenüberliegenden Ufer. Sie hatte Abschied genommen.

Das Hotel war nicht ausgebucht. Sie bekam ein Zimmer mit Blick auf den Eingang zum alten Elbtunnel, nachdem sie ihre Situation erklärt und auch angekündigt hatte, dass sie zumindest in den nächsten Monaten im Hotel wohnen wolle.

Wer weiß, sagte sie, es kann doch sein, dass das Leben im Hotel sich als angenehm herausstellte.

Worauf der Geschäftsführer, ein kleiner, rundlicher Herr im dunkelgrauen Anzug und mit einem ängstlichen Ausdruck im Gesicht, versicherte, das Haus werde sich bemühen, alles zur Zufriedenheit der Dame zu besorgen. Ob sie noch einen Augenblick in der Bar Platz nehmen möge, er wolle sich selbst noch einmal das Zimmer ansehen.

Die Bar war leer. Bella sah auf die Schiffchen am Ende des Raumes. Es war beinahe Mitternacht. Sie bestellte einen doppelten Wodka mit sehr wenig Orangensaft – man muss ja nicht alles aufgeben, dachte sie dabei – und sah dem Barkeeper zu. Deshalb bemerkte sie Krister erst, als er neben ihr stand.

Guten Abend, sagte er, ich hätte nicht geglaubt, Sie hier so schnell wieder zu sehen. Im Grunde, ich gebe es zu, habe ich sogar angenommen, Sie würden gar nicht mehr kommen. Umso mehr freue ich mich nun, wie Sie sich denken können.

Bella hatte sich zu ihm umgewandt und ihn angesehen, während er sprach.

Aber er ist gar kein Schriftsteller, dachte sie plötzlich. Ich weiß, was er ist, jetzt weiß ich es.

Der Job ist anstrengend, was?, sagte sie.

Nicht besonders, antwortete er ungerührt. Wenn man das entsprechende Talent hat, macht es eigentlich Spaß.

Und bringt etwas ein, nehme ich an.

Ach, wissen Sie, natürlich wissen Sie, ich hatte es Ihnen doch erzählt: Mit Geld bin ich ganz gut versorgt. Für Geld arbeite ich eigentlich weniger, obwohl natürlich – was ist mit Ihnen los? Sie sehen entsetzlich aus. Bitte, verzeihen Sie, aber es ist die Wahrheit. Kann ich Ihnen behilflich sein? Ich möchte Sie gern wieder so sehen wie gestern.

Weshalb eigentlich nicht, dachte Bella. Der Hotelmanager kam an die Bar. Sie sah ihn herankommen. Er trug nun eine Blume im Knopfloch, eine orangefarbene Gerbera, die zu groß für ihn war.

Ihre Räume sind fertig. Die Direktion bittet Sie, für heute Abend unser Gast zu sein.

Danke, sagte Bella.

Sie bestellte wieder Wodka und Orangensaft. Krister sprach leise mit dem Hotelmanager. Der ging dann und Krister bestellte ein Bier.

Ich bitte Sie, heute Nacht ebenfalls mein Gast zu sein, sagte er dann.

Weshalb eigentlich nicht, dachte Bella zum zweiten Mal. Sie blieben noch eine halbe Stunde an der Bar sitzen. Irgendwann wurde der Barkeeper gesprächig. Er begann, einen Witz zu erzählen, der von Errol Flynn und einer Wette handelte. Es ging darum, dass der Schauspieler behauptet hatte, in jedem Mixgetränk die Bestandteile erkennen zu können. Nachdem er dreißig- oder vierzigmal richtig getippt hatte, war der Barkeeper auf die Idee verfallen, Flynn ein Glas Wasser zu reichen. Der hatte das Wasser getrunken, sehr lange überlegt und dann angeblich geantwortet: Keine Ahnung, aber das sage ich Ihnen gleich: Ein Erfolg wird dieses Getränk nicht.

Danach, und bevor der Mann hinter dem Tresen mit dem nächsten Witz aufwarten konnte, verließen Bella und Krister die Bar. Während sie im Fahrstuhl nach oben fuhren, wurde ihr bewusst, dass sie neugierig war. Sie hatte noch nie mit einem Mann geschlafen, der seine Dienste professionell anbietet.

Die Nacht wurde dann ein voller Erfolg. Zwei Mal, nur zwei Mal kam sie während dieser Nacht so weit zur Besinnung, dass sie einen vernünftigen Gedanken fassen konnte. Beim ersten Mal fiel ihr ein, dass sie sich ähnlich benahm wie Männer, die sich einbilden, die Prostituierte, die sie aufsuchen, sei in sie verliebt. Beim zweiten Mal dachte sie kurz daran, dass Krister sich als Schriftsteller vorgestellt hatte.

Weshalb sollte er denn kein Schriftsteller sein, dachte sie. Wo ist der Unterschied zwischen dem Verkaufen seiner Gedanken und dem Verkaufen seines Körpers? Wenn seine Gedanken so anregend sind wie sein Körper – wieso eigentlich nicht?

Bella hatte keine Erfahrung mit Männern dieser Art, deshalb nahm sie an, dass es dazu gehörte, dass Krister irgendwann in der Nacht verschwand. Auch das war ihr recht. Am Morgen lag sie im Bett, sah auf den Strauß orangefarbener Gerbera, der vor den Spiegel gestellt worden war und fühlte sich so wunderbar frei, wie schon lange nicht mehr. Ihr wurde klar, dass sie zuletzt ein ähnliches Gefühl gehabt hatte, als sie aus dem Polizeidienst ausgeschieden war. Das war zwölf, nein dreizehn Jahre her. Seit damals, als sie ein neues, selbstständiges Leben begonnen hatte, waren Gewohnheiten entstanden, immer wieder begangene Trampelpfade, die am Ende mehr oder weniger vorgaben, was sie tat, wie sie lebte. Sie hatte den Eindruck, das alles wäre nun verschwunden, und sie könnte noch einmal neu anfangen. Sie wusste nicht, wie es weiter gehen sollte. Und gerade das empfand sie als Chance.

Sie verließ das Bett, zog den weißen Hotelbademantel über und öffnete die Vorhänge. Die grün angelaufenen Kupferdächer der Landungsbrücken und des Elbtunnels waren feucht von leichtem Nieselregen. Auf der Straße davor standen leere Busse, die auf Fahrgäste warteten. Sie erkannte die auf dem Bürgersteig aufgestellten Schilder »Stadtrundfahrt«. Am Mauerbogen von Brücke 6 stand ein als Seemann verkleideter Mann, der Vorübergehende aufforderte, an einer Hafenrundfahrt teilzunehmen. Ein paar Männer in Arbeitskleidung gingen an ihm vorbei und grüßten, indem sie die Hand hoben. Da unten hatte ein gewöhnlicher Arbeitstag begonnen, der so vergehen würde wie alle Tage. Aber sie, Bella Block, stand hier und hatte die Chance, ein neues Leben zu finden.

Sie wandte sich ab, um ins Bad zu gehen. Es war klar, dass sie die Geschichte, in die sie ohne ihren Willen und ohne ihr Zutun hineingeraten war, nicht weiter verfolgen würde. Das alles gehörte zu einer anderen Zeit, in ein anderes Leben. In ein Leben, in dem Leute herumgelaufen waren, die Kaul hießen und ihr auf die Nerven gingen.

Kaul. Er hatte sie sprechen wollen. Sie würde

nicht hingehen. Sie hatte Besseres zu tun. Sie brauchte Kleider und Schuhe. Sie meinte, den Brandgeruch noch wahrzunehmen, der in ihren Sachen steckte, und beschloss, auch die Kleider aus dem vergangenen Leben so schnell wie möglich los zu werden. Sie zögerte den Augenblick sich anzuziehen hinaus, bestellte das Frühstück in ihr Zimmer, schaltete, während sie wartete, den Fernsehapparat an und sah einen kurzen Augenblick Soldaten zu, die in Kampfausrüstung, Maschinengewehre vor sich haltend, in langen Reihen auf Hubschrauber zu marschierten. Der Sprecher erklärte, die Soldaten, darunter deutsche Elitesoldaten, würden aus Afghanistan abgezogen und müssten nun mit einem Einsatz in Somalia rechnen. Ein leichter Jubel in der Stimme des Sprechers war nicht zu überhören. Bella schaltete das Gerät aus und dachte einen Augenblick über das Wort Elitesoldaten nach. Was für Menschen waren das? Wodurch zeichneten sie sich aus? Was hob sie unter den Besten noch einmal so hervor, dass sie zur Elite gehörten? Töteten sie besonders schnell oder besonders langsam? Vergewaltigten sie mehr oder weniger Frauen als andere Soldaten?

Der Wagen mit dem Frühstück wurde hereingeschoben. Sie vergaß die Soldaten und frühstückte lange und mit Genuss. Dann zog sie sich an, um auszugehen und Kleider zu kaufen. An der Rezeption reichte ihr eine junge Frau im grauen Kostüm einen Umschlag. Sie stellte sich in die Halle, deren Fußboden mit schwarzen und weißen Fliesen belegt war. Von der Decke herab hing ein venezianischer Kronleuchter. Bella fand die Ausstattung des

Raums für ein Hotel am Hafen vollkommen unpassend und besonders schön. Sie öffnete den Umschlag. Er enthielt eine Nachricht von Krister. Lächelnd steckte sie den Umschlag ein und verließ das Hotel.

Elfriedes Frage war eine rhetorische Frage gewesen; eher eine Frage, die bedeuten sollte, dass die jungen Frauen den Tod von Ruth nicht einfach hinnehmen würden. Tod konnte sie nicht abschrecken. Sie hatten damit gerechnet, dass ihre Gegner versuchen würden, sie zu verfolgen und dass sie auch vor Mord nicht zurückschreckten. Die Sache, auf die sie sich eingelassen hatten, war lebensgefährlich von Anfang an. Es war ihnen recht. Schwierig war es nur zu leben, ohne entdeckt zu werden. Hannah war durch das Haus ihrer Eltern geschützt. Noch konnte sie dort schlafen, manchmal auch die beiden anderen einladen, dort zu übernachten, wenn ihre Eltern unterwegs waren. In den meisten Nächten schliefen sie getrennt. Sie kamen bei Freunden unter, in billigen Hotels oder kleinen Pensionen, in denen niemand Wert darauf legte, einen Anmeldezettel ausfüllen zu lassen. Geld war kein Problem.

Elfriede, die eine Nacht bei Marie geschlafen hatte, war mit der Idee zum Treffpunkt gekommen, Bella Block einzuschalten. Ruth war sicher gewesen, dass man die Gruppe beobachtete. Die anderen hatten nichts bemerkt, aber Ruth war von dem Gedanken nicht abzubringen gewesen.

Ich spür das doch, hatte sie gesagt, auch wenn ich nichts sehe.

Dann brauchst du Personenschutz, hatte Hannah gesagt.

Das hatten alle, sogar Ruth, lächerlich gefunden, aber der Gedanke an die Detektivin war ihnen nicht mehr aus dem Kopf gegangen. In Wirklichkeit fürchteten sie sich und wollten Schutz, aber keine von ihnen hätte das zugegeben. So groß, dass sie ihre Pläne aufgeben würden, war die Angst aber nicht.

Die Detektivin könnte Ruth beschatten und dabei herausfinden, ob sie tatsächlich beobachtet wird, hatte Natalja vorgeschlagen.

Alle waren dafür gewesen, außer Ruth, und sie hatten eine Weile gebraucht, sie zu überzeugen.

Die denkt doch, ich will sie auf den Arm nehmen, hatte Ruth gesagt.

So, wie ich aussehe, mit diesen Klamotten. Solche Leute sind teuer! Die verlangen Spesen und obendrein Honorar. Die sehen sich die Leute an, für die sie arbeiten.

Man könnte ihr erklären …

Das fehlt noch. So eine bourgeoise Tante in die Aktion einbeziehen.

Dann geh doch gleich zur Polizei!

Marie sagt, sie ist in Ordnung.

Und? Schläft sie mit dem Bullen oder nicht?!

Einmal, hatte Elfriede gesagt, und außerdem hab ich auch schon in der Wohnung übernachtet.

Wohl hoffentlich nicht in seinem Bett!

Hier mussten alle lachen, so absurd kam ihnen der Gedanke vor, dass Elfriede mit Maries Vater geschlafen haben könnte. Danach war die Stimmung freundlich, auch Ruth ließ nun mit sich reden. Hannah hatte vorgeschlagen, Ruth auszustaffieren.

Meine Mutter hat genug Zeug, davon kannst du etwas anziehen. Sie hat deine Figur. Ich hole einen von unseren Wagen …

… am besten den großen, hatte Elfriede gesagt. Und eine von uns spielt den Chauffeur. Es reicht doch, wenn du sie dazu bringst, dich zwei oder drei Tage zu beobachten. Dann wissen wir, was los ist.

Ein bisschen war alles auch ein Spiel gewesen. Natalja fuhr dann den Wagen. Die Mütze hatten sie sich von dem Chauffeur von Hannahs Vater ausgeliehen. Als Ruth wieder eingestiegen war, konnte sie vor Wut kaum sprechen.

So eine arrogante Ziege, sagte sie, eine dermaßen blöde Person ist mir in meinem ganzen Leben noch nicht begegnet.

Ruth sprach nicht davon, dass sie zu voreingenommen gewesen war, um den richtigen Ton zu finden. Es war ihr vermutlich nicht einmal bewusst.

Mir ist nach Aktion, hatte Ruth gesagt, als sie wieder zusammengesessen hatten. Das Werft-Jubiläum wäre ein guter Zeitpunkt. Die Zeitungen sind voll davon. Es eilt langsam. Und dann verschwinden wir.

Sie wollte nur durch den Elbtunnel gehen, um herauszufinden, wie wir die Uhr einstellen müssen, sagt Natalja. Ihre Stimme klingt traurig.

Für eine kleine Weile gibt es eine kleine Stille, in der sie Erinnerungen an Ruth nachhängen.

Jemand muß nach Polen, um die Großeltern zu treffen. Die wissen noch nicht, dass Ruth tot ist, sagt Elfriede dann.

Wird das nicht die Polizei erledigen?

Die haben doch keine Ahnung, wo Ruth herkommt. Sie war hier nicht gemeldet. Jemand von uns muss den Großeltern Bescheid geben, wiederholt Elfriede.

Mach du das, Elfi, sagt Hannah. Du kannst so etwas am besten. Dir geben sie vielleicht auch noch einmal Sprengstoff. Jetzt, wo Ruth tot ist.

Ich weiß nicht, sagt Elfriede, aber das ist auch egal. Ich werde das Zeug schon finden.

Als Bella ins Hotel zurückkam, wurde sie festgenommen; das heißt, sie sollte festgenommen werden, aber als sie sich bereit erklärte, den beiden Beamten, die geschickt worden waren, um sie abzuholen, freiwillig zu folgen, ließen die von ihrem Vorhaben ab. Die Beamten, zwei junge Männer, die sich in ihrer Haut nicht besonders wohl fühlten, weil das elegante Hotel sie einschüchterte, erklärten sich sogar bereit, sie zuerst noch auf ihr Zimmer zu begleiten, damit sie die Taschen und Tüten abstellen könnte, mit denen sie zurückgekommen war.

Euer Kollege Kaul lässt nicht mit sich spaßen, was?, fragte sie.

Die beiden blieben stumm, während ihre Augen interessiert im Zimmer umherwanderten. Sie würden am Abendbrottisch etwas zu erzählen haben.

Als sie zusammen mit Bella zurück in die Halle kamen, winkte die junge Frau an der Rezeption ihr mit einem Brief in der Hand zu. Bella schüttelte den Kopf. Die Frau verstand sofort. Sie legte den Brief zur Seite.

Bis nachher, Frau Block, rief sie. Rufen Sie an, wenn Sie abgeholt werden möchten.

Sie brachten sie in einen Raum, der wie ein Verhörraum aussah: ohne Einrichtung, zwei aneinander gestellte Tische in der Mitte, ein paar Stühle an den Wänden, das war alles. Als die Tür hinter den Männern ins Schloss fiel, setzte Bella sich hin und wartete. Kaul kam nach zehn Minuten.

Das hätten Sie bequemer haben können, sagte er.

Bella antwortete nicht. Sie hätte gern gewusst, wie viele ihrer ehemaligen Kollegen hinter der Scheibe standen, die in der Wand neben der Tür eingelassen worden war, um Kauls Verhör zu folgen.

Es dürfte Ihnen noch bekannt sein, dass wir das Recht haben, Ihre Konten zu überprüfen, sagte Kaul. Bei Verdacht auf Versicherungsbetrug durch Brandstiftung ist das kein Problem.

Machen Sie sich ruhig lächerlich, sagte Bella.

Kaul konnte sie unmöglich für so dumm halten. Sein Gerede von Versicherungsbetrug war ein Vorwand, um sie vorladen zu können. Was wollte er wirklich?

Kaul sagte nichts. Er begann, in dem schmalen Ordner zu blättern, den er in der Hand gehabt hatte, als er hereingekommen war. Es war sehr still im Raum. Die Farbe an den Wänden war grün wie der Fußboden, aber um ein paar Töne dunkler. Die

Stühle an den Wänden und die beiden Tische in der Mitte waren aus hellem Holz. Kaul hatte sehr gepflegte Hände. Seine Finger waren ungewöhnlich geformt. Sie wurden an den Spitzen breiter und flacher und hatten deshalb Ähnlichkeit mit kleinen Spaten. In Bella rief der Anblick dieser Finger einen unbestimmten Widerwillen hervor. Sie vermied es, Kaul beim Blättern zuzusehen.

Die Stille und das viele Grün machten sie müde.

Worauf wartete Kaul?

Die Tür wurde aufgerissen und ein junger Mann in Zivil trat ein. Er ging schnell auf einen der Stühle an der Wand zu, setzte sich und begann, Bella anzustarren. Sein Blick war nicht neugierig und forschend, sondern frech und zudringlich.

Das ist also Kauls neuer Partner, dachte Bella. Sie erinnerte sich daran, wie es gewesen war, als Kaul und seine ehemalige Partnerin sie zum ersten Mal aufgesucht hatten. Die Partnerin hatte Köhler geheißen und war im Begriff gewesen, Karriere als Grenzschützerin zu machen, als Tolgonai sie umgebracht hatte. Sie sah zu dem Mann an der Wand. Er hatte den Kopf zur Seite gewandt, um zu seinem Chef hinübersehen zu können. Seine Nackenmuskeln glichen strammen Würstchen. Über den Handgelenken waren Muskeln sichtbar, von denen sie nicht einmal gewusst hatte, dass es die gab. Sie war froh, die Beine des Mannes nicht sehen zu müssen.

Mein Partner, sagte Kaul. Sie werden sich noch kennen lernen. Wo waren wir stehen geblieben? Richtig. Sie wollten mir etwas sagen.

Bella schwieg.

Diese Frau, sagte Kaul, und zog ein Foto aus seiner Jackentasche, was hatten Sie mit ihr zu tun?

Bella sah auf das Foto. Es war ein Foto von Ruth, ein Ausschnitt, vermutlich aus einer größeren Menschenansammlung herausvergrößert. Ihre Kleidung hatte keine Ähnlichkeit mit den eleganten Sachen, die sie bei dem Besuch in ihrem Haus getragen hatte, aber es war eindeutig Ruth. Bella wandte den Blick von dem Foto ab und sah aus dem Fenster. Sie blickte auf ein Stück Rasen, in das blaue Blumen in kleinen Gruppen gepflanzt worden waren. Blau und Grün in Kombination waren jahrelang ihre Lieblingsfarben gewesen. Der Rasen vor dem Fenster sah hübsch aus.

Kaul legte das Foto zur Seite. Er wirkte fast ein wenig verlegen, beinahe so, wie jemand, der einem anderen die Hand hinstreckt, die dann bewusst übersehen wird.

Sie halten sich für besonders schlau, sagte er. Für ganz besonders schlau. Wie lange ist es her, dass Sie Polizistin waren? Dreizehn Jahre? Vierzehn Jahre? Keine Ahnung mehr, was? Das war doch damals noch Dampfbetrieb.

Er machte eine kleine Pause. Als er weitersprach, plötzlich und in hartem, aggressivem Ton, stieß er den Kopf vor.

Eine Viper, dachte Bella, eine hässliche Viper.

Halten Sie Brunner da raus, sagte er leise. Sie werden den Besuffski um seine Pension bringen, wenn er Ihnen behilflich ist. Ein, zwei illegale Bewegungen und der Mann liegt auf der Straße; da, wo er hingehört. Dann ist Schluss mit der Sozialrente. Der Staat kann sich schließlich nicht um jeden kümmern. Ein bisschen Loyalität muss man uns schon entgegenbringen.

Sie hatten sein Telefon abgehört. Das war jetzt klar. Es würde auch kein Problem sein, ihre Telefonleitung im Hotel anzuzapfen. Vielleicht, ziemlich sicher, waren sie gerade dabei, die notwendigen Vorbereitungen zu treffen. War sie in den vergangenen Tagen beobachtet worden? Wahrscheinlich nicht. Es mochte ja sein, dass sie technisch inzwischen hoch gerüstet waren. Die Fähigkeiten derer, die zu Observierungen eingesetzt wurden, hatten aber ganz sicher nicht mitgehalten. Sie hätte etwas davon bemerken müssen. Bella konnte ein Lächeln nicht unterdrücken. Der freche, aufdringliche Blick des Mannes an der Wand brachte sie in die Wirklichkeit zurück. Unter anderen Umständen hätte sie die ersten Knöpfe ihrer Bluse geöffnet und den Mann herausfordernd angesehen. Solche Männer zogen dann den Schwanz ein und verschwanden. Sie hatte aber keine Lust, seinen Kollegen hinter der Scheibe ein Schauspiel zu bieten.

Ich will Ihnen etwas zeigen, sagte Kaul.

Er schlug eine Seite der Akte auf und lud Bella mit einer Handbewegung ein, hinter den Schreibtisch zu kommen. Sie stand auf. Auch der Mann an der Wand stand auf und ging zu Kaul hinüber. Er ging absichtlich sehr dicht an Bella vorbei und stellte sich eng neben sie. Er roch nach irgendeinem mittelmäßigen Herrenparfüm und darunter nach Schweiß. Die Mischung war unangenehm. Sie hatte trotzdem keine Lust, zurückzuweichen. Man könnte … sie sah nach unten. Seine Stiefel waren so dick, dass es ihr nicht gelingen würde, ihm Respekt beizubringen, indem sie dem Kerl kräftig auf den Fuß trat. Vor ihr schlug Kaul die Akte zu.

Ich hab's mir überlegt, sagte er. Leuten wie Ihnen, billigen, kleinen Privatbullen, sollte man lieber nicht den kleinen Finger reichen. Sie dürfen wieder Platz nehmen. Bring sie auf ihren Stuhl, Mann, sagte er.

Bella blieb stehen. Kauls Mann stand nun so nah bei ihr, als wollte er sie körperlich berühren.

Ich werde jetzt gehen, sagte Bella.

Sie wandte sich um und ging entschlossen auf die Tür zu. Der Mann ging dicht neben ihr. Bevor sie die Tür erreicht hatte, brachte er sie mit einem miesen, kleinen Trick ins Stolpern. Er fing sie auf, bevor sie sich wehren konnte.

Sie ist nicht mehr die Alte, sagte Kaul in ihrem Rücken. Früher wäre sie auf so was nicht reingefallen. Lass sie los, Kollege, sonst verklagt sie dich noch. Wenn denen die Zähne ausfallen, ziehen sie vor Gericht.

Der Muskelprotz ließ Bella los. Sie verließ den Raum. Niemand hinderte sie daran. Die Tür fiel hinter ihr ins Schloss. Ihr war ein bisschen übel.

Bella ließ sich von einem Taxi ins Hotel fahren. Die beiden jungen Frauen am Empfang sahen ihr freundlich entgegen, aber hinter der Freundlichkeit auf ihren Gesichtern verbarg sich, ebenfalls sichtbar, und, wie Bella fand, sehr verständlich, brennende Neugier. Der Hotelmanager kam auf sie zu.

Wir hoffen, Sie sind damit einverstanden, dass das Hotel Ihnen die kleine Suite zur Verfügung gestellt hat. Zum selben Preis, selbstverständlich. Wir möchten, dass Sie sich bei uns wohl fühlen. Ein längerer Aufenthalt in nur einem Raum ist auf die Dauer vielleicht doch ein wenig unbequem. Wir haben uns erlaubt, Ihre Einkaufstaschen schon nach oben zu bringen.

Danke, sagte Bella. Das war eine gute Idee.

Sie nahm dem Manager den Brief aus der Hand, den er ihr hinhielt, ließ sich den Schlüssel geben und fuhr nach oben. Sie hatte das dringende Bedürfnis nach heißem Wasser.

In das Bad, das mit Marmorfliesen und Marmorwänden, Designerhähnen aus Edelstahl und mindestens zehn Handtüchern in verschiedenen Größen ausgestattet war, hätte bequem eine Drei-Zimmer-Wohnung vom Typ sozialer Wohnungsbau gepasst. Bella ließ das Badewasser einlaufen, während sie ihre Kleider abwarf und sich in einen weichen, weißen Bademantel wickelte. Der Mantel reichte bis auf den Boden. Barfuß ging sie ins Wohnzimmer, nahm den Brief zur Hand und riss den Umschlag auf. Der Brief war von Krister. Er war sehr liebevoll. Sie freute sich und ließ den Brief in den Papierkorb segeln. Der Papierkorb war aus weißem Leder.

Was für ein Leben, dachte sie, als sie in der Wanne lag, was für ein verrücktes Leben. Sie schloss die Augen und sah ein Bild, auf dem angekohlte Balken übereinander lagen. Sie sah auch einen verborgenen, verrußten Bilderrahmen ohne Bild und ein paar fast verbrannte Bücher. Sie öffnete die Augen und die Bilder verschwanden. Stattdessen schien die Sonne auf die Milchglasscheibe des Bades. In die Scheibe war ein Anker eingeschliffen worden, durch den ein paar Sonnenstrahlen auf die Wasseroberfläche in der Badewanne fielen. An den Stellen, auf denen die Sonnenstrahlen landeten, knisterte der Badeschaum, während er sich auflöste. Die Luft im Bad roch angenehm.

Ich werde das alles so schnell wie möglich erledigen, dachte sie. Es wird Zeit, dass ich damit beginne, mein Leben zu genießen. Wann, wenn nicht jetzt, sollte ich damit anfangen?

In dieser Nacht treffen sie sich bei Hannah. Sie haben beschlossen, die Gegend um den Hafen möglichst zu meiden. Irgendwann wird es nötig sein, dorthin zu gehen, irgendwann, wenn sie gut genug vorbereitet sind und genau wissen, was zu tun ist.

Elfriede hat sich den Tag über in Barmbek aufgehalten. Im Wohnblock, in dem ihre Großeltern gelebt haben, gibt es unten eine kleine Eckkneipe. Der Alte, dem die Kneipe gehört, ist ein Freund ihres Großvaters gewesen. Er lässt sie hinter dem Tresen arbeiten, wenn sie Zeit hat und Geld braucht. Er ist dann froh, dass er eine Pause einlegen kann. Der alte Mann sitzt, während Elfriede hinter dem Tresen steht, an einem der beiden Tische, die unter den Fenstern zur Straße stehen. Die Gardinen sind mit der Zeit gelb geworden. Auf den Resopalplatten der Tische stehen grüne Aschenbecher, so groß, dass man einen kleinen Hund darin baden könnte. Hin und wieder ruft der alte Mann: Frollein, ein Bier bitte, und Elfriede kommt und stellt ein kleines Bier mit einer besonders gelungenen Schaumkrone vor ihn hin. Manchmal kommen Männer, die sich zu dem Alten an den Tisch setzen. Dann reden sie miteinander. Sie sprechen über die fünfziger Jahre. Da sind sie jung gewesen. Oder über einen Fußballverein, den sie Cordi nennen und der niemals über einen unteren Rang in der Regionalklasse hinausgekommen ist. Wenn sie über Cordi sprechen, haben ihre Stimmen einen zärtlichen Klang. Ganz selten sprechen sie über Frauen. Sie sind in einem Alter, in dem Frauen für sie keine Rolle mehr spielen, außer als Ehefrau oder als Krankenschwester. Sie sind gesund. Und die Frau, wenn es sie noch gibt, hält die Wohnung in Ordnung. Es ist überflüssig, darüber zu reden. Einmal, es ist Monate her, haben sie alle zusammen in der Kneipe gefeiert. Da sind auch ein paar Frauen gekommen. Der Alte hat einen Eimer Kartoffelsalat bestellt und vom Schlachter gegenüber sind Frikadellen geliefert worden. Der Alte hat Elfriede gefragt, ob sie an dem Abend den Tresen übernehmen wolle und sie hat Ja gesagt. Das Fest ist ihr merkwürdig vorgekommen. Viel Bier ist getrunken worden und noch mehr Schnaps, ohne dass sie den Eindruck hatte, die Gäste seien betrunken. Der Alte hat am Anfang eine Ansprache gehalten, in der von Kartoffeln und Maisbrot die Rede gewesen ist. Daran anschließend haben die Alten Unmengen von Kartoffelsalat und jeder mindestens drei oder vier Frikadellen verdrückt, und erst dann haben sie mit der Trinkerei angefangen. Alles ist ganz zwanglos gewesen und ist doch wie nach einem Ritual abgelaufen. Elfriede hat die Regeln aber nicht erkennen können. Daran, dass getanzt wurde, hat sie später zu erkennen gemeint, dass nun alle betrunken seien. Aber niemand ist umgefallen, obwohl zwei von den Frauen ganz sicher älter als achtzig sind und einer der Männer ein Holzbein hat. Der, so ist ein paar Wochen später bekannt geworden, ist bald darauf gestorben. Der Wirt hat wieder hinter der Gardine gesessen, als einer seiner Freunde gekommen ist. Sie sprachen eine Weile darüber, ob das Holzbein beim Verbrennen der Leiche mit in den Sarg gelegt werden würde und ob man an der Farbe der Flammen erkennen könnte, dass da nicht nur Fleisch und Knochen in dem Sarg liegen. Zur Beerdigung ist keiner von ihnen gegangen.

An dem Abend, an dem sie sich bei Hannah treffen wollen, schließt die Kneipe um zweiundzwanzig Uhr. Für den Alten ist das spät, aber es sind ein paar Fremde gekommen, die freundlich behandelt werden müssen. Elfriede beobachtet den alten Mann, der sich Mühe gibt, am Tisch nicht einzuschlafen, während sie das Geld in der Kasse zählt, als die Fremden endlich gegangen sind. Dann stehen plötzlich die beiden Jungen in der Tür. Es ist klar, dass sie das Geld aus der Kasse wollen. Vielleicht glauben sie, mit dem zierlichen Mädchen hinter dem Tresen leichtes Spiel zu haben.

Die beiden liegen dann neben dem Filzvorhang, der vor der Eingangstür hängt. Der Vorhang ist braun und mit braunem Leder eingefasst und schon ziemlich ramponiert. Er passt zu den beiden Bündeln, die davor liegen.

Ich hau ab, sagt Elfriede. Zwanzig Euro nehme ich. Dann bleiben noch hundertvier, keine schlechte Kasse jedenfalls. Sie sollten aber die Polizei anrufen. Wenn die wieder aufwachen und feststellen, dass Sie allein sind, gibt es bestimmt Ärger.

Mädchen, Mädchen, sagt der Alte. Wie hast du das denn gemacht? Du bist ja schneller, als die Polizei erlaubt.

Er geht zum Telefon, das auf einem an der Wand befestigten Brett steht, und sucht auf der Wand die Nummer der Polizei, während Elfriede ihm zuwinkt und geht. Das Schild an der Wand über dem Telefon, auf dem verschiedene Telefonnummern angegeben sind, hat einen durchsichtigen Kunststoffüberzug und ist darunter vergilbt.

Als Elfriede bei Hannah erscheint, ist Natalja damit beschäftigt, Papiere zu verbrennen. Elfriede hockt sich neben sie.

Du riechst komisch, sagt Hannah. Willst du baden? Geh einfach nach oben. Du weißt ja Bescheid.

Das ist so, wenn man den ganzen Abend in dieser Kneipe gewesen ist, sagt Elfriede.

Sie steht auf und läuft die Treppe hinauf.

Wie ist sie reingekommen?, fragt Natalja. Hat ihr jemand aufgemacht? Ich denk, wir sind allein.

Sie hat einen Schlüssel, für alle Fälle. Du könntest auch einen haben, aber es hat wohl nicht mehr viel Sinn. In der nächsten Zeit werden meine Eltern zu Hause sein. Und wenn wir die Sache hinter uns haben, sollten wir sowieso von hier verschwinden.

Jedenfalls für eine Weile. Bei deinen Leuten in Genua war es doch ganz schön. Meinst du, wir könnten da hin?

Das waren nicht meine Leute. Die, bei denen wir damals geschlafen haben, hab ich nur flüchtig gekannt. Mit meinen Leuten ist es nicht so einfach. Es gibt da jemanden …

Jemanden, der die Deutschen hasst, meinst du das?

Natalja nickt. Der kleine Stapel Papier, der noch vor ihr lag, als Elfriede den Raum betrat, ist verschwunden.

Du musst das verstehen, sagt sie. Ihre Stimme ist leiser geworden. Ich sag's dir, wie es ist. Unser Haus hab ich euch beschrieben. Es ist alt, aber es wäre schon noch Platz darin für uns drei, auch wenn der Putz an den Decken und von den Wänden abgeblättert ist. Übrigens schade. Es gibt sehr schöne Wandmalereien in den Räumen. Das müsste alles dringend restauriert werden. Aber sie lässt niemanden ins Haus.

Wer?

Meine Großmutter. Sie haben im Frühjahr 1944 auf ein deutsches Soldatenkino einen Anschlag verübt. Ich hab nie erfahren, wie viele Soldaten dabei gestorben sind. Es waren Partisanen, weißt du. In unserer Familie gab es keine Partisanen. Aber aus einem Grund, den ich nicht kenne, ist auch ihr Mann damals ins Gefängnis nach Marassi gebracht worden. Nach dem Anschlag auf das Kino. Sie haben ihn umgebracht. Hier, lies.

Natalja zieht einen zerknitterten Zeitungsausschnitt aus der Tasche ihrer Jacke. Hannah liest:

Die Erschießungen am Morgen des 19. Mai 1944 an einem abgelegenen Ort am Turchino-Pass außerhalb Genuas sollen in Anwesenheit des Beschuldigten durch ein aus Marinesoldaten zusammengesetztes Kommando in der Weise ausgeführt worden sein, dass die Opfer jeweils in Sechsergruppen zu zweit aneinander gebunden, auf Bretter treten mussten, die über einer von jüdischen Häftlingen zuvor ausgehobenen Grube lagen, und von dort, tödlich getroffen, auf die Leichen …

Hier nimm das zurück, sagt Hannah.

Du kannst gern weiter lesen.

Nimm das zurück! Ich weiß, dass ich weiter lesen kann.

Kann sie eben nicht, sagt Elfriede.

Sie ist barfuß die Treppe heruntergekommen. Auf dem weichen Läufer sind ihre Schritte nicht zu hören, als sie näher kommt.

Du wirst es noch lernen, mit ihr richtig umzugehen. Hannah hat …

Sag's ruhig, ich hab eine Macke, sagt Hannah.

Natalja sieht beunruhigt aus. Ihre Blicke gehen zwischen Hannah und Elfriede hin und her.

Sie fühlt sich verantwortlich für Sachen, mit denen sie nichts zu tun hat. Sie hat sich eine ganz besondere Theorie zurechtgelegt.

Eine Theorie?

Natalja versteht immer weniger, wovon Elfriede spricht.

Ja, eine Theorie. Eine falsche, natürlich. Aber du kannst sie nicht davon überzeugen, dass der Quatsch falsch ist, den sie sich ausgedacht hat. Sie glaubt nämlich, dass eine Familie über Generationen schuldig bleiben kann, wenn jemand, der dazu gehört, ein Verbrechen begangen hat, das nicht gesühnt wurde. Sie glaubt, dass Schuld vererbt wird. So, wie Geld oder Möbel oder Bilder.

Sag's ruhig: so wie diese Möbel und diese Bilder.

Hannah zeigt mit einer Handbewegung auf die Dinge, die sie umgeben. Sie sieht nicht schuldbewusst aus, sondern eher stolz. Elfriede und Natalja sehen sich an.

Ich sag dir doch, dass sie ein bisschen verrückt ist, sagt Elfriede. Aber sie ist trotzdem in Ordnung.

Hast du mal Eugene O'Neill gelesen?, fragt Hannah.

Sie sieht Natalja an.

Oh nein, sagt Elfriede, das jetzt nicht auch noch. Sie versucht, ihre Theorie mit allem zu belegen, was ihr in die Finger kommt. Im Augenblick hat sie es mit der Orestie. Du weißt, die Familie, in der sich alle gegenseitig abmurksen. Können wir mal eine Weile von vernünftigeren Dingen reden? Wann genau kommen deine Eltern zurück?

In zwei Tagen, sagt Hannah. Du kannst nicht so tun, als wäre das alles unwichtig.

Es ist nicht unwichtig, sagt Elfriede. Ich weiß, dass es nicht unwichtig ist. Und Natalja weiß das auch. Ohne deine Familie, deinen Großvater, genauer gesagt, und ohne meinen Großvater und, wie ich annehme, ohne die alte Frau, die in der Villa in Nervi hockt und keine Deutschen ins Haus lässt und nicht zulässt, dass die Räume renoviert werden, wären wir nicht zusammen. Darüber sind wir uns einig. Aber jetzt, hier und heute, gibt es Wichtigeres, als in der Geschichte unserer Familien herumzukramen.

Du hast gut reden.

Hannah will noch immer nicht aufgeben. Sie ist aufgestanden und ans Fenster gegangen. Sie steht dort und sieht in den schwarzen Garten, als ob es draußen etwas zu sehen gäbe.

Eure Familien haben aber den anständigen Teil der Geschichte erwischt. Meine war bei den Unanständigen.

Komm, Natalja, sagt Elfriede.

Sie steht vom Boden auf. Der Bademantel, in den sie sich eingewickelt hat, ist so lang, dass sie ihn hoch nehmen muss, um nicht zu stolpern.

Komm, es hat heute keinen Sinn.

Entschuldigt bitte, sagt Hannah. Setz dich bloß wieder hin. Wir werden schon noch Gelegenheit haben, miteinander zu reden.

Na endlich.

Elfriede setzt sich zurück auf den Teppich. Der Bademantel um sie herum bildet einen Haufen Frottee, in dem sie beinahe verschwindet.

Eins ist sicher, sagt sie. Alles, alles wovon wir reden könnten, wenn wir Zeit dazu hätten, wäre nicht geschehen, wenn es keinen Krieg gegeben hätte. Darüber sind wir uns doch einig, oder?

Die beiden anderen nicken zustimmend. Sie sind davon überzeugt, dass es nichts gibt, was notwendiger ist, als den Krieg zu bekämpfen. Krieg bedeutet Gewalt und Erniedrigung, Vergewaltigung und Verstümmelung, Hunger und Angst, Hass und Zerstörung, Armut und Tod. Den Krieg und die Vorbereitungen dafür zu bekämpfen ist eine revolutionäre Tat. Sie wollen eine Welt ohne Gewalt und Erniedrigung, ohne vergewaltigte Frauen und verstümmelte Kinder. Sie wollen, dass Hunger und Angst, Hass und Zerstörung aufhören; und dass die benannt werden, die am Entsetzen verdienen.

Wir müssen so handeln, dass deutlich wird, was wir wollen, sagt Elfriede. Die Werft ist eine Rüstungsfabrik. Sie ist eine Schande für die Stadt.

Bella fand, dass sie außerordentlich gut aussah, als sie sich im Spiegel betrachtete. Es tat ihr nicht Leid um das Geld, das sie ausgegeben hatte. Trotzdem blickte sie ein wenig zweifelnd auf ihr Spiegelbild. Konnte man ein anderes Leben haben wie andere Kleider? Einfach so? Nur weil man es beschlossen hatte?

Sie ging hinunter in die Hotelhalle, griff eine der ausliegenden Zeitungen und setzte sich ins Restaurant. Es war früher Nachmittag. Die Sonne schien auf den Hafen. Im Raum war niemand bis auf ein Paar, Mann und Frau in den Vierzigern, die beide sehr große Biergläser vor sich stehen hatten. Die Gläser waren beinahe leer. Die beiden sahen aus dem Fenster. Sie wirkten melancholisch. Auch die Geste, mit der der Mann zwei neue Bier bestellte, war nicht besonders fröhlich. Es war eine Geste, die ausdrückte: Seht her, wir besaufen uns, und wir wissen nicht, weshalb. Dabei hat alles so schön angefangen. Und es ist auch noch nicht zu Ende.

Da täuscht er sich, dachte Bella. Es ist zu Ende. Euch hält die Angst beieinander, die Angst vor dem Alleinsein.

Sie nahm die Zeitung in die Hand, aber der Kellner kam, und sie bestellte Rühreier mit Krabben und starken Kaffee, bevor sie die Zeitung wieder zur Hand nahm. Ein Artikel weckte ihr Interesse, der »Wir beobachten, wir melden« überschrieben war. Unter der dick gedruckten Titelzeile prangte das Foto eines Ehepaares, das in seinem Wohnquartier mit Spitzeltätigkeit beschäftigt war. Der Mann, mit einem Fernglas bewaffnet, inspizierte den Giebel eines Hauses, das nicht seins war. Die Frau, in serviler Haltung neben ihm, kritzelte in einen Notizblock. Mit immer größer werdendem Erstaunen las Bella den dazu gehörenden Text. Zwei möglicherweise durch den rechtslastigen neuen Innensenator aufgestörte Kleinbürger durften endlich die miesen Seiten ihres Charakters öffentlich sichtbar machen, ohne zurechtgewiesen zu werden. Die beiden waren sogar nicht mehr allein. Eine Truppe von Spitzeln, die sich Bürgerwehr nannte, hatte sich zusammengetan, um für Ordnung in Rahlstedt zu sorgen. Rahlstedt war ein Stadtteil von Hamburg, in dem die Kriminalität deutlich niedriger lag als in anderen Stadtteilen. Natürlich ging es diesen Leuten nicht in erster Linie darum, Verbrechen zu verhindern, obwohl sie das vorgaben. Was sie eigentlich wollten, war, sich lange unterdrückte, miese Wünsche endlich öffentlich erfüllen zu können. Bisher hatten sie nur hinter den Gardinen der Fenster ihres Einfamilienhauses stehen und die Nachbarn heimlich bespitzeln dürfen. Merkwürdig, dachte Bella, während sie das Blatt mit leisem Ekel zur Seite legte, merkwürdig, dass es eine bestimmte Art von Politik gibt, die offensichtlich dazu anregt, die miesen Charakterzüge der Leute zu Tage zu befördern.

Sie war sicher, dass dieser Hamburger Innensenator eines Tages auf die gleiche Art verschwinden würde, wie andere Politiker vor ihm verschwunden waren; Richard Nixon war ein klassisches Beispiel für diese Art von Erbärmlichkeit in der Politik. Übel war nur, wie viele seiner Landsleute er während seiner Amtszeit dazu ermuntert hatte, sich zu erniedrigen.

Bella hatte kein idealistisches Bild von Hamburg und seinen Bürgern. Aber dass sie in einer Zeit lebte, in der Blockwartmentalität von Staats wegen gefördert wurde, gefiel ihr nicht.

Sie sah aus dem Fenster. Die Sonnenstrahlen waren verschwunden. Der Himmel war schwarz. Die grünen Kupferdächer am Eingang des alten Elbtunnels leuchteten giftig. An den Fahnen, die von der Terrasse des Hotels im Wind knatterten, konnte sie sehen, dass Sturm aufgekommen war.

Der staubgrauen Stadt schwang der
himmlische Schmied
den unsteten brennenden Diskus ins Fleisch,
und als ob einer tausende Sägen dort zieht:
Gelach und Geknirsch und Gekreisch.

Bella empfand die Worte ihres Großvaters als tröstlich, obwohl sie eigentlich nichts Tröstliches sagten. Mit Verwunderung stellte sie fest, dass ihr die Verse das Gefühl gaben, nicht allein zu sein. Waren ihr deshalb auch vor dem brennenden Haus Alexander Bloks Verse eingefallen?

Du bist ein bisschen kindisch, Bella, dachte sie und fühlte sich erstaunlich gut. Dabei ist dein Haus abgebrannt, in der Stadt herrschen die Charakterlosen und das melancholische Paar dort drüben bestellt gerade des letzte Bier. Danach wird es vermutlich in Tränen ausbrechen.

Der Kellner, der das Tablett mit dem Essen brachte, war ihrem Blick gefolgt.

Die wohnen auf der zweiten Etage, sagte er leise. Ein Jammer, so junge Leute.

Jung?, sagte Bella.

Na ja, mittel, antwortete der Kellner. Aber sie hätten das Leben noch vor sich.

Und? Haben sie nicht?, fragte Bella.

In dem Zustand? Die merken doch kaum noch was. Sie gehen ja auch nie aus. Schlafen und Saufen. Entschuldigung. Ich werde Sie nicht länger stören. Ich hoffe, das Essen ist in Ordnung?

Der Kellner verschwand und Bella aß mit großem Appetit Rührei und Krabben und trank starken Kaffee dazu. Der Himmel vor den Fenstern war nun so schwarz, dass er das Restaurant verdunkelte. Der Kellner sah herein, schaltete die Lampen auf den Fensterbänken an und verschwand wieder. Das Paar hatte seine Biergläser geleert und erhob sich. Die Bewegungen des Mannes waren steif, so, als wäre er betrunken und versuchte, seine Umgebung nichts davon merken zu lassen. Die Frau schwankte ein wenig und hängte sich an seinen Arm. Sie gingen an Bella vorüber, ohne sie wahrzunehmen. Sie hörte die Frau sagen: Meinst du, wir könnten …

Der Rest des Satzes war nicht mehr zu verstehen. Bella wartete einen Augenblick, bevor sie ebenfalls aufstand. Sie nahm den Fahrstuhl nach oben, holte den Autoschlüssel aus ihrem Appartement und fuhr hinunter in die Hotelgarage. Sie würde trotz des Unwetters, das jeden Augenblick losbrechen musste, nach Neuengamme fahren.

Der Wolkenbruch, der sie unterwegs überraschte, war so gewaltig, dass sie irgendwann anhalten und am Straßenrand stehen bleiben musste. Die Straße lief auf einem Deich entlang. Das Wasser fiel auf den Beton und schoss von da in die rechts und links neben der Straße laufenden Gräben. Eine winzige alte Frau kam auf das Auto zu, so klein und zierlich, dass Bella fürchtete, sie könnte weggespült werden. Sie riss die Autotür auf. Die Alte wurde beinahe hereingespült.

Na, Gott sei Dank, sagte sie, während sie neben Bella saß, ihren Rock auswrang und dabei nach draußen sah. Ihre Stimme war tief und kräftig.

Hätte nicht viel gefehlt und ich wäre abgesoffen. Was wollen Sie denn hier?

Bella fand die Frage merkwürdig, aber irgendetwas an der kleinen Person erinnerte sie an Olga. Deshalb antwortete sie ruhig und sachlich. Sie hatte überhaupt keine Lust auf endlose Debatten über Nebensächlichkeiten.

Ich fahre nach Neuengamme.

Ich komme ein Stück mit, sagte die Alte. Ich will

sowieso in die Richtung. Unterwegs erkläre ich Ihnen alles.

Sie können gerne mitkommen. Aber Erklärungen sind nicht nötig, sagte Bella. Ich weiß, wohin ich fahre.

Nun war sie der Alten doch auf den Leim gekrochen. Deutlich sah sie, wie Kampflust sich in deren Gesicht sammelte. Wie gut sie das kannte. Und wie wenig Lust sie auf die Auseinandersetzung hatte, die nun folgen sollte.

Natürlich, Sie wissen, wohin Sie fahren. Aber woher eigentlich, frage ich mich. Haben Sie hier gelebt oder ich? Haben Sie den Vertrag zum Bau von Neuengamme gesehen, den Hamburg mit der SS geschlossen hat oder ich? Von wegen Freie und Hansestadt. Das soll edel klingen, aber in Wirklichkeit klingt es nach Dreck und Tod.

Der Regen schien nachzulassen und Bella startete den Wagen.

Fahren Sie bloß langsam, sagte die Alte neben ihr fröhlich. Erst letzte Woche ist hier einer vom Deich gerutscht. Der war allerdings besoffen.

Bella musste lachen. Sie sah die alte Frau an, die es sich an ihrer Seite bequem gemacht hatte. Den nassen Rock hatte sie sorgfältig glatt gezogen. Unter dem Stoff zeichneten sich spitze Knie ab.

Na, Humor scheinen Sie ja zu haben. Humor, sag ich immer, ist das Einzige, was man wirklich braucht. Damals allerdings. Wenn Sie die elenden Gestalten gesehen hätten, die das Klinkerwerk aufgebaut haben. Und den Fluss schiffbar gemacht. Bis zum Bauch im Wasser, sommers und winters. Du kamst ja nicht an sie ran.

Die Alte verstummte und hing ihren Gedanken nach. Bella war darüber froh. Sie fuhr langsam weiter.

Ich steig hier aus, sagte die Frau. Sie müssen immer geradeaus weiter. Dahinten kommt ein Hinweisschild. Da geht's nach links. Danke. Was wollen Sie da eigentlich?

Sie sah Bella so unverdeckt neugierig an, dass die wieder lachen musste.

Keine Ahnung, sagte sie. Ich will ins Archiv. Einfach ein wenig herumblättern.

Na ja, dann viel Glück. Sie sind ja auch zu jung. Weshalb sollten Sie nicht einfach ein bisschen herumblättern. Wir dagegen …

Die Frau schwieg und öffnete dann entschlossen die Autotür.

Danke fürs Mitnehmen, sagte sie, während sie ein wenig mühsam das tief liegende Auto verließ. Bella sah ihr nach. Der Regen war dünn geworden. Die Alte hielt sich eine Plastiktüte über den Kopf. Der nasse Rock schlug gegen ihre Beine. Nach ein paar Metern verließ sie die Straße und stieg über eine Treppe den Deich hinab. Bella ließ das Auto an und fuhr weiter. Als sie an der Treppe vorüberfuhr, war die Alte verschwunden.

Die Hamburger hatten sich, nicht anders als die übrigen Westdeutschen, erst sehr spät ihrer Nazi-Vergangenheit gestellt. Das berüchtigte KZ Neuengamme sollte vergessen werden. Auf dem Gelände wurde ein Gefängnis gebaut, später auch eine Jugendstrafanstalt. Allzu deutliche Spuren des KZs wurden beseitigt. Wachtürme, Zäune und das Krematorium verschwanden nach und nach. Französischen ehemaligen Häftlingen wurde nicht erlaubt, Neuengamme zu besuchen. Die Politiker der Stadt weigerten sich lange, mit Abordnungen der Häftlinge Gespräche zu führen, weil in deren Organisationen auch Kommunisten aktiv waren. Das alles wusste Bella von Olga, die selbstverständlich in Sachen Neuengamme aktiv gewesen war. Im Grunde hatten wohl die, durch die 68er-Bewegung veränderten politischen Verhältnisse die Haltung der Stadt zu ihrer eigenen Geschichte neu bestimmt. Erst 1981 entstand ein Dokumentenhaus und ein Archiv und damit der Keim einer dem Verbrechen angemessenen Gedenkstätte. Das Gefängnis allerdings, das längst von dem Gelände hätte verschwinden müssen, befand sich noch immer dort.

Bella betrat das Haus des Gedenkens. Auf lange, von den Wänden hängende Tücher waren die Namen der Häftlinge geschrieben worden, die in Neuengamme ermordet worden waren; es waren beinahe 20.000. Sie hielt sich nicht lange in dem Raum auf. Das Archiv war in einer Baracke, etwa hundert Meter entfernt, untergebracht. Sie ging hinüber. Ein freundlicher Mann ließ sie ein und fragte nach ihren Wünschen.

Einen Augenblick, bitte, sagte Bella und begann, in ihrer Manteltasche zu kramen. Sie fand den Zettel, den sie gesucht hatte, und hielt ihn dem Mann hin.

Diese Nummer, sagte sie. Können Sie etwas damit anfangen?

Der Mann sah den Zettel an und dann Bella.

Kommen Sie, wir gehen in mein Büro, sagte er.

Er wandte sich um, ohne ihre Antwort abzuwarten. Bella ging ihm nach, über blankes, grünes Linoleum, vorbei an grauen Türen in grauen Wänden. Einige der Türen standen offen. Sie sah ein Kopiergerät von riesigen Ausmaßen, Regale mit Akten gefüllt, aufgeräumte und unaufgeräumte Schreibtische. Eine junge Frau, die einen Becher Kaffee in der Hand hielt, begegnete ihnen und sah Bella neugierig nach.

Mein Name ist Schneider, sagte der Mann, nehmen Sie Platz. Möchten Sie auch einen Kaffee?

Er stand auf, ohne Bellas Antwort abzuwarten, nahm einen Becher von irgendwo her und verließ das Zimmer. Bella sah sich um. Obwohl sie sich in einem Büro befand, erinnerte sie nichts an die Atmosphäre der Polizeibüros, die sie so gut kannte. Eher wie das Zimmer eines Gelehrten, dachte sie und versuchte, von den Rücken der Bücher an der Wand die Titel abzulesen.

Unser Etat ist nicht besonders groß, sagte der Mann, als er hereinkam. Das alles kostet viel Geld.

Er stellte den Becher für Bella auf eine Ecke seines Schreibtisches und nahm dahinter Platz.

Am besten, Sie sagen mir, weshalb Sie etwas über diese Nummer wissen wollen, sagte er. Ich weiß gern, mit wem ich es zu tun hab.

Bella sah ihn an und überlegte, ob es richtig wäre, dem Mann von Ruth zu erzählen. Sie entschied sich dagegen.

Ich arbeite für eine Versicherung, sagte sie. Einer unserer Kunden hat die Nummer in seiner Lebensgeschichte erwähnt. Sie betrifft wohl nicht ihn, sondern einen seiner Angehörigen. Eine komplizierte

Geschichte, mit der ich Sie gar nicht erst langweilen will.

Sie langweilen mich nicht, antwortete Schneider. Im Gegenteil. Ich frage deshalb so interessiert, weil vor einigen Tagen schon einmal jemand hier war und sich nach dieser Nummer erkundigt hat.

Eine junge Frau?, fragte Bella.

Ja, und sie hat, genauso wie Sie, eine Geschichte erfunden, um ihr Interesse zu begründen. Ich frage mich, was ich an mir habe, dass mir sympathische Frauen erfundene Geschichten erzählen, anstatt mir die Chance zu geben, ihnen zu helfen. Sagen Sie's mir. Bin ich so wenig vertrauenswürdig?

Entschuldigen Sie, sagte Bella. Nein, ich vertraue Ihnen. Könnten Sie die junge Frau beschreiben?

Natürlich. Ich nehme an, sie war etwa zwanzig Jahre alt, vielleicht etwas jünger, wahrscheinlich nicht älter. Sie war groß, schlank und dunkelhaarig, kurzes Haar, glaube ich. Ihre Augen waren blau und ihre Haut war sehr blass. Sie sprach sehr gut Deutsch, aber irgendetwas war an ihrer Sprache, das so klang, als wäre sie keine Deutsche. Ich war nicht lange genug mit ihr zusammen, um herauszufinden, was das war.

Und sie hat nach dieser Nummer gefragt?

Ja, genau wie Sie. Ich hab ihr die Listen gegeben. Sie hat sich den Namen und das Todesdatum des Häftlings notiert. Und dann hat sie mich nach den Frauen gefragt.

Nach den Frauen?

Sie wollte wissen, ob es in diesem Lager auch Frauen gegeben hat. Es gibt hier Führungen zum

Thema Frauen. Ich hatte gerade wenig Zeit, weil eine Gruppe von französischen Jugendlichen auf mich wartete. Ich hab sie auf die Führung am nächsten Tag aufmerksam gemacht und bin dann gegangen. Sie hat wohl noch eine Weile in den Listen geblättert und ging dann ebenfalls. Ich sah sie zufällig an der Haltestelle, draußen, vor dem Eingang, als ich mit den jungen Leuten zum Mahnmal ging. Sie wollten das Gelände sehen, die Gärtnerei, die von den Häftlingen mit der Asche ihrer Genossen gedüngt worden war.

Der Mann schwieg und gab Bella Gelegenheit, sich die jungen Leute vorzustellen, die das mit der Asche der Häftlinge gedüngte Land betrachteten und darauf herumliefen.

Hat Ihnen die Frau ihren Namen genannt?, fragte sie.

Hat sie nicht, jedenfalls nicht ihren richtigen. Der Häftling, dessen Nummer sie in der Liste fand, hieß Kraffzik. Er ist Pole gewesen.

Sie hieß Ruth, sagte Bella. Sie lebt nicht mehr.

Der Mann sah Bella an und dann zum Fenster hinaus. Der Himmel war nur wenig heller geworden, aber es hatte aufgehört zu regnen. Der Sturm aber hatte nicht nachgelassen. Bäume und Büsche bogen sich unter seinen Stößen.

Einen Augenblick, sagte Schneider.

Er stand auf und verließ den Raum. Bella wandte den Blick vom Fenster weg und sah sich um. Sie nahm ein Buch auf, das vor ihr auf dem Schreibtisch lag und begann, darin zu blättern. Ihr Blick blieb an einer Zeichnung hängen, die von einem Häftling angefertigt worden war. Nackten Männern, die mit ausgebreiteten Armen und Beinen auf einem Tisch lagen oder an der Wand standen, wurden von Männern in Häftlingskleidung die Körperhaare abrasiert. Die Zeichnung war einfach und ungelenk und gab dennoch die absolute Entwürdigung der Nackten wieder. Bella legte das Buch zur Seite und sah aus dem Fenster. Der Sturm versuchte, eine der Tannen zu entwurzeln. Dann kam Schneider zurück in das Büro. Er hielt zwei Zettel in der Hand.

Hier, sagte er, wir haben uns angewöhnt, unsere Besucher so einen kleinen Zettel ausfüllen zu lassen. Macht sich gut als Nachweis für die Behörde, dass unsere Arbeit einen Sinn hat. Und hat außerdem den Vorteil, dass wir die Adressen der Leute, die sich für unsere Arbeit interessieren, in unsere Kartei aufnehmen können. Wir haben viele Wissenschaftler hier, Doktoranden, Studenten, die manchmal wirklich gute Arbeiten abliefern. Auch die Frau hat so einen Zettel ausgefüllt. Ich hab den Namen für falsch gehalten, aber der Wohnort könnte richtig sein.

Er reichte Bella ein ausgefülltes und ein leeres Formular. Auf dem Blatt, das Ruth ausgefüllt hatte, war als Wohnort Miedrzyzdwje angegeben. Bella sah auf.

Das hieß früher Misdroy, sagte Schneider, ein Badeort an der Ostsee. Der Mann, dessen Nummer Sie interessiert, war Pole. Ist doch, vielleicht, kein Zufall, dass eine junge Frau nach ihm gefragt hat, die Polin sein könnte.

Danke, sagte Bella. Haben Sie etwas dagegen, wenn ich mir den Namen und den Ort notiere?

Überhaupt nicht, wenn Sie uns Ihren Namen dafür hier lassen.

Bella füllte das Formular aus, notierte den Namen der Stadt an der Ostsee und stand auf.

Könnten Sie herausfinden, wann die nächste Führung zum Thema Frauen gemacht wird?, fragte sie. Werden die Führungen von verschiedenen Personen gemacht?

Wo denken Sie hin! Wir sind froh, eine Kollegin gefunden zu haben, die neben ihrer Arbeit dafür Zeit hat, unbezahlt, versteht sich. Die nächste Führung – da haben Sie Glück – die ist schon morgen.

Danke, sagte Bella.

Sie verabschiedete sich und ging durch den langen Korridor zurück zum Ausgang. Draußen hatte es wieder zu regnen begonnen. Sie lief so schnell sie konnte auf den Straßengraben zu, an dem sie ihr Auto geparkt hatte. Das Auto stand etwa hundert Meter entfernt. Schon nach zwanzig Metern spürte sie den Regen durch ihre Kleider auf der Haut. Sie rannte, um das überdachte Wartehäuschen der Bushaltestelle zu erreichen. Der Mann, der unter dem Dach des Wartehäuschens stand und ihr freundlich lächelnd entgegensah, war Krister.

Bella brauchte eine Weile, um das Wasser aus ihren Haaren zu schütteln, ihr Gesicht zu trocknen und den Sand von ihren nassen Hosenbeinen abzuschlagen. Krister hielt ihr ein weißes Taschentuch hin. Sie übersah das Tuch, nahm es aber dann doch, um den Kragen ihres Jacketts damit abzutrocknen.

Ich hab eine Tante besucht, die da drüben wohnt, sagte Krister.

Er deutete mit der Hand nach vorn. Da war nichts zu sehen außer Gräben, Bäumen am Straßenrand und nassen, dunklen Äckern.

Aha, sagte Bella. Vermutlich eine Art Maulwurf, deine Tante.

Sie gab ihm das nasse Taschentuch zurück und sah ihn aufmerksam an.

Mein Gott, was willst du, sagte er. Ich hab mich einfach in dich verliebt. Ich habe dem Taxifahrer gesagt, er soll dir folgen. Aber er wollte nicht warten. Also hab ich ihn weggeschickt und mich hier untergestellt. Ich hab doch dein Auto gesehen. Meinst du, du könntest mich mitnehmen?

Er sah ein wenig schuldbewusst aus, aber nur ein wenig und außerdem sehr anregend.

Du kannst mitkommen, antwortete Bella, aber nur, wenn du eine Idee hast, wie ich das alles hier so schnell wie möglich vergessen kann.

Gib mir den Autoschlüssel, sagte Krister.

Er lief über die Straße und hielt kurz darauf so dicht vor der Bushaltestelle, dass Bella beinahe ohne nass zu werden ins Auto einsteigen konnte. Während er fuhr, sah sie auf das Gelände, in dem riesige alte Klinkerbauten und ein neuer, grauer Block aus Beton die Schande der Stadt auf alte und neue Weise manifestierten. Sie brauchten eine ganze Weile, bis sie den Lagerkomplex hinter sich gelassen hatten.

Ich bring dich ins Hotel, sagte Krister. Du nimmst ein heißes Bad und schläfst eine Weile. Dann ziehst du etwas Hübsches an und ich führe dich an einen Ort, der dich bestimmt vergessen lässt, worüber du nicht nachdenken möchtest.

Klingt gut, sagte Bella. Wohin gehen wir?

Ich dachte, ich sollte dich überraschen. Es hat ein bisschen mit Sex zu tun. Aber soweit ich mich erinnere, hattest du gegen Sex ja nicht wirklich etwas einzuwenden, oder?

Sie sah Krister an und ihr war klar, dass sie keine Einwände erheben würde. Trotzdem wollte sie wissen, was er mit ihr plante. Er druckste ein wenig herum, aber schließlich kam heraus, dass er vorhatte, Bella in einen Swinger-Club mitzunehmen.

Du meinst, diese Veranstaltungen für frustrierte Kleinbürger-Ehepaare, die nackt, im Rudel, beweisen, dass sie sich von den Neandertalern noch nicht weit entfernt haben?

Bella, ich bitte dich. Für wie heruntergekommen musst du mich halten, wenn du dir vorstellen kannst, dass ich mich in so eine Gesellschaft begebe?

Du meinst, Prostitution ja, aber mit Niveau?

Wenn du es so nennen willst.

Krister schwieg. Es war offensichtlich, dass sie ihn gekränkt hatte. Bella fand sein Verhalten albern. Sie sah ihn von der Seite an. Er sah hübsch aus und intelligent, ein ganz klein wenig verlottert, gerade so viel, dass es ihn interessant machte; jedenfalls in ihren Augen. Er spürte, dass sie ihn ansah und begann zu lachen.

Mach dir keine Gedanken über mich, sagte er. Ich bin mal so, mal so. Du kannst mich haben, wenn dir danach ist, und zwar in der Form, die dir am besten gefällt. Weißt du, ich bin ein Chamäleon. Bei dem, was ich mache, ist das eine besonders sinnvolle Eigenschaft. Manchmal, aber das ist eher selten, gerate ich an Frauen wie dich, die anfangen, nach dem wirklichen Krister zu suchen …

Moment, sagte Bella heftig, auch wenn's dein Selbstbewusstsein völlig ramponiert: Das, was du den wirklichen Krister nennst, interessiert mich nicht. Und das hat auch einen sehr einsehbaren Grund. Möchtest du ihn hören?

Ihre Stimme hatte schärfer geklungen als nötig. Sie holte tief Luft.

Ach, ich glaube, lieber nicht, sagte Krister.

Er schien vollkommen unbeeindruckt. Ein Stehaufmännchen, dachte Bella amüsiert. Eine Weile sagte niemand etwas. Der Regen hatte nachgelassen. Trotzdem war die Welt so grau, wie sie nur in Hamburg und nur im November sein kann. Es war Ende April.

Was für eine Art Club ist es also?, fragte Bella nach einer Weile. Sie war zu dem Schluss gekommen, ihre Neugier siegen zu lassen. Krister sah sie an. Bella gönnte ihm den kleinen Triumph, den sie in seinen Augen sah.

Ich hab eine Kundin, sagte er, eine Dame, ziemlich reich, feinste Hamburger Kreise. Sie ist ein bisschen in mich verliebt. Weil sie schon älter ist, hat sie das Gefühl, sie müsse mir etwas bieten.

Geld, nehme ich an, sagte Bella.

Ja, Geld natürlich. Aber sie scheint den Eindruck zu haben, dass das nicht ausreicht. Was weiß ich, im Grunde ist sie ein bisschen pervers, glaube ich. Aber sie traut sich nicht so richtig, ihre Bedürfnisse auszuleben. Zu diesem Club haben wirklich nur die Allerfeinsten Zutritt. Und man ist maskiert.

Nackt und maskiert? Ein bisschen lächerlich, findest du nicht?

Vielleicht, sagte Krister. Aber es hat auch Vorteile, einmal abgesehen davon, dass manche Leute so etwas mögen. Es ist ziemlich ausgeschlossen, wegen eines lockeren Abends im Club erpresst zu werden, verstehst du?

Ja, ich verstehe. Dabei würde sich da Erpressung vermutlich richtig lohnen.

Ich sehe, du verstehst langsam. Ich könnte dich mitnehmen.

Und deine Freundin wäre damit einverstanden?

Es würde mich in ihren Augen noch unwiderstehlicher machen, als ich sowieso schon bin.

Nein, danke, sagte Bella. Tut mir Leid, aber du wirst dich nach einer anderen Partnerin für deine Geschäfte umsehen müssen. Ich bin für solche Dinge ungeeignet. Bring mich einfach ins Hotel. Ich muss ein wenig nachdenken.

Wirst du im Hotel bleiben? Auch am Abend?

Keine Ahnung, antwortete Bella, weshalb fragst du?

Spätestens um zwölf bin ich zurück. Ich würde sehr gern in der Bar ein Glas mit dir trinken und anschließend könnten wir zu dir gehen.

Meinst du nicht, du nimmst den Mund ein wenig voll?, fragte Bella.

Krister bog in die Bernhard-Nocht-Straße ein und hielt gleich darauf vor dem Hotel.

Ich fahr den Wagen in die Garage und lass den Schlüssel in dein Fach legen, sagte er. Schlaf schön, Bellissima, wir sehen uns in der Nacht. Nachtmenschen wie wir müssen …

Bella war ausgestiegen, bevor er seinen Satz beenden konnte.

An der Rezeption bekam sie zusammen mit dem Zimmerschlüssel ein Fax. Sie las es im Bad, während das Wasser in die Wanne lief: Liebe Bella, die Kabine neben meiner ist sehr leer. Seien Sie nicht traurig wegen des Hauses. Die Welt steht Ihnen offen und ich liege Ihnen zu Füßen – vorausgesetzt, Sie kommen an Bord. Kranz.

Sie zog ihre nassen Sachen aus und dachte, dass Kranz Recht hatte und auch wieder nicht. Sie war nur wenige Minuten traurig darüber gewesen, dass ihr Haus niedergebrannt war. Wenn sie darüber nachdachte, kam es ihr eher so vor, als wäre das Feuer gerade zum richtigen Zeitpunkt ausgebrochen. Sie wusste nicht genau, weshalb sie so dachte, aber sie war sicher, dass der Zeitpunkt nicht mehr fern war, an dem sie es verstehen würde. Alles war ein wenig verschwommen und geheimnisvoll und passte im Grunde sehr wenig zu der sachlichen, eher nüchternen Art, mit der sie sich angewöhnt hatte, die Welt zu betrachten, aber trotzdem fühlte sie auf eine unerklärliche Weise, dass alles richtig war. Sie konnte es nicht anders bezeichnen, auch wenn, nüchtern betrachtet, nicht viel Positives an der Tatsache sein mochte, dass ihr Haus, ihre Bücher, ihre Bilder nicht mehr existierten. Sie fühlte sich, wenn sie an das Feuer dachte, inzwischen so leicht und so frei wie lange nicht mehr.

Deshalb kostete es sie eine kleine Anstrengung, darüber nachzudenken, was sie im Fall der toten Frau als Nächstes tun sollte. Eingewickelt in den Bademantel, ein Glas mit Wodka und Orangensaft neben sich auf einem Tischchen, begann sie, auf dem Sofa liegend, zu überlegen.

Es sah so aus, als könnte es richtig sein, in diesen polnischen Ort zu fahren, um nach der Familie der Frau zu forschen. Sie rechnete mit drei Tagen, die dafür nötig sein würden. Sie müsste dem Mann an der Rezeption bitten, ihr eine Autokarte von Polen zu besorgen. Der Ort war sicher nicht groß. Vermutlich würde es nicht schwer sein, die Familie zu finden. Aber sie hatte überhaupt keine Lust, die Reise allein zu unternehmen. Sie hätte gern jemanden dabei gehabt, mit dem sie über den Fall reden könnte, denn, genau genommen, tappte sie noch immer im Dunkeln. Krister? Er würde mitkommen, aber eine Hilfe wäre er sicher nicht. Brunner? Er wäre der Richtige, aber war er in der Lage zu reisen?

Das, Bella, lässt sich herausfinden, sagte sie laut.

Sie rief Brunner an. Marie war am Telefon. Sie erbot sich, ihren Vater zu holen, kam aber gleich darauf zurück.

Er schläft, sagte sie. Ihre Stimme klang traurig.

Ist es schlimm mit ihm?, fragte Bella.

Ich weiß nicht, sagte Marie. Ich bin ja nicht mehr oft hier.

Im Hintergrund war eine Tür zu hören, die zuschlug. Gleich darauf hörte Bella die Stimme von Charlie.

Gib mir doch mal seine Freundin, Marie, sagte Bella.

Gleich, antwortete Marie. Ihrer Stimme war Erleichterung anzuhören.

Ja, sagte Charlie.

Ich bin's, Bella. Ich möchte Sie etwas fragen, Charlie. Bitte, antworten Sie aufrichtig. Es ist wichtig für mich. Was halten sie von ihm, von seinem Zustand, meine ich. Kann er eine Reise machen? Drei oder vier Tage? Ich möchte gern, dass er mich begleitet.

Es dauerte eine ganze Weile, ehe Charlie antwortete. Ihre Stimme klang, als habe sie Mühe beim Sprechen.

Sie wollen, dass er sie begleitet, sagte sie. Ja. Sein Zustand lässt das zu. Er wird abends etwas trinken wollen. Wie man hört, sind sie ja selbst nicht abgeneigt, abends etwas zu trinken. Wenn er Zeit genug hat, um sich auszuschlafen, ist er morgens wieder in Ordnung. Er muss hier sowieso raus. Wahrscheinlich ist so eine Reise gut für ihn. Für ihn.

Charlie schwieg. Bella hörte sie am Telefon atmen.

Danke, Charlie, sagte sie. Wenn Sie mir, bitte, noch einmal Marie geben würden.

Nicht nötig, sagte Charlie. Ich glaube, ich weiß besser, was er unterwegs braucht. Wann wollen Sie ihn hier abholen?

Übermorgen früh, so gegen sechs werde ich da sein.

Ich sag's ihm, wenn er aufwacht. Ich nehme an, er wird sich freuen, dass er etwas zu tun bekommt. Sie machte eine kleine Pause. Dass er mit Ihnen etwas zu tun bekommt, sagte sie und legte den Hörer auf.

Auch Bella legte auf, rief aber gleich darauf die Rezeption an und bat darum, ihr eine Autokarte von Polen zu besorgen und für den übernächsten Morgen zwei Lunchpakete fertig zu machen.

Und legen Sie eine Flasche Wodka dazu, sagte sie. Ich werde drei oder vier Tage verreisen.

Sie streckte sich auf dem Sofa aus, steckte ihre Füße unter eine zartgelbe Wolldecke und versuchte zu schlafen. Es gelang ihr erst, nachdem sie ihre Situation gründlich durchdacht und ein paar Pläne gemacht hatte. Sie würde am nächsten Tag noch einmal nach Neuengamme fahren, um an der Führung zum Thema Frauen teilzunehmen. Vielleicht könnte sie dort noch etwas über Ruth hören. Dann würde sie, hoffentlich mit Brunner, nach Polen fahren, um die Familie von Ruth kennen zu lernen. Danach wäre sie bestimmt ein Stück weiter. Sie war sicher, dass der Mord an Ruth auf irgendeine Weise mit ihrer Familiengeschichte zusammenhing. Und wenn sie diese Geschichte kannte, wäre auch die Richtung klar, in die sie gehen müsste, um Ruths Mörder zu finden.

Sie würde es Brunner überlasen, wenn sie den Fall geklärt hätte, die Polizei zu informieren. Sie hatte keine Lust, noch einmal mit Kaul zusammenzutreffen.

Wenn alles erledigt wäre, würde sie eine Woche zu Kranz an Bord gehen. Und wenn sie zurück käme, könnte sie vielleicht so weit sein, einen endgültigen Entschluss über ihre zukünftige Lebensweise zu fassen.

Es gefällt mir hier im Hotel, dachte sie schläfrig, aber vielleicht sollte ich bei Gelegenheit überprüfen, ob ich mir einen solchen Aufenthalt tatsächlich leisten kann.

Als sie wach wurde, war es im Zimmer dunkel. Sie brauchte eine Weile, um sich zurechtzufinden. Durch die Fenster drang das Licht des Hotel-Schriftzugs. Sie setzte sich auf und sah auf die nassen glänzenden Dächer der Landungsbrücken. Der Anblick gefiel ihr. Einen Augenblick überlegte sie, ob sie sich anziehen und zum Essen ausgehen sollte. Als sie spürte, dass sie sehr wenig Lust hatte, das Zimmer zu verlassen, bestellte sie ein kleines Abendessen und schaltete den Fernseher an. Der Sender, den sie aus Versehen einschaltete, weil sie nur einen oberflächlichen Blick auf die Fernbedienung geworfen hatte, war einer von denen, die pornografische Werbespots unters Volk brachten. Bella sah zwei Männer, die sich mit einer nackten Frau beschäftigten. Die Stellung der Frau war der der KZ-Häftlinge ähnlich, die sie auf der Zeichnung in dem Buch über Neuengamme gesehen hatte. Sie schalte das Fernsehgerät aus, ging im Dunkeln an die Bar und trank einen Wodka, um die Übelkeit zu bekämpfen, die sie befallen hatte. Mit dem Glas in der Hand ging sie an eines der Fenster und sah hinaus.

Drüben vor den Landungsbrücken standen die leeren Busse, die tagsüber Touristen durch die Stadt fuhren, dunkle Rechtecke auf nassem Asphalt. Die Straße war leer bis auf ein paar Autos, die an einer Ampel darauf warteten, weiterfahren zu dürfen. Am Rand der Hotelterrasse, dicht an einen Forsythienbusch gedrückt, dessen strahlendes Gelb sie am Tag bewundert hatte, stand ein Mann und sah zu ihrem Fenster hinauf. Sie war sicher, dass sie sich nicht täuschte. Dann klopfte jemand an ihre Zimmertür und sie trat vom Fenster zurück, um den Kellner mit dem Abendessen einzulassen.

Der Kellner war ein junger Mann, den sie noch nicht kannte. Sie sah ihn an und dann bat sie ihn, den Tisch zu decken. Sie ging ins Bad, ließ aber die Tür angelehnt und beobachtete den Mann bei der Arbeit. Er war schnell und gründlich, aber sie ließ ihm trotzdem Zeit. Als er gegangen war, verließ sie das Bad, warf einen Blick auf das Risotto und das von der Kühle des Weins beschlagene Glas und ging ans Telefon. Der Sender war winzig. Sie brauchte einen Augenblick, um ihn zu finden und herauszunehmen. Die Technik war vielleicht in den letzten Jahren raffinierter geworden, die, die sie illegal anwendeten, nicht. Sie schaltete das Licht aus und ging noch einmal ans Fenster. Der Mann unten hatte seinen Standort gewechselt, aber er war immer noch da. Bella zog die Vorhänge zu und zündete die Kerzen an, die der Kellner auf den Tisch gestellt hatte, schwarze Kerzen in silbernen Leuchtern. Sie setzte sich an den Tisch, aß und dachte darüber nach, ob es nötig wäre, das Hotel zu wechseln. Sie beschloss zu bleiben.

Vor Leuten wie Kaul rennt man nicht weg, dachte sie und lächelte sich aufmunternd zu. Irgendetwas an der Geschichte war anders als sonst. Sie hatte das Gefühl, als sei sie unabsichtlich in vermintes Gebiet geraten. Sie hätte zu gern gewusst, wo die Minen lagen und von welcher Qualität sie waren. Aber sie musste sich eingestehen, dass sie im Dunkeln tappte.

Den Kellner, der das Geschirr abräumte, kannte

sie. Einen Augenblick überlegte sie, ob sie ihn fragen sollte, wie viel Kauls Mann ihm gegeben hatte, damit er ihm seinen Servierwagen überließe. Sie verzichtete darauf. Sie konnte sich vorstellen, was er sagen würde, eine große Familie, Kinder in der Ausbildung, die Frau verdient wenig. In solchen oder ähnlichen Fällen war die Familie sogar bei denen eine beliebte Ausrede, die so selten zu Hause waren, dass sie kaum wussten, wie ihre Kinder aussahen.

Mein Kollege ..., sagte der Mann, während er den Servierwagen nahm, um ihn hinaus zu schieben. Bella hörte ein Zögern in seiner Stimme.

Ja?

Ich hoffe, dass mein Kollege Sie zu Ihrer Zufriedenheit bedient hat. Er ist neu hier. Wenn Sie Beschwerden haben, sagen Sie es mir bitte.

Keine Sorge, sagte Bella. Er war ein bisschen dumm, aber den Tisch hat er sehr schön gedeckt.

Danke, sagte der Kellner.

Er wirkte erleichtert. Aber er blieb stehen, holte tief Luft und sprach weiter.

Wenn ich Ihnen in irgendeiner Sache behilflich sein kann, dann lassen Sie es mich wissen. Mein Name ist Mario. Ich bin gern für Sie da.

Sie hatten ihm kein Geld gegeben. Sie hatten ihm einfach gesagt, er solle den Servierwagen hergeben und verschwinden. Sie hatten ihn eingeschüchtert, aber sie hatten auch seinen Widerstandsgeist geweckt.

Danke, Mario, sagte Bella. Ich komme darauf zurück. Ach ja, ich hatte darum gebeten, dass man mir eine Straßenkarte von Polen besorgt. Könnten

Sie dafür sorgen, dass nicht gleich die ganze Stadt etwas von meinen Reiseplänen erfährt?

Ich versuche es, sagte Mario. Guten Abend.

Er verbeugte sich und verschwand. Bella blieb am Tisch sitzen und begann, darüber nachzudenken, wie sie es vermeiden könnte, dass Kauls Männer ihr nach Polen folgten. Es war erst zehn Uhr, als das Telefon klingelte und Krister fragte, ob er sie besuchen dürfe.

Du bist früh dran, sagte Bella. Ist irgendetwas schief gegangen? War deine Freundin nicht zufrieden?

Bella, sei nicht zynisch. Ich erzähle dir, was passiert ist, aber nicht am Telefon.

Komm rauf, ich kann sowieso nicht schlafen, sagte sie. Und bring etwas zu trinken mit.

Es dauerte nicht einmal fünf Minuten, bis Krister im Zimmer stand. Er hielt ein Tablett mit Wodka, Orangensaft und Eis in der Hand.

Da unten im Restaurant hat du einen Verehrer, sagte er. Er heißt Mario und lässt dich grüßen. Darf ich dein Bad benutzen?

Das Raffinierte an diesem Krister ist die Selbstverständlichkeit, mit der er annimmt, die Welt sei zu seinem Vergnügen gemacht, dachte Bella, während sie ihn im Bad pfeifen und planschen hörte. Er hat keinerlei Überzeugungen, außer der, dass das Leben schön ist und er noch schöner. Kann jemand wirklich so naiv sein?

Du solltest dir einen zweiten Bademantel ins Bad legen lassen, sagte er, als er ins Zimmer kam. Es ist doch denkbar, dass eine erwachsene Frau Besuch bekommt. Dieser hier passt mir zwar, aber er ist ein wenig feucht. Er machte eine Pause und sah Bella an. Seine Haare waren noch nass und die Beine, die unter dem Bademantel hervorsahen, waren braun.

Ich weiß genau, was du denkst, sagte er ruhig. Du denkst, dass ich ein unmoralischer Mensch bin, der ohne Sinn und Zweck in den Tag hinein lebt. Und weißt du was? Du hast vollkommen Recht. Ein Schriftsteller muss unmoralisch sein. Ein Schriftsteller darf nur eine Moral haben und die heißt Neugier.

Ein Schriftsteller, sagte Bella.

Ja, natürlich. Oder glaubst du, ich bin zum Vergnügen auf diese Party gegangen? Krister brach ab, weil er lachen musste. Es war zu offensichtlich, dass er log.

Erzähl mir, weshalb du deine Arbeit so früh beendet hast, sagte Bella.

Das ist ganz einfach. Der Frau, die mich eingeladen hat, haben meine Manieren nicht gefallen. Du glaubst nicht, wie schwer es ist, nackt den richtigen Ton zu treffen. Ich bin ziemlich, na ja, wie soll ich sagen, ich bin ziemlich impulsiv. Und es waren da zwei bezaubernde Männer. Ich hatte das Gefühl, dass ich sie kannte. Wir haben uns eine Weile unterhalten.

Unterhalten, sagte Bella.

Na ja, es war schon ein wenig intensiv. Aber ich hatte sie nicht vergessen. Ich hatte keine Ahnung, dass sie so reagieren würde. Sie hat gesagt, Männer, das verunsichere sie zu sehr. Sie sei nicht in den Club gegangen, um sich ausgeschlossen zu fühlen. Dann hat sie mir mein Geld in die Hand gedrückt und mich nach Hause geschickt. Und nun bin ich hier.

Er sah Bella erwartungsvoll an.

Erzähl mir über das Buch, an dem du arbeitest, sagte sie.

Nachher, ja? Bitte, Bella.

Glaubst du, du könntest uns wenigstens noch einen Drink mischen?, fragte Bella.

Sie fühlte sich noch immer leicht und eins war sicher: Dieser Krister würde ihre wunderbare Leichtigkeit nicht zerstören.

Diesmal hatte sie den Bus nach Neuengamme genommen. Sie hatte geglaubt, dass es dann einfacher sein könnte, die Männer zu identifizieren, die sie beobachteten. Eine ganze Weile sah es allerdings so aus, als hätte man sie verpasst. Erst als sich zwischen Bergedorf und Curslack ein kleiner, grüner Volkswagen hinter den Bus setzte und dort blieb, ohne zu überholen, wusste sie, dass sie sich getäuscht hatte. In dem Auto saß eine junge Frau, die ihre langen, blonden Haare zu Zöpfen geflochten trug. Als Bella am Lagergebäude ausstieg, überholte der Volkswagen den Bus. Sie sah ihm nicht nach. Sie wusste, dass er auf dem nächsten Parkplatz halten und die Frau aussteigen würde, um ihr zu folgen.

Der Vortrag hatte schon begonnen, als sie den Raum betrat, in dem ein paar Leute saßen und einer jungen Frau zuhörten, die vor ihnen auf einem Tisch Platz genommen hatte.

In den Außenlagern, sagte sie gerade, nur zum Beispiel bei Träger: Zwölf Stunden Schicht, auch sonntags, eine Stunde Mittagspause. Damit kann man Unternehmern natürlich eine Freude machen.

Es gibt einen Aktenvermerk aus der Werft, in dem es heißt »Arbeitsleistung sehr zufriedenstellend, weil Arbeitszeit länger und weniger Fehlzeiten«. Bei Träger sind Frauen auch dazu benutzt worden, Luftschutzversuche anzustellen. Man hat sie in einen gasdichten Luftschutzraum eingesperrt und ausprobiert, wie sie sich bei Sauerstoffmangel verhalten.

Bella versuchte, nicht hinzuhören. Sie sah, wie die Tür vorsichtig geöffnet wurde. Eine junge Frau mit blonden Zöpfen erschien, setzte sich auf einen der herumstehenden Stühle und lauschte aufmerksam. Bella sah aus dem Fenster und beobachtete ein paar Häftlinge beim Fußballspielen. Sie wurde erst wieder aufmerksam, als sie das Wort Bordell hörte. Sie hörte, dass Frauen ins Konzentrationslager gebracht und zur Prostitution gezwungen worden waren.

Bella verließ den Raum. Sie ging nach draußen und setze sich auf eine Bank, die in der Nähe stand. Von den Bordellen für das Wachpersonal und die Häftlinge hatte sie nichts gewusst. Sie sah ein paar Spatzen, die im Sand badeten, und betrachtete einen Eisenbahnwagon aus den vierziger Jahren, der am Rand des Geländes aufgestellt worden war. Der Wagon sah sehr viel kleiner aus, als Viehwagons bisher in ihrer Vorstellung ausgesehen hatten. Ein paar Häftlinge aus dem neu erbauten Gefängnisblock spielten noch immer Fußball.

Das gibt es manchmal, sagte die junge Frau plötzlich neben ihr.

Bella hatte sie nicht kommen hören, weil sie die Blonde mit den Zöpfen beobachtet hatte, die inzwischen mit dem Rücken zum Wagon stand und eine Tafel studierte, auf der vermutlich dessen Verwendungszweck erklärt wurde.

Manchmal geht jemand während des Vortrags einfach raus. Aber meistens finde ich die Leute dann hinterher auf dem Gelände wieder. Haben Sie etwas dagegen, wenn ich mich zu Ihnen setze?

Nein, sagte Bella. Ich habe auf Sie gewartet. Vor ein paar Tagen ist eine junge Frau bei Ihnen gewesen. Ich stelle mir vor, sie hat sich Ihren Vortrag angehört und hinterher ein paar Fragen gestellt. Ich hätte gern gewusst, welche Fragen das waren.

Sie müssten die Frau schon beschreiben. Fragen stellen hier viele, wissen Sie.

Etwa zwanzig Jahre alt, sagte Bella, wahrscheinlich nicht älter. Blasse Haut, blaue Augen, dunkle, sehr dunkle Haare, groß und sehr schlank.

Ach, die meinen Sie.

Die junge Frau neben Bella schwieg einen Augenblick. Bella hatte Zeit, sie genauer zu betrachten. Es war etwas an ihrer Kleidung und an ihrer Figur, zu dem die Bezeichnung verwaschen passte, aber als sie zu sprechen begann, waren ihre Worte sehr präzise.

Die Frau war hier, sagte sie. Sie hatte ein Buch dabei, Semprun. So ein schöner Sonntag, das fiel mir sofort auf. Ich hab eine Weile mit ihr gesprochen. Sie war ziemlich aufgeregt, weil sie bei Semprun über Lagerhuren gelesen hatte. Sie fand den Ausdruck Huren ungerecht und wollte von mir wissen, wie ich die Sache sehe. Ich hab ihr Recht gegeben, ihr aber auch gesagt, dass damals wohl fast alle dieses Wort benutzt haben. Es gibt fast keine Äußerungen von politischen Häftlingen, die diesen bedauernswerten Frauen Gerechtigkeit widerfahren lassen, bis heute nicht. Natürlich, es gab den Beschluss, dass die Politischen nicht ins Bordell gehen. Aber, mal abgesehen davon, dass man nicht genau weiß, wer sich daran gehalten hat:

Das wurde nicht beschlossen, um die Frauen zu schonen, nicht aus Verständnis für ihre furchtbare Lage. Es ging nur darum, dass diese Politischen fürchteten, die SS könnte Bordellbesuche zur Erpressung oder zum Aushorchen nutzen.

Hat sie Ihnen gesagt, weshalb sie sich so für diesen Teil unserer Geschichte interessiert?

Nein. Ich habe sie auch nicht danach gefragt. Hierher kommen Menschen aus allen möglichen Gründen, meist geht es um irgendetwas, das mit der Familie zu tun hat. Täter oder Opfer, für die Nachkommen ist beides furchtbar.

Hanne Mertens, sagt Ihnen der Name etwas?, fragte Bella.

Natürlich, das war die zweite Sache, über die sie mit mir sprechen wollte. Sie wollte den Bunker sehen, in dem dreizehn Frauen, darunter auch Hanne Mertens, kurz vor Kriegsende umgebracht wurden. Glücklicherweise gibt es diesen Bunker nicht mehr. Wenn Sie wollen, zeig ich Ihnen den Platz, wo er gestanden hat. Da drüben, auf dem Fußballfeld.

Nein, sagte Bella, danke. Ich danke Ihnen. Ich glaube, Sie haben mir wirklich weiter geholfen.

Darf ich Sie fragen, weshalb Sie sich so für diese Frau interessieren?

Sie ist tot, sagte Bella. Ich möchte gern herausfinden, weshalb man sie umgebracht hat.

Umgebracht?

Bella schwieg. Nach einer Weile sagte die Frau neben ihr leise: Sie war ziemlich frech, nein, das ist nicht das richtige Wort. Radikal, würde ich sagen. Aber deshalb bringt man doch jemanden nicht gleich um. Ich geb zu, sie ist mir ein bisschen auf die Nerven gegangen mit ihrer Fragerei. Aber andererseits: lieber zu viele Fragen als zu wenige. Sind Sie von der Polizei?

Nein, sagte Bella, ich nicht, aber die Frau, die da drüben den alten Wagon umkreist, die ist bei der Polizei. Würde es Ihnen etwas ausmachen, sich einen Augenblick mit ihr zu unterhalten? Nur so lange, bis ich hier unauffällig verschwunden bin?

Merkwürdig, sagte Bellas Gesprächspartnerin, vorhin, als die blonde Frau zu uns in den Vortragsraum kam, hatte ich so ein komisches Gefühl, so, als ob die gar nicht interessiert wäre an dem, was ich erzähl. Das hat mich ein bisschen irritiert. Ich werde hinüber gehen und sie fragen, ob sie noch Fragen hat, die die Frauen hier im Lager betreffen. Sind Sie mit dem Auto da?

Nein, sagte Bella, ich bin mit dem Bus gekommen.

Der nächste Bus fährt in acht Minuten. Wenn Sie sich beeilen, können Sie ihn noch erreichen. Sie müssten allerdings hinter den Gebäuden entlanglaufen. Ganz vorn führt dann ein Weg zur Haltestelle.

Danke, sagte Bella.

Die Frau stand auf und überquerte ein Rasenstück. Sie ging direkt auf den Wagon zu. Bella wartete, bis sie die Blonde erreicht hatte, dann lief sie los. Sie erreichte den Bus, stieg aber nicht ein. Der grüne Volkswagen fuhr zwei Minuten später an ihr vorbei. Die Frau am Steuer war so sehr darauf konzentriert, den Bus einzuholen, dass sie Bella nicht sah. Bella nahm das Mobiltelefon aus ihrer Manteltasche und rief ein Taxi.

Es war sechs Uhr früh, als sie sich an der Rezeption die beiden Lunchpakete geben ließ. Der Nachtportier, der seine Sachen zusammenpackte, um schlafen zu gehen, reichte ihr auch einen verschlossenen Umschlag.

Mit einem Gruß von Mario, sagte er.

Die Fahrt durch die Stadt war angenehm. Wenn sie sich beeilten, würden sie Hamburg verlassen können, bevor der Berufsverkehr einsetzte. Im Schanzenviertel waren die Straßen und Bürgersteige so leer, dass der herumliegende Müll besonders auffiel. Bella fuhr nicht gern mit dem Porsche in diese Gegend, obwohl der Wagen alt und nicht besonders auffällig war. In dieser Gegend produzierten rationale Ängste manchmal irrationales Verhalten. Sie hatte keine Lust, dem zum Opfer zu fallen. Vor Brunners Haus stellte sie das Auto ab, drückte ein paar Mal die Türklingel und ging zurück auf die Straße. Ein großer gelber Hund, der zwischen zwei übervollen Mülleimern geschlafen hatte, kam langsam auf sie zu getrottet, verlor aber unterwegs die Lust, sich mit ihr zu beschäftigen und legte sich am Rand des Bürgersteigs wieder schlafen. Zwei Minuten, nachdem sie geklingelt hatte, kamen Brunner und Charlie herunter. Bella sah ihnen entgegen.

Charlie kam als Erste aus der Tür. Sie trug die

üblichen abgewetzten Jeans und ein schwarzes, zerknittertes T-Shirt, das aussah, als habe sie darin geschlafen. Sie hätte in Sack und Asche gehen oder ein Kostüm von Chanel anhaben können. Kleider würden für Charlie immer etwas Nebensächliches sein. Sie brauchte sie nicht. Sie war schön. Es war keine Zutat nötig, um das deutlich zu machen. Sie hielt die Tür für Brunner auf, der verschlafen wirkte und ungeschickt einen Picknickkorb in der Hand hielt. Charlie sah Bella an und deren Gesicht verschloss sich.

Guten Morgen, sagte Bella.

Sie fand, ihre Stimme klang ein bisschen zu forsch. Brunner winkte ihr mit der Hand einen Gruß zu. Er blieb stehen, um sich von Charlie zu verabschieden. Bella wandte sich ab und ging zum Auto.

Verschwinde schon, sagte Charlie in ihrem Rücken.

Sie setzte sich ins Auto und wartete.

Wo kann man diesen verdammten Korb unterbringen?, sagte Brunner.

Er hielt die Tür geöffnet und beugte sich zu Bella hinunter. Sie sah in seine Richtung. Über Brunners Schulter hinweg sah sie auf Charlie, die die Arme um ihren Leib geschlungen hatte und verloren auf dem Bürgersteig stand.

Auf dem Rücksitz, wo sonst, sagte Bella.

Sie stieg aus, ging zu Charlie hinüber und stellte sich vor sie.

Ich bring ihn zurück, sagte sie. Ich bring ihn ganz unbeschädigt zurück. Ich leih ihn ja nur aus, sozusagen.

Gute Reise, sagte Charlie.

Sie versuchte gar nicht erst, auf Bellas lockeren Ton einzugehen. Sie wandte sich ab und verschwand im Haus. Bella ging zum Auto zurück, kämpfte das Unbehagen nieder, das in ihr aufsteigen wollte. Brunner saß mit unbeweglichem Gesicht auf dem Beifahrersitz und starrte geradeaus.

Ich schlage vor, dass wir uns beim Fahren ablösen, sagte Bella, während sie den Wagen hinter einem Müllauto hervorbugsierte, das der Fahrer, sie war sicher, absichtlich dicht vor den Porsche gesetzt hatte.

Ich übernehme freiwillig die ersten zwei Stunden, aber dann bist du dran.

Brunner antwortete nicht und auch in der nächsten halben Stunde fiel zwischen ihnen kein Wort.

Ich kann ganz gut ohne eure therapeutischen Maßnahmen auskommen, sagte er irgendwann.

Da waren sie in der Nähe von Ludwigslust. Bella hatte ihren Beifahrer beinahe vergessen und bewunderte den blühenden Flieder, der die Dörfer, durch die sie kamen, in weltabgeschiedene, verwunschene Inseln verwandelte. Bella begann zu lachen. Auch Brunner lachte, jedenfalls verzog er sein Gesicht zu einem gequälten Grinsen.

Wenn du wach geworden bist, gehen wir die ganze Sache noch einmal durch, sagte sie. Mit Neuengamme hattest du Recht. Es war tatsächlich eine Häftlingsnummer. Ich vermute, die des Großvaters. Wir sind auf dem Weg zu der Familie.

Hältst du es für möglich, dass wir nicht die Einzigen sind, die sich für unser Ziel interessieren?

Ja, sagte Bella, verdammter Mist.

Hast du ein Telefon dabei?

Ja, sagte Bella, da im Handschuhfach. Wird wahrscheinlich abgehört.

Wenn wir Glück haben, sind sie noch nicht darauf gekommen, sagte Brunner.

Er holte das Telefon hervor und rutschte tiefer in den Sitz, so dass aus dem sie verfolgenden Auto nicht zu erkennen wäre, was er tat. Er hätte auch schlafen können. Dann rief er die Bahnauskunft an und führte noch zwei oder drei andere Gespräche.

Fahr so, dass du pünktlich am Greifswalder Bahnhof bist, sagte er dann. Unser Zug geht um vierzehn Uhr. Wir steigen ein, aber sie dürfen keine Zeit mehr haben, den Zug zu erwischen. Wir steigen an der nächsten Station wieder aus und nehmen ein Taxi zurück zum Auto. Wenn sie so blöd sind, wie man es von ihnen erwarten kann, werden sie den Zug verfolgen, und wir sind sie los.

Nicht schlecht, sagte Bella.

Sie konzentrierte sich auf das Fahren, während Brunner eingeschlafen zu sein schien. Das Auto hinter ihnen war ein wenig zurückgeblieben, aber es war in Sichtweite. Kaul, sie war sicher, dass es Kaul war, hatte diesmal nicht den kleinen, grünen VW, sondern ein rotes Modell der gleichen Marke geschickt. Wie ein dicker, kleiner Marienkäfer kriecht es hinter uns her, sagte Bella halblaut.

Wie?

Brunner fuhr zusammen und machte die Augen auf.

Besonders unterhaltsam bist du nicht, sagte Bella.

Entschuldige, ich bin müde. Diese Verrückte hat mich die halbe Nacht wach gehalten.

Wenn du Charlie meinst, sagte Bella, dann würde ich dir raten, etwas freundlicher mit ihr umzugehen. Im Grunde versteh ich sowieso nicht, weshalb …, sie sprach nicht weiter, weil ihr klar wurde, dass sie im Begriff gewesen war, etwas Unhöfliches zu sagen.

Sag's ruhig, murmelte Brunner.

Es wäre mir lieber, wenn wir von etwas anderem sprächen. Dieser Kollege, mit dem du ein Team gebildet hast, ihr habt damals in dieser Serienmördergeschichte zusammengearbeitet …

Der Tod ist in der Stadt, sagte Brunner pathetisch.

Ja, so haben es die Zeitungen beschrieben, hast du noch Kontakt zu ihm?

Du liest keine Zeitungen, wie?

Selten, sagte Bella. Ich hab jedes Mal hinterher das Gefühl, ich müsste mein Hirn waschen.

Du bist schon komisch, antwortete Brunner. Wie willst du eigentlich wissen, was in der Welt vorgeht?

Was ist nun mit deinem Kollegen, diesem …?

Es hat ihn erwischt, sagte Brunner. Eine ganz lächerliche Sache. Irgend so eine Überprüfung wegen nächtlicher Ruhestörung. Sie sind an die Haustür gegangen, weil Nachbarn angerufen hatten. Da gehst du natürlich nicht mit Schutzweste hin.

Schade, sagte Bella.

Wozu brauchtest du ihn?

Ach, ich hatte nur so eine Idee. Vielleicht hätte er uns weiterhelfen können.

Und ich kann das nicht, sagte Brunner, weil ich ja nicht mehr im Dienst bin.

Es geht darum, einen Mann zu identifizieren, der, vielleicht, eine falsche Identität angenommen hat, um mich zu beobachten. Wie willst du das machen, wenn du keinen Zugang mehr zu deiner Dienststelle hast?

Sag mal, du leidest nicht zufällig ein wenig unter Verfolgungswahn?

Und der Marienkäfer da hinten? Und gestern sein grüner Bruder?

Brunner rutschte in die Höhe und sah flüchtig in den Rückspiegel.

Wenn Sie dich verfolgen, und zwar tagelang, was mehrere Mannschaften bedeutet, und wenn sie dir sogar jemanden mit falscher Identität an die Seite geben, dann bedeutet das, dass sie mit einer sehr großen Sache beschäftigt sind. Wenn die aber eine große Sache bearbeiten, in der du eine Rolle spielst, dann kannst du mir nicht erzählen, du wüsstest nicht, worum es geht. Ich wäre so oder so mitgekommen. Ich liebe Ausflüge – er grinste –, aber unter diesen Umständen wäre mir ein offenes Wort durchaus recht. Es ist doch immerhin möglich, dass vier Augen mehr sehen als zwei. Was denkst du?

Brunner hatte Recht. Sie hätte viel darum gegeben, wenn sie eine Antwort gewusst hätte, mit der er etwas anfangen könnte. Trotzdem, es war richtig, so offen wie möglich zu sein.

In dem Hotel, das mir zurzeit mein Haus ersetzt …

Na, ja, sagte Brunner.

… das mir mein Haus ersetzt, wohnt ein Mann, mit dem ich, na ja, mit dem ich mich angefreundet habe. Ich hätte gern gewusst, ob er sauber ist.

Was sagt dein Instinkt?, fragte Brunner. In solchen Sachen verlässt man sich am besten auf den ersten Eindruck.

Bella dachte einen Augenblick nach.

Stimmt, sagte sie. Ich glaube, ich bin wirklich eine bisschen nervös. Als ich ihn zum ersten Mal gesehen habe, wohnte ich noch gar nicht dort. Er schon, er ist so eine Art Müßiggänger, der das Leben genießt, jemand vom Typ »Sie säen nicht, sie ernten nicht, und sie leben doch«.

Scheint ganz gut zu dir zu passen, sagte Brunner und grinste wieder. Dann wurde er ernst. Lassen wir diesen Typ mal beiseite. Ich hab trotzdem das Gefühl, dass wir an einem großen Spiel beteiligt sind. Diese Tote mit der Nummer, dein Haus brennt ab, rote und grüne Maikäfer …

Marienkäfer, sagte Bella.

Und dann Kaul. Kaul, das hast du schon bei deiner ersten Bekanntschaft mit ihm erlebt, Kaul bedeutet Staatsschutz, höchste Alarmstufe, jede Menge illegale Aktionen, Geheimhaltung und unfeine Methoden. Weshalb, Bella Block?

Bella schwieg. Sie hatte keine Antwort auf Brunners Frage. Brunner verstand und rutschte auf dem Sitz wieder ein Stückchen nach unten. Aber er schlief nicht wieder ein. Er dachte nach. Hin und wieder bewegte er seine Lippen, als wollte er etwas sagen, aber er blieb still. Sie fuhren noch immer durch Dörfer, in denen die Fliederbüsche höher waren als die Häuser. Manchmal kamen sie über Straßen, die hellgrünen Tunneln glichen. Manchmal standen an den Straßenkreuzungen oder an Dorfausgängen alte Männer oder alte Frauen, die ihnen entgegensahen oder nachsahen, als kämen sie aus einer anderen Welt. Sie kamen durch ein Dorf, in dem beinahe jedes zweite Haus leer stand; niedrige, lang gestreckte Häuser, die nach dem Untergang der DDR renoviert worden waren. Sie sahen es an den Haustüren, die nicht zu den Häusern passten. Da war irgendwo in der Nähe ein Baumarkt gewesen, der die neuen Türen günstig angeboten hatte. In der sicheren Erwartung des unerhörten materiellen Aufschwungs, den ihr Leben nehmen würde, hatten die Hausbewohner die neuen Türen gekauft. Der Aufschwung aber hatte einen Bogen um sie gemacht, hatte einfach einen anderen Weg genommen, hatte nicht an die extra für ihn eingebaute, neue Tür geklopft. Eine Weile hatten die Hausbewohner hinter der Tür auf ihn gewartet, hatten ungeduldig das eine oder das andere versucht, um ihn gnädig zu stimmen.

Verwitterte Schilder an den Straßen zeugten von diesen Versuchen: Rasenmäher-Ausleihstation, Giselas Schmuckkästchen, Futtern wie bei Muttern. Nichts hatte wirklich genützt, im Gegenteil. Schulden waren entstanden, die schwer zu begleichen gewesen waren. Mancher hätte gern sein Haus verkauft, um die Banken zufrieden zu stellen. Eine ansehnliche Tür hatte es doch. Aber niemand wollte die Häuser haben. Und so waren die Bewohner eines Tages weggezogen, doch noch in das gelobte Land gegangen, von dem sie nun keine Mauer mehr trennte. Die Alten waren geblieben und sahen den Autos nach, die durch die Dörfer fuhren, wie Kundschafter aus einer anderen Welt. Aber sehen wollten sie nichts, diese Kundschafter. Sie wollten nur so schnell wie möglich durch die Einöde kommen.

Ich habe Hunger, sagte Bella, ich werde da vorn anhalten.

Sie bog von der Straße ab und hielt am Ufer eines Sees. Dort stand kein Auto und auch Menschen waren nicht zu sehen. Ein schmaler Bootssteg führte in den See. Ein Boot lag nicht daran.

Wir gehen auf den Steg, verkündete Bella und überließ es Brunner, den Korb und die Lunchpakete hinter ihr herzutragen. Oben an der Straße fuhr der rote Volkswagen vorüber. Etwas langsamer war er geworden und der Beifahrer sah auffällig unauffällig zum See hinunter. Bella unterdrückte den Impuls zu winken.

Außer einem Entenpaar, das damit beschäftigt war, Zweige und Gräser für ein Nest im Schilf zusammenzutragen, schien niemand Interesse an dem See zu haben. Kein Boot fuhr darauf herum. Keine Kinder spielten in seiner Nähe. Das Wasser lag glatt und ergeben an versumpften Ufern.

Frösche fehlen, sagte Bella, und ließ sich auf dem Steg nieder. Sie genoss den Blick und ließ Brunner das Essen auspacken. Brunner hatten offensichtlich Erfahrung mit Picknicks. Er breitete eine rotweiße Tischdecke auf den Planken des Stegs aus, legte Teller, Gläser und Besteck darauf und stellte die Behälter mit Essbarem in die Mitte. Charlie hatte sogar an Servietten gedacht. Die hart gekochten Eier, Frikadellen und der von Charlie hergestellte Kartoffelsalat gaben eine recht ordentliche Mahlzeit ab. Bella hatte einen Augenblick gezögert, bevor sie die Rotweinflasche öffnete.

Nun mach schon auf, sagte Brunner. Die ist von Charlie.

Er sagte es so, als sei Charlie seine Versicherung, dass er sich beim Trinken zurückhalten würde. Und vielleicht war das auch so. Brunner trank ein Glas Wein und eine große Flasche Wasser.

Ich werde fahren, sagte er.

Bella war einverstanden. Sie war nun müde und fühlte sich dem Manöver, zu dem sie bald gezwungen werden würden, nicht gewachsen.

Du hast noch beinahe zwei Stunden, um zu schlafen, sagte Brunner, während er den Korb zum Auto trug und Bella müde neben ihm hertrottete.

Aber dann ist es wichtig, dass du wieder fit bist.

Bella sah Brunner von der Seite an. Er fühlte sich offensichtlich wohl in der Rolle des Überlegenen. Sie nahm trotzdem nicht an, dass er diese Rolle auf Dauer ausfüllen würde. Das rote Auto stand am Ende des Sees auf einem Feldweg. Bella nahm es flüchtig wahr, bevor sie einschlief.

Sie erreichten die Bahnstation, die Brunner für ihr kleines Manöver ausgesucht hatte, zwei Minuten, bevor der Zug abfuhr. Es blieb gerade noch Zeit, das Auto so zu parken, dass es ihren Verfolgern nicht sofort in die Augen fiel. Die sahen sie erst, als sie in den Zug stiegen. Der Zug war ein Bummelzug. Bis zur nächsten Station brauchte er zwanzig Minuten, in denen sie das rote Auto nicht sahen.

Die halten Rücksprache mit der Zentrale, sagte Brunner. Wir haben Glück. Dort wird man beratschlagen und ihnen dann sagen, sie sollen dem Zug folgen und uns in Greifswald erwarten.

Dann aber werden wir schon längst weg sein von dort.

Sie stiegen in Züssow aus und warteten im Bahnhof, bis der Zug abfuhr. Den roten Volkswagen, der ankam, als der Zug abfuhr, beobachteten sie, bis er, dem Zug folgend, in einer Kurve verschwunden war. Es dauerte zehn Minuten, bis sie ein Taxi bekamen. Sie hatten Zeit, auf dem von Fliederbüschen umstandenen, mit Gras und Löwenzahn bewachsenen Bahnhofsvorplatz hin und her zu gehen, misstrauisch beobachtet von ein paar Jugendlichen in Springerstiefeln. Bella war froh, als sie den Platz verlassen konnten, obwohl der Duft des Flieders angenehm gewesen war. Am Auto angekommen, übernahm sie das Steuer.

Fahr so schnell du kannst, sagte Brunner. Ich sage dir, wenn wir dort sind, wo du anhalten sollst.

Sie erreichten Greifswald zehn Minuten, bevor der Zug eintreffen sollte. Brunner dirigierte Bella am Bahnhof vorbei an den Rand des Marktplatzes. Sie erkannte die Stadt wieder, in der sie vor Jahren ermittelt hatte, und fand den Marktplatz leicht.

Der Mann, der ihnen den Leihwagen dort hingebracht hatte, war jung und blond und seine Sprache hatte den breiten, singenden Klang, an den sie sich von ihrem ersten Aufenthalt her erinnerte. Während Brunner den Mann anwies, den Porsche unter Verschluss zu halten, bis sie ihn wieder abholen würden, und Leuten, die nach ihm fragten, keine Auskunft zu geben, dachte Bella einen Augenblick an die alte Frau, die damals in ihrem Beisein in der Hotelhalle erschossen worden war. Wenig später fuhren sie an dem Hotel vorüber: Es war geschlossen und so verwahrlost, als wäre es schon länger nicht mehr genutzt worden.

Wir sollten uns überlegen, wann wir in Misdroy ankommen wollen, sagte sie. Ich halte nichts davon, fremde Leute, noch dazu in einem fremden Land, abends aufzusuchen. Man erweckt mehr Misstrauen, als nützlich ist. Wenn wir hier irgendwo übernachten und morgen ganz früh losfahren, sind wir am Vormittag da, fragen und sind, vielleicht, morgen Abend schon wieder in Hamburg.

Brunner war einverstanden und Bella hielt wenig später auf einem Parkplatz außerhalb eines Dorfes, das Katzow hieß und von Hinweisschildern auf einen Skulpturenpark geprägt war. Sie fanden den Park und dort zwei Zimmer in einer Scheune von ungeheuren Ausmaßen. Es gab hier mehrere Ausstellungsräume, eine Bildhauerwerkstatt und Gästezimmer. Sie würden Frühstück bekommen, sagte ihnen eine freundliche Frau, die hinter einem, offensichtlich von einem Bildhauer gestalteten, Schreibtisch saß. Aber zum Abendessen würden sie ins Dorf gehen müssen. Bella und Brunner sahen sich an. Sie hatten beide das gleiche Bild vor Augen: Sie schlenderten über die Landstraße zurück ins Dorf, während ihnen der rote Volkswagen, den sie glücklich losgeworden waren, entgegenkam.

Ach nein, sagte Bella. Wir haben noch Reste in unserem Picknickkorb. Es genügt uns, wenn wir etwas zu trinken bekommen.

Es gab mehrere Sorten Wein, die von einer größeren Veranstaltung in der Scheune übrig geblieben waren.

Ich lass Ihnen den Schlüssel für die Küche hier, sagte die Frau. Bedienen Sie sich einfach. Wir können morgen früh abrechnen.

Bella warf einen Blick auf Brunner, der mit unbeteiligtem Gesichtsausdruck neben ihr stand.

Wunderbar, sagte sie, vielen Dank, aber sie hatte ein unbehagliches Gefühl.

Die Frau zeigte ihnen ihre Zimmer. Die Einrichtung war von Künstlern gestaltet. Aus den Fenstern hatten sie einen weiten Blick über den Skulpturenpark, dessen Objekte in der Dämmerung merkwürdig lebendig wirkten, obwohl sie eher abstrakt waren. Einige sahen aus, als seien sie dabei, in den Wald zu gehen, der in der Ferne den Park begrenzte. Die Frau verabschiedete sich, nachdem Bella mit ihr die Zeit für das Frühstück ausgemacht hatte. Brunner ging auf den Parkplatz, holte das Auto und stellte es neben der Scheune ab. Sie packten die Reste des Picknicks auf einen Tisch, der vor der Scheune stand und eher einer Skulptur als einem Tisch glich, und Bella holte zwei Flaschen Wein aus der Küche. Ein Rudel in Stein gehauener Wölfe lief über den Platz vor der Scheune. In der Dämmerung segelte ein Reiher an ihnen vorbei. Er stellte sich an das Ufer eines Teichs in der Nähe. Langsam stieg Nebel aus den Wiesen auf und verhängte die Skulpturen, so dass man ihre Umrisse nur noch ahnen konnte. Es war windstill und beinahe noch warm.

Vielleicht ist das das Furchtbarste, sagte Brunner irgendwann. Der Widerspruch zwischen dem, wie die Welt sein könnte, und dem, wie sie ist.

Sie gingen schlafen, als es ganz dunkel geworden war. Bella schlief sofort ein. Sie schlief traumlos und fest, bis sie von einem Geräusch geweckt wurde. Sie lag aufmerksam lauschend im Bett, aber das Geräusch wiederholte sich nicht. Der Tag brach an. Der Himmel vor dem Fenster war kein Nachthimmel mehr. Sie blieb eine Weile liegen und sah zu, wie der Ausschnitt, den das Fenster freigab, heller wurde. Als sie spürte, dass sie nicht mehr einschlafen würde, stand sie auf, wickelte sich in die Bettdecke und trat ans Fenster. Der Nebel auf den Wiesen war schon abgezogen, aber das Gras glänzte noch feucht. Die steinernen Wölfe, die am Abend grau gewesen waren, hatten nun ein nasses, dunkles Fell. Neben dem Leitwolf, der das Rudel anführte, lag Brunner.

Bella zog sich an und rannte nach draußen. Von oben hatte es einen Augenblick lang so ausgesehen, als sei Brunner tot, aber schon während sie auf ihn zu lief, wurde ihr klar, dass er gestürzt sein musste, weil er zu viel getrunken hatte. Sie hockte sich neben die am Boden liegende Gestalt und begann ein paar Wiederbelebungsversuche. Sie brauchte nicht lange.

Entschuldige, sagte Brunner.

Er sprach undeutlich, seine Hose und sein Pullover waren vollkommen verdreckt, er war blass, unrasiert und seine Bewegungen waren steif.

Ist ziemlich kalt, nachts, noch, sagte er. Ich werd mal unter die Dusche …

Bella stand auf und sah ihm nach, als er schwankend, erst allmählich sein Gleichgewicht wiederfindend, in die Scheune zurückging.

Brunner duschte eine halbe Stunde. Bella ging

nach unten, als sie das Auto der Frau kommen hörte, die ihnen das Frühstück brachte. In der Küche standen vier leere Weinflaschen, sorgfältig aufgereiht neben der einen, die sie zum Abendbrot gemeinsam geleert hatten. Die Frau nahm Geschirr aus dem Schrank, streifte die Flaschen mit einem erstaunten Blick, sagte aber nichts.

Es war ein schöner Abend, gestern, sagte Bella. Sie sind wirklich zu beneiden. Hier zu leben, muss sehr schön sein.

Du lieber Himmel, dachte sie, was rede ich für dummes Zeug. Vielleicht sollte ich noch fragen: Haben Sie Kinder?

Die Frau wandte ihr den Rücken zu und stellte dunkelblaues Geschirr auf den Frühstückstisch. Auch die Griffe des Bestecke waren blau. Sie ging nach draußen und kam gleich darauf mit einem Strauß Sumpfdotterblumen zurück.

Die leuchten so schön, sagte sie, während sie an Bella vorbei in die Küche ging, um die Blumen in ein Glas zu stecken. Sie stellte den Strauß nicht auf den Frühstückstisch, sondern auf eine Fensterbank in der Nähe.

Nehmen Sie auch ein Ei?

Bella nickte. Sie hörte Brunner die Treppe herunterkommen und sah ihm entgegen. Er sah aus, als sei er in Ordnung, aber er blieb stumm, während er Kaffee trank und das Essen nicht anrührte. Die Frau wirtschaftete ein wenig in der Küche herum, bevor es ihr zu langweilig wurde. Sie ging nach draußen.

Endlich, sagte Brunner. Hast du gesehen? Die hatte so lange Ohren wie die Karnickel, die draußen herumhoppeln. Ich schlage vor, dass wir so schnell wie möglich aufbrechen und auch unterwegs keine Rast mehr einlegen. Sie werden nicht locker lassen und ich nehme an, du hast kein besonderes Interesse daran, dass sie uns finden, bevor wir mit den Leuten gesprochen haben.

Weiß Charlie eigentlich, wohin wir fahren?

Nein, antwortete Brunner. Sie weiß nur, dass ich drei Tage weg bin.

Ich hab dir etwas verschwiegen, sagte Bella. Besser, ich sag's dir, auch wenn es nun eigentlich schon zu spät ist. Dieser Kaul: Er hat mich gewarnt.

Gewarnt? Wovor könnte Kaul dich waren? Hat er dich bedroht?

Es ging um dich, sagte Bella.

Mach dir nichts draus. Ich kann mir schon denken, was er gesagt hat. Lassen Sie diesen Brunner in Ruhe. Er spielt mit seinen Pensionsansprüchen, wenn er sich einmischt. Kaul ist ein Schwein, das weißt du doch.

Ich wollt's dir nur sagen, sagte Bella.

Eine halbe Stunde später waren sie unterwegs nach Polen. Sie hatten beschlossen, den Weg über Usedom nach Swinemünde zu nehmen und dort mit der Fähre über die Oder zu setzen. Brunner hatte darauf bestanden zu fahren.

Nachmittags bin ich am Ende, hatte er gesagt. Schwierigkeiten mit der Konzentration. Besser, du übernimmst den Rückweg.

Bella hatte Zeit, den Himmel und die Landschaft zu bewundern. Das übergroße, himmelblaue Brückengestell über die Peene hinter Wolgast schien ihr einen Augenblicklang wie das passende Tor zum Ferienparadies. Erst der Abzweig nach Peenemünde, wenige Kilometer weiter, dämpfte ihre euphorische Stimmung.

Was versprichst du dir eigentlich von der Familie der Frau?, fragte Brunner irgendwann unvermittelt.

Bella war damit beschäftigt gewesen, den Fährmann zu beobachten, der sie über den Strom bugsierte. Die Fähre war ganz sicher ein Vorkriegsmodell. Der Fährmann war jung und weißblond und braun gebrannt. Er behandelte sein Schiff mit allergrößter Sorgfalt, beinahe liebevoll. Es machte Spaß, ihm zuzusehen.

Ich weiß nicht genau, antwortete sie. Im Grunde ist es wohl mehr so ein Gefühl. Und außerdem: Das ist wirklich meine einzige konkrete Spur.

Brunner antwortete nicht. Er konzentrierte sich darauf, das Auto von der Fähre und auf eine Art Knüppeldamm zu bugsieren. Der Damm war nur kurz und ging in eine asphaltierte Straße über. Brunner fuhr nun schneller. Die Straße war kaum befahren. Die Räder des Autos verursachten auf dem Asphalt einen summenden Ton, der hoch und gleichmäßig war und zum Einschlafen einlud. Als Bella wach wurde und auf die Uhr sah, war es Mittag. Sie hielten in Sichtweite einer Stadt, dicht neben dem Ortsschild: Misdroy.

Wir sind da, sagte Brunner. Was jetzt?

Ich dachte, wir suchen das Rathaus. Sie werden so etwas wie ein Einwohnermeldeamt haben. Da fragen wir nach dem Namen und der Adresse.

Keine gute Idee, sagte Brunner. Wenn sie uns suchen sollten, werden sie zuerst versuchen, herauszufinden, wonach wir uns erkundigt haben.

Was schlägst du vor?

Telefonbuch? Vielleicht ist das Nest gar nicht so groß und wir können beim Kaufmann fragen?

Lass uns nachsehen, sagte Bella, fahr einfach mal hinein.

Die Stadt erwies sich als ein kleiner Badeort mit verfallenden Villen, denen man ansah, dass sie vor dem letzten Krieg bessere Zeiten gesehen hatten. Die Villen, deren verwitterte Inschriften an den Giebelseiten die Namen Elise oder Meerblick oder Poseidon trugen, wurden nicht mehr von reichen Badegästen bewohnt. Sie waren in Wohnungen unterteilt. Auf einigen Balkonen hing Wäsche. In verglasten Erkern waren fehlende Scheiben mit Holz oder Pappe ersetzt worden. Aber die Lage der Häuser an der von Schlaglöchern gezeichneten Promenade war schön. Der Blick auf die Ostsee und den endlosen weißen Strand, den man aus den oberen Etagen haben musste, war sicher beeindruckend.

Natürlich bestand die Stadt nicht nur aus den an der Promenade liegenden Villen. Straßen, an denen früher die Pensionen der zweiten, dritten und vierten Kategorie gelegen hatten, bildeten das sanft abfallende Hinterland. Es gab ein paar Läden, deren Türen offen standen, so dass sie einen Blick in das dunkle Innere werfen konnten, das nur hin und wieder von bunten Plastikseehunden oder Wasserbällen unterbrochen wurde. Sie schlenderten eine Weile herum, ohne eine Telefonzelle zu finden.

So geht's nicht, sagte Bella. Wir vertrödeln unsere Zeit. Lass uns …

Sie unterbrach sich und blieb stehen. Ihr Blick war ungläubig auf eine Einfahrt gerichtet. Die Einfahrt war mit schwarzem Schotter bestreut und gehörte zu einem Haus, an dem früher das Wort Seefrieden gestanden hatte. Das Wort war kaum noch zu erkennen. Das Haus war nicht besonders groß, aber es hatte unten eine Glasveranda, die rundherum lief und im ersten Stock an der Vorderseite eine Veranda gleichen Stils. Der Architekt hatte eine kleine Villa im Bäderstil bauen wollen und das war ihm gelungen. Ihr Charme wirkte auch jetzt noch, obwohl die blassgelbe Farbe, die die Wände bedeckt hatte, an vielen Stellen verschwunden und grauer Putz deutlich sichtbar war. Von der Holzkonstruktion der Veranden war die weiße Farbe abgesprungen. Jemand hatte versucht, die rissigen Flächen zu übermalen.

Sieh mal, sagte Bella. Da, im Garten.

Sie waren an der Einfahrt stehen geblieben. An deren Ende sah das Heck eines Wagens hinter dem Haus hervor.

Ich glaube, das ist hier nicht ungewöhnlich, sagte Brunner. So was kommt auch bei uns vor. Wenn es so einen Autoverrückten in einer Familie gibt, dann geht manchmal das ganze Geld für dessen Hobby drauf. Ich hatte mal einen Fall …

Ich kenne das Auto, sagte Bella.

Was heißt das: Du kennst das Auto? Die Marke oder genau dieses da?

Genau das. Ich bin fast sicher. Komm, lass uns nach der Nummer sehen.

Ich hasse es, auf fremden Grundstücken von fremden Hunden angefallen zu werden, sagte Brunner, aber er folgte Bella.

Sie gingen dicht an der Hauswand entlang. Der schwarze Schotter knirschte unter ihren Füßen. Im Haus war es still, und auch einen Hund schien es nicht zu geben. Das Auto trug die Nummer HH-XX 91.

Wir gehen rein, sagte Bella, als sie wieder auf der Straße standen. Nein, ich geh rein. Du hältst dich irgendwo in der Nähe auf. Vielleicht holst du schon mal unser Auto. Ich stelle mir vor, dass die Leute sich eingeschüchtert fühlen könnten, wenn wir gleich zu zweit auftauchen würden.

Brunner ging und Bella blieb einen Augenblick stehen, um zu überlegen. Sollte sie Russisch sprechen. Oder lieber Deutsch? Ihre polnischen Sprachkenntnisse reichten zum Zuhören, aber nicht zum Reden. Mit welcher Sprache würde sie die Bewohner am wenigsten brüskieren? Mit Deutsch, vermutlich.

Sie öffnete die Gartenpforte und ging durch einen sandigen Vorgarten auf die Haustür zu. Der Weg war mit Ziegelsteinen eingefasst, die schräg in die Erde gesteckt und rot-weiß angestrichen worden waren. Es gab keine Klingel, aber ein Türschild mit dem Namen Kraffzik und einen alten Türklopfer aus Messing, der sehr blank war. Er machte einen ziemlichen Krach. Eine Weile blieb es still. Dann waren hinter der Tür Schritte zu hören, eher eine Art Schlurfen, das näher kam und hinter der Tür anhielt.

Wer ist da?, sagte jemand auf Polnisch.

Bella konnte nicht erkennen, ob die Stimme einem Mann oder einer Frau gehörte.

Mein Name ist Bella Block, sagte sie. Ich komme aus Deutschland. Ich hätte Sie gern gesprochen.

Hinter der Tür blieb es still.

Hallo, sagte Bella. Sind Sie noch da? Würden Sie, bitte, die Tür öffnen.

Einen Moment, bitte, sagte die Stimme, diesmal auf Deutsch. Das Schlurfen entfernte sich langsam. Bella sah sich um. Brunner war verschwunden. Die Straße war still und leer. Eine Schwalbe schoss von einem Garten in den anderen. Hinter der Tür näherten sich Schritte. Ein Riegel wurde zurückgeschoben. Eine Sicherheitskette wurde entfernt. Zwei Schlösser wurden aufgeschlossen. Jemand drückte die Klinke herunter und öffnete langsam die Tür.

Da stand ein mittelgroßer Mann, nicht größer als sie selbst. Sie schätzte sein Alter auf siebzig oder fünfundsiebzig Jahre. Er war schmächtig, beinahe zart. Auf dem kleinen, runden Kopf thronte eine Militärmütze. Die Augen waren hinter einer dunklen Brille kaum zu erkennen. Der Mann hatte schmale Lippen und eine kleine, spitze Nase. Er trug Pantoffeln an den Füßen und eine kakifarbene Militärhose mit zwei roten Streifen an den Seiten. Die Hose wurde von Hosenträgern gehalten, die über einem langärmeligen Unterhemd lagen, das sicher aus Militärbeständen kam. Es war grau und ließ sich am Hals knöpfen. Die Knöpfe standen offen. Ein paar graue Brusthaare sahen aus der Öffnung hervor. Obwohl der Mann nicht vorschriftsmäßig gekleidet war, weder nach militärischen noch nach zivilen Maßstäben, wirkte er auf überzeugende Weise korrekt. Noch während Bella ihn ansah, überrascht und ein wenig irritiert von so viel Korrektheit, tauchte hinter ihm eine Frau auf. Sie kam näher und Bella sah, dass sie etwa das Alter des Mannes haben musste. Sie trug ein graues Kostüm, das ihr zu weit war. Ihre Haare hatte sie am Hinterkopf zu einem kleinen Knoten gedreht. Sie streckte ihr die Hände entgegen. Sie waren sehr schön, schmal, mit langen Fingern und gepflegten Nägeln. Der Ring, den sie trug, hatte sicher achtzehn Karat.

Kommen Sie doch herein, sagte die Frau, bitte kommen Sie.

Der alte Soldat trat ein wenig zur Seite und ließ Bella eintreten. Einen Augenblick dachte sie, er würde salutieren, aber er schloss nur leise die Haustür hinter ihr und setzte sämtliche Sicherheitsmaßnahmen wieder in Gang.

Die Frau führte Bella in einen holzgetäfelten Raum, der mit zweckmäßigen, handgefertigten Möbeln ausgestattet war. Vorhänge und Möbelstoffe waren handgewebt. Ihr dunkles Rot und Grün gaben dem Raum ein beinahe feierliches Aussehen. Drei Wände waren mit Bücherregalen bedeckt. Die vierte Wand bestand aus einem großen Glasfenster, durch das man über eine Terrasse hinweg in den Garten sah. Die Mauer, die die Terrasse begrenzte, war verfallen. An einigen Stellen wuchs Gras in den Mauerritzen.

Nehmen Sie Platz, bitte, sagte die Frau. Einen Augenblick.

Ihre Stimme war so gepflegt wie ihre Erscheinung. Sie verschwand, während der alte Mann ins Zimmer trat. Er setzte sich Bella gegenüber in einen Sessel und nahm seine Mütze ab. Er legte die Mütze sorgfältig auf seinen Knien zurecht, bevor er Bella ansah. Er ließ sie nicht aus den Augen, als er zu sprechen begann.

Es gab eine Zeit, in der mein Leben mit Gewissheiten gepanzert war, sagte er unvermittelt. Diese Zeit ist vorüber und ich kann sagen, dass ich darüber froh bin. Aber auch wenn die Gewissheiten schwinden, bleibt bei Menschen mit Anstand etwas zurück, eine Haltung zur Welt, zumindest, die nicht leugnet, dass es oben und unten gibt, Macht und Ohnmacht, Krieg und Frieden.

Er schwieg und sah Bella weiter an. Vielleicht erwartete er eine Antwort, vielleicht auch nicht.

Ich freue mich für Sie, sagte Bella. Nichts ist notwendiger für ein glückliches Leben als Klarheit über die eigene Haltung. Aber Sie werden verstehen, dass ich nicht, jedenfalls nicht in erster Linie, von Deutschland nach Polen gefahren bin, um Ihre Auffassungen kennen zu lernen. Obwohl die sicher sehr interessant sind. Ich komme mit einer Frage zu Ihnen und hoffe, Sie können mir behilflich sein.

Die Frau erschien in der Tür. Sie hielt ein schwarzes Lacktablett in den Händen, auf das Rosen gemalt waren. Auf dem Tablett standen hübsche alte Keramikbecher. Der Duft von Kakao breitete sich im Raum aus.

Und was die Armee angeht, sagte der alte Mann, ohne auf Bellas Worte zu achten, so bin ich nach wie vor der Meinung, dass sie sich immer korrekt verhalten hat. Die deutsche Bedrohung erschien uns immer real. Bedenken Sie, bitte, dass die Bundesrepublik unsere Westgrenze erst 1979 anerkannt hat.

Bella sah Hilfe suchend zu der Frau hinüber, die die Becher mit Kakao auf den Tisch gestellt hatte. Sie ging um den Tisch herum und kam auf Bella zu.

Lassen Sie ihn reden, sagte sie leise, während sie einen Augenblick hinter Bellas Sessel stehen blieb. Sie können ihn alles fragen, aber er erwartet immer noch, dass man ihm zuerst zuhört.

Sie ging zu dem alten Mann hinüber, berührte sein Unterhemd, als entferne sie einen Fussel von einer Militärjacke, und setzte sich neben ihn.

Das Problem der Schulden ist einfach zu lange ignoriert worden, sagte der alte Mann. Die führende Rolle der Partei hat das Ihre beigetragen. Heute weiß man es besser. Aber macht man deshalb heute alles besser?

Einen Augenblick herrschte Stille. Unwillkürlich lauschte Bella, als erwarte sie das Ticken einer Wanduhr zu hören. Aber sie hörte nichts, nur das Schlürfen eines alten Mannes, der mit zitternden Händen versuchte, aus seinem Becher mit Kakao zu trinken, ohne etwas zu verschütten, und das leise Geräusch eines fahrenden Autos, das sehr schnell vorüber war.

Ruth Kraffzik, sagte Bella laut. Kennen Sie Ruth Kraffzik?

Die beiden alten Leute sahen sie an. Sie waren hellwach und trotzdem nicht ganz bei der Sache. Sie sahen so aus, als wüssten sie nicht genau, ob sie antworten sollten.

Diese Ruth, sagte Bella, sie ist tot. Was hat sie in Deutschland gewollt? Weshalb war sie gekommen?

Ich bleibe davon überzeugt, dass das, was passiert ist, sagte der alte Mann …

Lass es gut sein, Adam.

Die Frau legte ihre Hand auf sein Knie. Bella sah deutlich, dass die Knie des Alten zu zittern begonnen hatten. Er warf seiner Frau einen dankbaren Blick zu und sprach nicht weiter. Sie ließ die Hand auf dem Knie ihres Mannes liegen, während sie sprach.

Wir wissen, dass sie tot ist, sagte sie. Wir wissen nicht, was unsere Enkelin in Deutschland wollte. Wir haben immer sehr wenig über sie gewusst, obwohl sie bei uns aufgewachsen ist. Sie hat zuletzt in Warschau studiert. Einer ihrer Freunde ist einmal mit ihr hier gewesen. Er war kein Student. Er war Bauer. Sie war dann nicht mehr oft hier. Wie der Junge geheißen hat, wissen wir nicht. Das ist alles, was wir Ihnen sagen können. Wir sind alte Leute. Die Jungen haben ihr eigenes Leben. Wir haben versucht, ihr unsere Fehler zu ersparen. Kritisch ist sie gewesen, das ist wahr. Das, wenigstens, haben wir versucht, sie zu lehren.

Bella spürte Trauer in der Stimme der alten Frau. Diesmal versuchte der Mann, seine Frau zu trösten. Er strich sanft über die Hand, die noch immer auf seinem Knie lag.

Wer hat Ihnen gesagt, dass Ihre Enkelin tot ist, fragte sie.

Einen Augenblick lang waren die beiden unsicher. Die Frau fasste sich schneller.

Jemand hat uns angerufen, sagte sie hastig, ein Mann hat uns angerufen, ein Deutscher.

Hat er seinen Namen gesagt?, fragte Bella.

Sie fragte, obwohl sie wusste, dass ihre Frage sinnlos war. Genauso sinnlos wie dieser Ausflug überhaupt.

Ja, sagte die Frau, aber ich hab ihn vergessen.

Bella spürte, dass sie wütend wurde. Ihr war nicht ganz klar, weshalb, denn eigentlich könnte sie nur wütend über sich selbst sein.

Das Auto, sagte sie, das hinter dem Haus steht, wem gehört es? Wer ist damit gekommen?

Welches Auto?, sagten die beiden wie aus einem Mund. Sie sagten es und Bella meinte, so etwas wie Zufriedenheit in ihren Augen zu sehen. Sie starrte die beiden an, die Hand in Hand und nun sehr gelassen vor ihr saßen.

Möchten Sie noch etwas Kakao?, fragte die Frau leise.

Ihre Stimme klang entschuldigend und zufrieden zugleich.

Danke, sagte Bella. Nein, vielen Dank.

Sie stand auf und verließ das Zimmer. Der alte Mann kam hinter ihr her. Er ging schneller und sicherer als vorher. Seine Mütze hatte er wieder aufgesetzt. Er beseitigte die Sicherheitsvorkehrungen und öffnete Bella die Tür.

Leben Sie wohl, sagte er. Sie können sie nicht wieder lebendig machen. Und wir können Ihnen nicht helfen. Ihnen nicht.

Bella hatte keine Lust zu antworten. Während sie den rot-weiß eingefassten Weg zurückging, sah sie sich um, obwohl sie wusste, was sie sehen würde. Das Auto hinter dem Haus war verschwunden. Auf der Straße, etwa zwanzig Meter entfernt, stand Brunner an den Wagen gelehnt und sah ihr entgegen.

Das war unglaublich, sagte Bella, als sie ihn erreicht hatte. So bin ich noch niemals an der Nase herumgeführt worden. Geradezu fantastisch. Hast du das Auto gesehen? Ist es an dir vorbeigekommen?

Dieser Schlitten? Nein, sollte er?

Lass uns fahren, sagte Bella, ich erzähl dir, was mir passiert ist. Fährst du?

Nach Hause, nehme ich an, sagte Brunner, während er anfuhr.

Bella nickte, schwieg und sah sehnsüchtig auf die glitzernde Wasserfläche, die hin und wieder am Ende einer kleinen Straße sichtbar wurde.

Kiefern im Sand, sagte sie, das muss irgendetwas mit meiner Kindheit zu tun haben. Ich könnte stundenlang unter solchen Bäumen liegen, Harzgeruch einatmen, den Wellen zuhören, die auf den Sand klatschen …

Ich weiß nicht, sagte Brunner, meinst du, dies ist der richtige Moment, um sentimental zu werden? Wir sind ein paar hundert Kilometer gefahren, streckenweise sogar unter Beobachtung. Haben wir eine Menge teuren Sprit verbraucht, nur damit du Kindheitserinnerungen auskramen kannst? Ich hab zwar im Augenblick nichts zu tun, das ist richtig. Aber wenn ich etwas tue, möchte ich dann doch gern wissen, welchen Sinn meine Tätigkeit hat. Was war da bei diesen Leuten?

Entschuldige, du hast Recht. Diese Leute? Also:

Er war die Karikatur eines polnischen Generals, halb in Uniform, halb im Nachthemd. Er trat auf in Begleitung seiner diamantengeschmückten Gattin, Marke schöne Polin, auch im Alter noch schön. Sie waren beide über siebzig. Sie haben mir eine Szene vorgespielt. Und in der Zwischenzeit ist jemand, von dessen Anwesenheit ich absolut nichts merken sollte, mit dem Straßenkreuzer abgehauen. Toll, was?

Wir hätten zu zweit in das Haus gehen sollen, sagte Brunner.

Ich garantiere dir, auch dazu wäre denen etwas eingefallen. Vielleicht hätte die alte Dame dich verführt. Zuzutrauen wär's ihr. Die beiden mögen keine Deutschen. Ich glaube, das hat sie zu dieser Salonnummer beflügelt.

Das Auto war aus Deutschland und der Fahrer vermutlich auch, wandte Brunner ein.

Weißt du, ich nehme an, für manche Polen gibt es einfach immer noch gute und böse Deutsche. Ich hab anscheinend zu den bösen gehört. Mir haben sie nicht vertraut.

Und was jetzt?, fragte Brunner, nachdem sie beide eine Weile geschwiegen hatten.

Wir fahren so schnell wie möglich zurück und du wirst dieses Auto finden. Wir haben das Kennzeichen. Dann werden wir uns den Besitzer näher ansehen. Das ist eine Spur, dessen bin ich mir sicher.

Wieder schwiegen beide. Manchmal warf Bella Brunner einen forschenden Blick zu. Er schien ihre Blicke nicht zu bemerken. Seine Hände bewegten sich nervös auf dem Steuer hin und her. Bella tat, als bemerkte sie seine zunehmende Nervosität nicht. Auf der Fähre verschwand Brunner ein paar Minuten. Er rauchte, als er zurückkam, und wirkte entspannter als vorher.

Tut mir Leid, sage er, vielleicht ist es besser, wenn du von nun an das Auto übernimmst.

Verstehe, sagte Bella, das hätte wohl nicht noch ein bisschen Zeit gehabt? Entschuldige, ich bin wahrscheinlich nur neidisch. Aber einer von uns sollte schon nüchtern bleiben. Ich mach's. Freiwillig.

Brunner begann zu telefonieren, als sie die Fähre verlassen hatten. Er organisierte den bevorstehenden Wechsel des Autos und er machte es umsichtig und genau. In Greifswald erwartete sie der Angestellte des Autoverleihs vor der Stadt. Brunner hatte ihn an die Klosterruine in Eldena bestellt. Bella war froh, als sie ihr Auto wieder sah. Dieser Ausflug nach Polen war verrückt gewesen, aber er war jetzt vorüber. Sie würde die fünf Stunden nach Hamburg hinter dem Steuer sitzen müssen, aber jedenfalls war sie dort wieder auf vertrautem Terrain.

Brunner hatte auf der Fähre zwei Flaschen polnischen Wodka erstanden. Als sie über die Elbbrücken fuhren, hatte er anderthalb Flaschen davon ausgetrunken. Bella brachte ihn bis zu seiner Haustür. Sie verzichtete darauf, mit ihm hinauf in seine Wohnung zu gehen.

Die Nummer, sagte er zum Abschied, denk bloß nicht, ich hab sie vergessen. Alles, wie du willst. Wird erledigt.

Er ging ein bisschen sehr gerade, aber erstaunlich sicher auf die Haustür zu und verschwand, ohne sich noch einmal umzusehen. Bella fuhr ins Hotel. Sie war müde und schlecht gelaunt. Es wurde Zeit, dass sie diese Geschichte beendete. Wenn die Autospur nicht hält, was sie verspricht, dachte sie, mache ich Schluss mit der Sache.

Sie ließ sich an der Rezeption ihren Zimmerschlüssel geben.

Da war ein Herr von der Versicherung, sagte der Portier. Er hat seine Karte hier gelassen. Sie möchten ihn anrufen. Und Herr von Mangold bittet Sie, ihn anzurufen, egal, wie spät es ist.

Der Portier reichte ihr die Karte zusammen mit einem gefalteten Zettel und zwinkerte vorsichtig mit den Augen. Bella faltete den Zettel auseinander. Sie stellte sich dabei mit dem Rücken zur Halle und las:

In der Halle sitzt ein Herr, der auf Sie wartet, aber nicht gesehen werden will. Er ist der dritte, seit gestern. Sie lösen sich ab.

Sie ging zum Fahrstuhl, ohne sich umzusehen und fuhr nach oben.

Sie sind getrennt auf den Platz gegangen und sie würden sich auch dort nicht zusammen sehen lassen. Aber ihre Blicke treffen sich, wenn sie aneinander vorübergehen. Sie lesen dann Wut in den Augen der anderen, aber das erschreckt sie nicht, weil sie Wut brauchen, für das, was sie vorhaben.

Und nun, meine Damen und Herren, liebe Kinder, achten Sie darauf, wie unser Wiesel an Ihnen vorüberflitzt. Die Waffen, die er trägt, haben eine Reichweite von …

Natalja versucht, nicht auf die Männerstimme zu hören, die aus Lautsprechern über den Platz schallt. Die Stimme ist angenehm und beinahe fröhlich. Sie beschreibt die Mordwerkzeuge, die auf dem Sandplatz am Elbufer vorgeführt werden, als seien es strahlend schöne Segelboote oder hübsch dekorierte Sahnetorten oder besonders wertvolles Kinderspielzeug. Die Stimme ist der perverse Ausdruck einer perversen Veranstaltung. Die Bundeswehr hat gerufen und Männer, Frauen und Kinder sind seit dem frühen Morgen über die Elbe gekommen, um die Mordinstrumente zu betrachten, sich an ihrer Wendigkeit zu erfreuen, sich die zerfetzten imaginären Feinde vorzustellen. Denn dass der Einsatz der Mordwerkzeuge Folgen haben würde, kann ihnen nicht verborgen bleiben, trotz der schmeichelnden Stimme aus dem Lautsprecher. Vielleicht ist ihnen bisher verborgen geblieben, dass das Geld, das ihnen mehr und mehr in der Tasche fehlt, mit der Produktion von Panzern und Kanonen zu tun haben könnte. Schließlich bezahlen sie die Mordwaffen, die ihnen gerade vorgeführt werden. Vielleicht ist es ihnen aber auch nicht verborgen geblieben und sie sehen es als ihr selbstverständliches Recht an, wenigstens einmal dabei zuzusehen, wie Kanonen auf Panzern geschwenkt werden? Vielleicht bedauern sie insgeheim, dass die Vorführungen nicht die eigentliche Leistungsfähigkeit der Leoparden und Füchse und Luchse und Wiesel und Marder zeigen? Vielleicht möchten sie dabei zusehen, wie Panzerketten Kinderwagen im Sand zerdrücken? Man müsste ja nicht unbedingt ein Kind hineinlegen. Fürs Erste würde doch eine Puppe den gleichen Dienst tun.

Elfriede steht am Rande des Platzes. Sie zieht die Kapuze ihres Pullovers über den Kopf. Es hat zu regnen begonnen und vom Fluss her weht der Wind kalt herüber. Sie steht neben der Feldküche. Es riecht nach Erbsensuppe. Eine junge Frau in Uniform, deren Hände und Lippen bläulich aussehen vor Kälte, steht in der Nähe und lächelt die Besucher an. Die gehen an ihr vorbei in ein Zelt und holen sich Werbeschriften für den Dienst im Heer. Die Bundeswehr braucht Nachwuchs. Wir sind wieder dabei. In Afghanistan und auf dem Balkan und in Somalia und wer weiß, bald auch im Irak.

Mörder werden gesucht, denkt Hannah. Sie geht über denn Platz und sieht einem Elternpaar zu. Die haben ihre Kinder mitgebracht, damit sie schon einmal an diesem Handwerk schnuppern.

Meine Familie hat ein Loch, denkt sie. Da, wo einmal jemand war, ist niemand mehr. Kein Foto. Nicht bei uns. Es war Absicht, dass sie mich in eine Schule geschickt haben, die keinen Wert darauf legt, in der Vergangenheit herumzuwühlen. In der Vergangenheit zu wühlen, ist verboten. Wir sind keine Familie. Wir sind ein Geschlecht. Die Soldatin hat blau gefrorene Hände. Sie ist die Person, die seit Tagen auf großen Plakaten von den Litfasssäulen grinst. Sie soll hier die Modernität darstellen. Den Einbruch der Frauen in die letzte Männerbastion. Sie signalisiert den Sieg der Feministinnen über die Kommissköppe. Da steht sie nun, lächerlich verkleidet sieht sie aus, blau gefroren und hilflos lächelnd. Kommt heran, Mädchen, soll wohl ihr Lächeln bedeuten, kommt und lasst euch ebenfalls verkleiden. Lernt das Mörderhandwerk und helft mit, an allen Enden der Welt die Profite der Rüstungskonzerne zu erhöhen. Wer soll denn die Panzer bewegen, wenn nicht wir?

Hannah wendet sich ab. Sie beobachtet eine Familie, Eltern und zwei Jungen, die vielleicht sechs und acht Jahre alt sind. Sie kommen heran, die Jungen laufen durch den Sand, vor den Eltern her. Die sehen ihren Söhnen lächelnd nach. Da drängen sich die Kleinen schon durch die Reihen der Erwachsenen in die erste Reihe.

Unser Wiesel, sagt die lockende Stimme gerade, hat die Möglichkeit, Gefechtswaffen von bis zu 1 000 kg Gewicht in die vordersten Linien zu bringen.

In den vordersten Linien wird gestorben, wissen Sie das nicht?

Hannah ist vor den Eltern stehen geblieben.

Wissen Sie das nicht?, fragt sie noch einmal.

Der Mann und die Frau sehen sie verständnislos an. Die Frau hat ein breites, rotes Gesicht. Ihre glatten, blonden Haare hängen bis auf den Rücken. Sie trägt einen rostroten Anorak und Jeans, die zu eng sind. Es ist etwas Dumpfes in ihrem Gesicht, etwas, mit dem Hannah nichts anfangen kann. Sie sieht den Mann an.

Was will die denn?, sagt der Mann.

Er spricht laut, lauter als nötig, um Hannah zu antworten.

Wohl verrückt geworden, was?

Er fasst seine Frau am Arm und geht weiter, geht auf Hannah zu, die zur Seite gehen muss, will sie nicht umgeworfen werden. Sie haben sich vorgenommen, kein Aufsehen zu erregen. Ganz bestimmt ist der Platz voll von Sicherheitsleuten. Natürlich tragen die keine Uniform. Es genügt, wenn unsere Soldaten ihre schönen Uniformen tragen.

Kanonenfutterproduzenten, sagt Elfriede leise neben Hannah.

Sie hat die Szene beobachtet und ist herangekommen, um Aufsehen zu verhindern.

Komm, wir gehen. Die sind nicht mehr zu retten. Ich geh vor. Sag Natalja Bescheid. Wir treffen uns im Bunker. Wir müssen reden.

Während sie leise auf Hannah einspricht, betrachten ihre Augen ein Plakat. Ein Laptop und ein eleganter Stöckelschuh in den Tarnfarben der Bundeswehr sind darauf abgebildet. Die Schrift auf dem Plakat verkündet: DEN WEG IN DIE ZUKUNFT GEHT DIE BUNDESWEHR GEMEINSAM MIT DER WIRTSCHAFT. Als besondere Verlockung leuchten in Rot die Worte: IN FÜHRUNG GEHEN rechts unten.

Eine Stunde später sitzen sie in ihrem Versteck. Es war nicht schwierig, ungesehen hineinzukommen. Wer draußen herumläuft, geht zu den Soldaten. Wer nicht im Regen herumlaufen will, bleibt zu Hause.

Elfriede spricht über ihren Ausflug nach Polen. Ich glaube nicht, dass sie mir gefolgt ist, sagt sie. Ich glaube, es war ein Zufall, dass sie dort aufgetaucht ist. Der General und seine Frau haben sie abgelenkt, bis ich weg war.

Ist er wirklich General?, fragt Natalja.

In ihrer Familie hat das Wort General einen hässlichen Klang. Sie kann sich einen General, der ihnen bei ihrem Vorhaben hilft, nicht vorstellen.

Seine Frau kam in die Küche. Sie hat mir Bescheid gegeben, dass da jemand aus Deutschland gekommen sei. Gut, dass ich das Zeug schon im Auto hatte. Sie sollten sie ablenken, bis ich weg war. Ich weiß nicht, wie sie es gemacht haben. Aber es hat geklappt.

Trotzdem, sagt Hannah. Komisch ist das schon.

Der General oder die Block?

Eigentlich beide, sagt Hannah. Weshalb gibt der Alte uns das Zeug? Und warum taucht die Frau gerade dann auf, wenn eine von uns es abholt?

Was den Sprengstoff betrifft, den hat er mir nicht gegeben. Ich wusste von Ruth, wo er ihn aufbewahrt. Es ging ihnen nicht gut, nachdem ich gesagt hatte, dass Ruth tot ist. Ich habe sie eine Weile allein gelassen und mich im Haus umgesehen. Dass die Block aufgetaucht ist, während ich dort war, ist bestimmt ein Zufall gewesen.

Ich hab ihr Gesicht gesehen, von oben, ich stand hinter der Gardine. Sie war wirklich überrascht. Zuerst hab ich mich geärgert, dass ich das Auto nicht weit genug hinter das Haus gestellt habe. Aber dann war ich ganz froh. So war es besser. Sonst wär ich ihr vielleicht in die Arme gelaufen.

Wieso? Die kennt dich doch nicht!

Aber Maries Vater kennt mich.

Du willst sagen, sie hatte Maries Vater dabei?

Nicht direkt. Sie kam allein ins Haus. Er hat am Auto auf sie gewartet.

Na, da haben wir ja wirklich noch mal Glück gehabt. Bullen wie der haben eine gute Witterung.

Wenn sie nicht gerade betrunken sind, sagt Hannah. Da wir das Zeug nun haben ..., wann soll es losgehen?

Bella schlief noch, als Brunner sie anrief. In der Nacht war Krister gekommen. Er war erst gegen Morgen gegangen. Ein paar Mal hatte sie das Bedürfnis gehabt, mit ihm über die Geschichte zu reden, die sie gerade beschäftigte. Sie hatte es nicht getan. Als er weg war, hatte sie noch ein bisschen über ihn nachgedacht, bevor sie eingeschlafen war.

Du wolltest wissen, wem das Auto gehört, sagte Brunner. Es gehört einer Marion Breckwoldt, von, uralter Hamburger Adel, wenn es so etwas gäbe. Brauchst du die Adresse? Dann schreib auf.

Bella schrieb die Adresse auf. Aus irgendeinem Grund war sie plötzlich sehr aufmerksam.

Ist das nicht ...

Ganz in der Nähe deines Hauses, allerdings.

Das Haus gibt es nicht mehr.

Dann eben ganz in der Nähe deiner Ruine, sagte Brunner. Gehst du mit mir essen, heute Abend? Ich hätte dir etwas zu sagen.

Ich ruf dich an, wenn es etwas Neues gibt, sagte Bella. Heute Abend bin ich schon verabredet.

Mit diesem Gigolo?

Bella legte den Hörer zurück, ohne zu antworten.

Sie fuhr mit dem Auto zu der Adresse, die Brunner ihr angegeben hatte. Ein Porsche fiel dort nicht auf, es sei denn, er wäre nicht gewaschen gewesen. Unterwegs stellte sie das Radio an.

Gewalt an Hamburger Schulen, sagte eine begeisterte Sprecherin, ist das Thema des Runden Tisches, zu dem der Schulsenator eingeladen hat. Lehrer an die Front, wird die Parole heißen, und das wird auch nötig sein, denn viele Schüler –

Bella schaltete das Radio aus, bevor die Begeisterung der Sprecherin in Jubel umschlagen würde. Sie parkte den Wagen nicht vor dem Haus. Die letzten Meter vor einem Ziel ging sie gern zu Fuß. Manchmal war es wichtig, das Milieu, in dem jemand lebte, zu erfassen, bevor man ihn traf. Da sie dieses Milieu kannte, hatte sie, vielleicht, eine Überraschung, irgendetwas Unvorhergesehenes erwartet, während sie sich dem Haus näherte. Die Überraschung blieb aus. Die Beete an den Rändern der Parks waren gepflegt. Eine Dame in Jeans und Gummistiefeln schnitt einen Rosenstrauß. Zwei Mädchen in Faltenröcken hielten Hockeyschläger vor sich hin, während sie auf ihren Rädern an Bella vorüberfuhren. Unter hohen Straßenbäumen war es so still, dass sie das Knirschen ihrer Schritte auf dem Kiesrand des Bürgersteigs hörte. Sie fand das Schild mit dem Namen Breckwoldt und läutete an der Gartenpforte.

Ja, bitte?

Die Stimme aus der Gegensprechanlage war kühl, aber nicht unfreundlich. Bella nannte ihren Namen und bat um eine kurze Unterredung. Die Pforte öffnete sich und sie trat ein. Der Gartenweg, heller Kies, scharf abgegrenzt vom kurz geschorenen Rasen, war etwa hundert Meter lang. In der Mitte zweigte ein Weg ab, der auf der linken Seite des Hauses vorbei in den hinteren Teil des Gartens führte. Am Ende des Hauptwegs stand eine Frau, die ihr freundlich und kühl entgegensah. Die Frau hatte nicht die Absicht, sie ins Haus zu bitten.

In dem Augenblick, als Bella sie erreicht hatte, kam auf dem Nebenweg der Maserati angefahren. Am Steuer saß ein kleiner Mann, von dem nur der Kopf und die Chauffeursmütze zu sehen waren. Das erleichterte die Sache.

Dieses Auto, sagte Bella, ich hab's vor zwei Tagen in Misdroy gesehen. Würden Sie mir sagen, wer es dort hin- und wieder weggebracht hat?

Finden Sie nicht, dass das eine etwas merkwürdige Frage ist, sagte die Frau. Jedenfalls dann, wenn ich nicht weiß, was Sie mit ihr bezwecken?

Ach, nichts weiter, sagte Bella. Der Fahrer und ich, wir hatten einen kleinen Zusammenstoß. Er hat nur vergessen, sich bei mir zu entschuldigen. Ich möchte ihm gern Gelegenheit geben, das nachzuholen.

Unser Herr Wohlers? Ich kann mir gar nicht denken …, sie unterbrach sich, zog ein Handy aus der Jackentasche und betätigte drei Tasten.

Herr Wohlers? Bitte, könnten Sie einmal kurz …, ja, hier an der Tür.

Der Wagen hielt auf dem Nebenweg. Herr Wohlers stieg aus und kam über den Rasen auf Bella und die Frau zu. Er war kleiner als Bella und brachte auch nur die Hälfte ihres Gewichts auf die Waage. Aber er war ganz sicher hart im Geben und im Nehmen. Sein Gesicht kam ihr bekannt vor, aber sie wusste es nicht unterzubringen. Er blieb stehen und sah die Frau an. Sie stand auf der obersten Stufe des Aufgangs zur Haustür, so dass er gezwungen war, zu ihr aufzusehen, wenn sie ihm nicht entgegenkommen würde. Aber die Absicht hatte sie nicht.

Diese Dame, sagte die Frau, wobei sie nicht zu Bella hinübersah, hatte einen Zusammenstoß mit Ihnen?

Herr Wohlers sah Bella an. Sie war sicher, dass sie sein Gesicht kannte. Es war klein und faltig und zeigte einen winzigen Anflug von Hochmut, der mit einer besonderen Haltung oder Formung der Oberlippenpartie zusammenhängen musste.

Ich kann mich nicht an ein Vorkommnis dieser Art erinnern, sagte er. Er sprach langsam. Durch eine fast unmerkliche Bewegung der Schultern verlieh er seinen Worten Endgültigkeit. Es gab eine kleine Pause. Er sah Bella an.

Aber wenn es so gewesen sein sollte, sagte er dann, so versichere ich, dass es unabsichtlich geschehen ist. Und ich bitte selbstverständlich um Entschuldigung.

Ich glaube, ich habe mich geirrt, sagte Bella. Ich muss mich bei Ihnen entschuldigen.

Danke, Herr Wohlers, sagte die Frau.

Oder hat sie danke, Wohlers gesagt, überlegte Bella, während sie über den Kiesweg zurück zur Straße ging. In einer Rotbuche, die mindestens zweihundert Jahre alt sein musste, schrie ein Eichelhäher. Auf dem Rasen hüpfte ein einsames Gartenrotschwänzchen neben ihr her. Es hatte vermutlich die Szene an der Haustür beobachtet und wollte nun seinerseits Verachtung demonstrieren. Oder Mitgefühl – ihre Kenntnisse in Rotschwänzchenphysiognomie reichten nicht aus, um genauere Feststellungen zu treffen.

Rechts von ihr fuhr der Chauffeur den Maserati an ihr vorbei. Als sie auf die Straße kam, parkte das rote Auto hinter dem Porsche. Herr Wohlers stand neben der geöffneten Autotür und wartete auf sie. Er stand einfach da, ohne etwas zu sagen. Sein Gesichtsausdruck war unverändert, untergeben und hochmütig zugleich. Es war klar, dass sie das erste Wort zu sagen hatte. Es war auch klar, dass der Mann annahm, sie würde sich kurz fassen.

Wer, außer Ihnen, fährt diesen Wagen?, sagte Bella. Hat jemand den zweiten Schlüssel?

Ich fahre den Wagen. Ich fahre ihn allein. Der zweite Schlüssel befindet sich in meiner Wohnung.

Sie haben nicht zufällig ein paar Tage Urlaub gehabt? Ein paar Tage, die Sie außerhalb des Hauses verbracht haben?

Ich habe meinen Dienst heute wieder angetreten.

Bella überlegte. Der Mann hatte auf sie gewartet. Aber er wollte seinem Arbeitgeber gegenüber offensichtlich nicht illoyal sein. Es kam auf die richtige Formulierung ihrer Frage an.

Wer, außer der Dame des Hauses und ihrem Gatten, vermutlich, lebt noch dort?, fragte sie.

Sie meinen, das Personal nicht mitgerechnet?

Ja, sagte Bella, das Personal nicht mitgerechnet.

Die Herrschaften haben eine Tochter, sagte der Chauffeur.

In seinem Gesicht war eine winzige Veränderung vor sich gegangen, weniger Hochmut, mehr Ernst. Oder Sorge? Bella beobachtete ihn und sagte nichts.

Sie heißt Hannah, sagte er. Ich darf mich verabschieden.

Er deutete eine sehr kleine, sehr gekonnte Verbeugung an, wandte sich ab und setzte sich in den Maserati. Die Tür fiel mit einem besonderen Ton ins Schloss, mit einem teuren Ton sozusagen.

Bella ging zu ihrem Auto, während sie Herrn Wohlers nachsah. Er hatte sie auf diese Hannah aufmerksam machen wollen. Aber es war nicht seine Absicht gewesen, sie zu denunzieren. Eher hatte sein Verhalten so etwas wie Sorge ausgedrückt. Mit was für einem Minimum an Gesten dieser Mann auskam, um etwas auszudrücken. Als hätte er es gelernt – gelernt! Der Mann war Schauspieler! Er hatte nicht Wohlers geheißen. Sein richtiger Name – vielleicht war Wohlers sein richtiger Name? Er war ein bekannter Schauspieler gewesen. Und dann hatten ein paar Zeitungen darüber berichtet, dass er beschlossen habe, seinen Beruf aufzugeben. Sie hatte die Berichte gelesen und das Ganze für einen Werbegag gehalten. Es gab neben öffentlichen Darmspiegelungen, Vagina-Monologen und Penislängenwettbewerb nichts, was nicht geeignet erschien, die Präsenz eines Schauspielers oder Autors in der Öffentlichkeit zu befördern. Weshalb sollte nicht ein fünfzigjähriger Schauspieler öffentlich erklären, er habe keine Lust mehr, in einem Beruf zu arbeiten, von dem noch immer behauptet werde, er habe mit Kunst zu tun, während er inzwischen vollkommen industrialisiert sei. Er hatte Ernst gemacht.

Einen Augenblick überlegte Bella, ob sie ihn wegen seiner jetzigen Arbeitgeber bemitleiden sollte. Sie entschied sich dagegen. Sie war sicher, dass ein Mann wie Wohlers sich die Leute, die ihn beschäftigen wollten, mit Bedacht ausgesucht hatte. Seine Bedingungen für die Anstellung waren gute Bezahlung, ausreichend Urlaub und größtmögliche Selbstständigkeit gewesen. Das hatte hier alles gestimmt. Und dann war ihm, wahrscheinlich ohne dass er es wollte, diese Hannah ans Herz gewachsen. Er hatte sie unauffällig, selbstverständlich unauffällig, beobachtet. Es war ihm einiges aufgefallen, das ihn beunruhigte. Vielleicht hatte sie einen Freund, der ihm nicht gefiel. Vielleicht, ganz sicher, hatte er bemerkt, dass sich während seiner Abwesenheit jemand an dem Auto zu schaffen gemacht hatte. Es war klar: Sie musste diese Hannah Breckwoldt kennen lernen. Und zwar, ohne dass die Dame des Hauses etwas davon erführe.

Im Hotel stand ein teurer Kaktus in ihrem Wohnzimmer, auf dessen Stacheln ein Briefumschlag gesteckt war. Der Brief und Kaktus waren von Krister. Der Inhalt des Briefes war kurz: Heute Abend gehen wir aus, Theater, stand darin. Und: Ich hole dich um 19.30 Uhr ab.

Weshalb nicht, dachte Bella, begann zu überlegen, was sie anziehen sollte, fand sich albern und rief Brunner an. Er kam ziemlich schnell ans Telefon und schien nüchtern zu sein.

Ich war dort, sagte sie. Kann sein, dass wir einen Schritt weiter sind. Würdest du für mich mit jemandem aus der Familie ein Treffen verabreden?

Gibt's einen besonderen Anlass, weshalb du das nicht selbst tun kannst?

Ja, sagte Bella, die Dame des Hauses schätzt mich nicht besonders. Vielleicht hätte sie etwas dagegen, dass ich ihre Tochter treffe.

Warte einen Augenblick, sagte Brunner, ich will nur schnell …

Bella hörte ihn Marie rufen, dann sprach er wieder ins Telefon.

Entschuldige, ich muss mit ihr reden, bevor sie geht. Sie wartet. Also: Wie heißt diese Tochter?

Hannah, sagte Bella.

Hannah Breckwoldt, wiederholte Brunner, und sobald wie möglich, habe ich Recht? Und der Grund?

Denk dir was aus, sagte Bella fröhlich. Du machst das schon. Ich bin morgen früh wieder zu erreichen. Rufst du mich an?

Ich würde auch vorbeikommen, sage Brunner. Es gibt ein paar Dinge, die ich gerne mit dir besprechen möchte.

Bella sah sich um acht Uhr morgens eine Sekunde lang verschlafen auf die Uhr blinzeln, weil das Telefon geklingelt hatte und die fröhliche Stimme einer der Damen an der Rezeption sagte: Guten Morgen, ein Herr wartet hier auf Sie. Möchten Sie ihn empfangen?

Deshalb sagte sie: Ach, ruf doch einfach nur an. Wir treffen uns dann, wenn ich mit dem Mädchen gesprochen habe.

Das Kleid, das sie anzog, war bei Wanda Deibel am Neuen Wall gekauft und so sah es auch aus. Zu kurz, zu weit, zu tief ausgeschnitten und sehr sexy. Die Verkäuferin hatte behauptet, man trage Turnschuhe dazu, was Bella, vermutlich auf Grund ihres vorgeschrittenen Alters, zumindest sonderbar vorkam. Von den Schuhen, die sie eingekauft hatte, passten die klassischen Pumps am besten zu ihrer Aufmachung.

Ein Glück, dass du keinen Schmuck trägst, Bella Block, dachte sie, während sie sich im Spiegel betrachtete, sonst würdest du nun aussehen wie ein Zirkuspferd.

Das Stück ist seit Monaten ausverkauft, sagte Krister, während sie das Foyer betraten.

Bella verzichtete darauf, ihn zu fragen, wie es ihm gelungen war, trotzdem Karten zu bekommen. Sie beobachtete die Menschen, überwiegend jüngere Leute, die sich durch die offen stehenden Türen in den Theatersaal drängten. Die Stimmung war trotz des Gedränges fröhlich. Offenbar freute man sich auf ein besonderes Ereignis.

Als sich der Vorhang hob, saßen ein paar Schauspieler, Frauen und Männer, auf der Bühne, die als alte Menschen verkleidet und geschminkt waren. Eine Krankenschwester erschien und erklärte singend, dass es sich um alte Menschen in einem Altersheim handele. Das Publikum fand das komisch. Als die Krankenschwester-Schauspielerin die Bühne verlassen hatte, begannen die Alten, in ihrer Erinnerung zu kramen. Immer, wenn ihnen etwas einfiel, standen sie auf und sangen. Das Publikum fand das komisch. Die Alten hatten unterschiedliche Gebrechen. Sie waren Alzheimerkranke, Zitternde, Sabbernde und Bösartige. Das Publikum fand auch das komisch. Es brüllte vor Lachen, wenn jemand auf der Bühne Probleme hatte, sein Gebiss im Mund zu behalten. Die Schauspieler sollten offenbar nicht alte Leute spielen, sondern sie karikieren. Sie spielten nicht liebevoll, sondern überboten sich in der Darstellung von Altersgebrechen. Je grässlicher die Alten auf der Bühne wurden, desto mehr lachten die Zuschauer im Saal.

Bella verstand: Was um sie herum stattfand, war eine Art Beschwörung. Das Hässliche, das Alte, das Hilfsbedürftige, das Mitleid, sie wurden weggelacht, weil sie hinderlich waren. Hinderlich in der Selbstwahrnehmung derer, die lachten. Jung hatte man zu sein und schön, zumindest aber gesund. Arbeiten musste man können, jederzeit einsatzbereit, beweglich und optimistisch sein.

Bella sah zur Seite. Krister rutschte unbehaglich auf seinem Sessel hin und her. Er sah, dass Bella ihn ansah und beugte sich zu ihr hin.

Ich versteh das nicht, flüsterte er. Seit Wochen ausverkauft. Ich hab angenommen, das Stück sei interessant.

Vorn auf der Bühne entstand eine kleine Pause. Das Publikum wartete gespannt auf die Vorführung des nächsten Gebrechens.

Aber das ist doch interessant, sagte Bella laut, während sie aufstand. Dass so eine Schmierenkomödie den Nerv des Hamburger Publikums trifft, das ist doch interessant. Findest du nicht?

Krister stand auf. Sie verließen den Saal, ohne dass jemand Bellas unüberhörbare Worte zur Kenntnis genommen hätte. Vorbei an den erstaunten Gesichtern der Garderobenfrauen verließen sie das Theater.

Es tut mir Leid, sagte Krister.

Er war aufrichtig zerknirscht. Bella fand ihn sympathisch.

Mach dir nichts draus, sagte sie. Wir verbuchen das Erlebnis einfach unter »Lerneffekt der besonderen Art«. Nun wissen wir doch wenigstens ein wenig mehr von dem, was in den Köpfen der Leute vorgeht.

Sie sagte nicht, dass sie dachte: Mit denen können Unterdrückung und Verbrechen ohne Widerstand, ganz einfach organisiert werden. Jemand muss sie nur auf die richtige Weise ansprechen. Sie hatte einfach keine Lust, etwas zu sagen.

Sie gingen eine Weile schweigend nebeneinander her. Vor ihnen lag die nächtliche Binnenalster. Eine hohe, angestrahlte, merkwürdig armselig aussehende Wasserfontäne rauschte einsam vor sich hin.

Wem die wohl eingefallen ist?, dachte Bella laut.

Krister blieb stehen. Er sah die Fontäne an und dann Bella. Er versuchte, ein freundliches Gesicht zu machen.

Mit dem Theater – oder was immer das eben gewesen ist – hast du Recht gehabt, sagte er. Aber musst du denn an allem etwas auszusetzen haben? Da ist eine Wasserfläche, mitten in der Stadt. Um sie zu beleben, hat jemand die Idee gehabt, eine Fontäne rauschen zu lassen.

Tag und Nacht, sagte Bella.

Tag und Nacht, ja. Und nachts wird sie angestrahlt.

Ein einsamer Strahl wird angestrahlt. Vielleicht, damit er nicht friert?

Krister war stehen geblieben und sah auf den angestrahlten Wasserstrahl. Schließlich schüttelte er den Kopf und sah Bella an.

Du hast Recht, sagte er. Das Ding ist einfach nur albern. Ein schlechtes Beispiel für das, was ich sagen wollte. Aber ich sag's trotzdem: Meine liebe Bella, ich glaube, du bist ein bisschen komisch, nein, komisch ist nicht das richtige Wort. Seltsam, glaube ich, ist besser.

Was ist seltsam an mir?

Sie hatte eine Ahnung, was Krister sagen würde. Sie hatte die Hoffnung, er würde es nicht sagen. Sie wusste, dass sie verletzt reagieren würde.

Du kannst dein Leben nicht genießen, sagte Krister. Es ist so, als ob dir eine Antenne fehle für die schönen Seiten, die das Leben auch hat. Natürlich war dies Theaterstück Mist. Aber hättest du nicht auch einfach darüber lachen können, dass so viele Leute für so einen billigen Kram ihr Geld ausgeben? Nein, du musst sie auch noch moralisch verurteilen. Natürlich sieht diese blöde Fontäne wie der angestrahlte Pimmel des Bürgermeisters aus. Aber ist das nicht auch komisch? Wenn der Mann sonst schon nichts zu Stande bringt – immerhin lässt er einen Wasserstrahl aus der Binnenalster auftauchen. Anstatt zu lachen und dich zu amüsieren, rennst du in diese KZ-Gedenkstätte. Natürlich kann man von dort nur deprimiert zurückkommen. Was gewesen ist, ist gewesen. Du kannst es nicht mehr ändern. Also …

Hör auf, sagte Bella.

Krister schwieg. Sie gingen nebeneinander über den Rathausmarkt. Ein einzelner Mann saß unter dem Heine-Denkmal. Er war damit beschäftigt, seinen Schlafplatz einzurichten. Am anderen Ende, auf den Stufen zum Alsterfleet, schliefen die Tauben, »Vierzigtausend Söhne der Stadt ließen ihr Leben für euch«, stand auf dem Denkmal über ihren Köpfen. Bella hatte einen Entschluss gefasst.

Kennst du eine Frau, die Hannah Breckwoldt heißt, fragte sie.

Krister sah sie überrascht an. Seine Überraschung war nicht gespielt. Er hatte auch nichts zu verbergen.

Wer soll das sein?

Ach, lass, sagte Bella. Vergiss es. Nicht so wichtig.

Wir reden nicht von Schuld, sagt Natalja. Wir reden davon, dass Ruth unvorsichtig gewesen ist. Ich weiß das am besten. Ich hab neben ihr gelegen, bevor wir uns den Zugang verschafft haben. Sie wollte unbedingt darauf verzichten, ihr Gesicht zu verdecken. Wir sind entkommen. Der Schaden war nicht besonders groß. Wir haben die Warnung neben das Loch gelegt. Die Ladung war ja nur klein. Das Loch in der Mauer war nicht größer als ein Kohlkopf. Aber dann wurde es ziemlich knapp. Jemand hat sie gesehen. Einer von denen muss sie wiedererkannt haben. Dann fackeln die natürlich nicht lange.

Ich mache euch keine Vorwürfe, sagt Marie. Ich bitte euch nur: Hört mit diesen Aktionen auf. Mein Vater …

Der Bulle!?

Mein Vater wird Hannah anrufen. Er will mit ihr eine Verabredung treffen, zu der die Block erscheint. Was wird Hannah sagen, wenn die beiden sie in die Ecke drängen? Wir haben eine kleine Bombe gelegt. Dabei ist unsere Freundin erkannt worden. Wir wollten die Werft zwingen, aus dem Rüstungsgeschäft auszusteigen. Leider hat das nicht funktioniert. Stattdessen hat der Werkschutz unsere Freundin umgebracht. Und nun werden wir die nächste Warnung hochgehen lassen?

Und nun werden wir die nächste Warnung hochgehen lassen, sagt Elfriede. Und das wird dann auch die letzte Warnung sein. Sie müssen nur darauf hören.

Das werden sie nicht, sagt Marie. Sie sind euch auf den Fersen.

Und wenn sie nicht darauf hören, dann werden wir den Luxusdampfer, den sie zur Täuschung nach vorn gelegt haben, in die Luft jagen.

Ihr seid verrückt, sagt Marie. Ihre Stimme ist leise. Sie sieht Elfriede an und dann Natalja. Die Gesichter der beiden sind gleichmütig.

Worauf es ankommt, sagt Natalja, ist doch ganz einfach. Es kommt darauf an, einen Gedanken zu Ende zu denken. Wenn du ihn zu Ende gedacht hast, ganz, meine ich, nicht irgendwo in der Mitte stecken geblieben bist, dann steht am Ende die Aufforderung zu einer Tat. Jeder wirkliche Gedanke mündet in eine Tat. Du kannst diese Tat ablehnen. Ja, das kannst du. Aber du kannst nicht vergessen, dass sie notwendig gewesen wäre.

Wovon redest du?, fragt Marie, wovon um Gottes willen, redest du?

Sie redet von uns, von dir und mir und deinen Eltern und deinen Großeltern und den Urgroßeltern, antwortet Elfriede. Sieh sie dir an. Hannahs Eltern. Sie haben einen Großvater in ihrer feinen Familie, der nicht existiert. Sie glauben, wenn sie da ein Loch lassen, wo er hingehört, dann machten sie damit die Verbrechen ungeschehen, die er begangen hat. Er war mitverantwortlich für den Tod von Hanne Mertens und für den Tod anderer, vieler anderer. Hannahs Eltern haben die Wahl gehabt: reden oder schweigen. Sie haben das Schweigen gewählt. Deshalb wirst du von ihnen auch niemals ein Wort gegen die neuen Kriege hören.

Ihr seid verrückt, sagt Marie noch einmal leise. Mein Vater …

Was ist mit deinem Vater? Ich sage dir, was mit ihm ist. Anstatt sich zu wehren gegen Brechmitteleinsätze und Asylantenabschiebungen, hat er sich in den Suff geflüchtet, bis sie ihn rausgeworfen haben.

Das ist nicht wahr, sagt Marie, mit den Brechmitteleinsätzen hat erst der rechtsradikale Innensenator angefangen.

Hat er nicht. Marie, du bist naiv. Du denkst die Dinge nicht zu Ende. Wie dein Vater. Wahrscheinlich war er gern Polizist. Er hat bloß nicht begriffen, was alles dazu gehört.

Da ist noch etwas, das mir nicht gefällt, sagt Marie. Ihr tut so, als ob ihr alles am besten wisst. Aber so kann es doch nicht sein. Das ist – sie sucht nach einem passenden Wort –, das ist unheimlich blöd. Wie bei einer Sekte. Und wer euch nicht glaubt, der … der … der wird umgebracht.

Red keinen Unsinn, Marie, antwortet Elfriede. Nicht wir haben Ruth getötet. Die Kriegstreiber haben sie auf dem Gewissen.

Eine Weile ist es still im Bunker. Marie versucht, nach draußen zu horchen. Das Geräusch der Wellen auf dem Ufersand, Regentropfen auf den Zweigen der Büsche, Hundegebell, eine Fahrradklingel, irgendetwas möchte sie hören; etwas, das ihr zeigt, wie die Welt funktioniert, nämlich einfach, ein einfaches Miteinander von Menschen und Tieren und Natur, bei dem am Ende etwas Vernünftiges entsteht, etwas Vertrautes, etwas, mit dem man umgehen, auf das man sich verlassen kann. Es bleibt aber still. Der Bunker ist bombensicher gebaut worden und wenn er auch den Bomben von heute nicht mehr standhalten würde, so hält er doch wie damals die Geräusche fern, die Leben oder Tod anzeigen könnten. Natalja und Elfriede stört die Stille nicht. Marie kann sie nicht mehr ertragen. Sie möchte gehen, aber sie möchte nicht ohne Ergebnis gehen. Sie will nicht mit ihrem Vater über diesen Bunker sprechen und über alles, was damit zusammenhängt. Sie will, dass die hier einsehen, dass nicht geht, was sie sich vorgenommen haben.

Wo ist eigentlich Hannah?, fragt sie.

Vielleicht hat sie die Hoffnung, dass Hannah

zugänglicher ist als die beiden da vor ihr. Elfriede zieht die Schultern hoch, um anzudeuten, sie wisse es nicht.

Sie hat ihre Flugstunde, antwortet Natalja.

Als Bella ins Hotel zurückkam, war niemand an der Rezeption. Kauls Leute waren aus der Halle verschwunden. Vielleicht hatten sie sich dort zu sehr gelangweilt. Sie ging hinter den Tresen, nahm ihren Schlüssel von der Wand und fuhr nach oben. Sie ging den Gang zu ihrem Zimmer entlang, ohne das Geräusch ihrer Schritte zu hören. In Gedanken war sie bei dem, was Krister über sie gesagt hatte. Während sie ihre Tür aufschloss, nahm sie sich vor, Krister anzurufen. Sie schloss die Tür hinter sich ab und ließ den Schlüssel stecken. Sie hängte ihr Jackett im Flur auf einen Bügel und ging ins Gäste-WC, um sich die Hände zu waschen. Als sie den Raum verließ, roch sie eindeutig Zigarettenrauch. Sie öffnete die Tür zu ihrem Wohnzimmer. Im Sessel saß Kaul. Sein Partner stand am Fenster und sah auf die Straße. Er wandte nicht einmal den Kopf, als Bella eintrat. Er sah nach unten, als gäbe es dort etwas besonders Interessantes zu sehen; oder, als würde es dort unten bald etwas Interessantes zu sehen geben.

Guten Tag, sagte Bella. Fühlen Sie sich ruhig wie zu Hause.

Tun wir doch, sagte Kaul, tun wir doch, oder, Partner?

Tun wir, sagte der Mann am Fenster, ohne sich umzudrehen.

Bella ging zum Telefon. Der Mann am Fenster wandte sich um und sah sie interessiert an.

Nehmen Sie Ihr Echo und verschwinden Sie, sagte Bella. Bevor man Ihnen dabei behilflich ist.

Kaul rührte sich nicht. Der Mann am Fenster sah ihr zu, als sie den Hörer aufnahm. Die Leitung war tot.

Wir haben uns erlaubt, den Stecker für eine Weile herauszuziehen, sagte er.

Er sagte es in einem höflichen, entschuldigenden Ton, so, als täte es ihm Leid, Ungelegenheiten verursacht zu haben. Kaul beugte sich vor und drückte seine Zigarette aus. Bella wandte sich zur Tür.

Unterhalten Sie sich gut, sagte sie. Sie dürfen den Fernseher anmachen. Vielleicht gibt es einen Krimi.

Wir haben mit Ihnen zu reden, sagte Kaul in ihrem Rücken.

Sie beachtete ihn nicht. Der Mann vom Fenster war hinter ihr hergekommen. Sie hatte nicht einmal seine Schritte gehört. Er stand dicht vor ihr und sah sie gleichgültig an. Er rechnete nicht damit, dass sie ihn angreifen würde. Sie trat schnell zu. Er fiel auf den Boden und krümmte sich vor Schmerzen, ohne dass er Zeit gehabt hätte, sich zu wundern. Sie ging zurück ins Zimmer und stellte sich mit dem Rücken ans Fenster.

Bitte, sagte sie fröhlich, ich höre.

Der Mann am Boden versuchte mühsam, sich aufzurichten. Er schaffte es, stützte sich mit der Linken an der Wand ab und kam ins Zimmer zurück. An den Ankleidespiegel gelehnt, blieb er stehen. Im Spiegel war sein Hinterkopf zu sehen.

Sie sollten besser auf ihn Acht geben, sagte Bella. Er neigt zu Haarausfall. Gezielte Tritte in die Gegend, in der sein Verstand sitzt, werden ihn auf mittlere Sicht impotent machen. Das wird er nicht leicht nehmen. Sie sehen ja, er neigt zum Jammern. Psychische Probleme werden die Folge sein. Der Mann ist praktisch Frührentner. Er gehörte hinter einen Schreibtisch, wenn er schreiben könnte. Sie haben ein Problem, Kaul.

Er hat ein gutes Gedächtnis, sagte Kaul.

Das wird er auch nötig haben, sagte Bella. Nach dem nächsten Tritt wird er lange überlegen, was er hier eigentlich wollte.

Der Mann stand noch immer in gekrümmter Haltung am Spiegel. Er stöhnte sehr leise, aber Bella sah auch, dass er versuchte, seine Kräfte zu sammeln, um sie abwehren zu können.

Reißen Sie sich zusammen, Mann, sagte Kaul. Unsere Leute haben Sie verloren, fuhr er zu Bella gewandt fort. Bevor wir uns Ihren Alkoholiker-Freund vornehmen, dem es anschließend sicher nicht besser gehen dürfte als dem da, dachten wir uns, wir fragen Sie einfach, wo Sie gewesen sind. Wir haben zwar so eine Ahnung, aber die hätten wir gern von Ihnen bestätigt.

Brunner würde nicht reden, da war sie sicher. Sie könnten ihn übel zurichten, aber er würde nichts sagen. Vielleicht sollte sie ihn überreden, mit Charlie ein paar Tage wegzufahren, so lange, bis Kaul für seine Wut ein anderes Ziel gefunden hätte.

War ich weg? Wirklich? Das muss ich vergessen

haben, sagte Bella. Und Sie haben mich beobachten lassen? Ja, dürfen Sie das denn so ohne weiteres?

Wenn's die innere Sicherheit gebietet, sagte Kaul. Und nun hören Sie auf mit dem Quatsch. Sagen Sie uns, wo Sie waren, und wir verschwinden.

Der Mann am Spiegel erholte sich langsam. Bella sah es daran, dass er seine Haltung veränderte. Er hatte aufgehört zu wimmern. Es gelang ihm, seinem Gesicht den gleichmütigen Ausdruck wiederzugeben, den er für intelligent hielt. Er sann auf Rache. Sie musste vorsichtig sein. Wenn es Kaul einfiel, sie mitzunehmen, war sie dem Kerl ausgeliefert. Ein zweites Mal würde er sich nicht überraschen lassen. Langsam, Zentimeter für Zentimeter, bewegte sie sich vom Fenster weg. Sie würde versuchen, das Bad zu erreichen. Dort gab es ein Telefon. Wenn sie Glück hatte, waren die beiden nicht darauf gekommen, auch den Apparat lahm zu legen.

Vielleicht sage ich Ihnen, wo ich war, sagte sie langsam. Vielleicht nützt es Ihnen sogar, obwohl ich mir das nicht vorstellen kann. Ich war wirklich sehr privat unterwegs. Aber ich würde natürlich gern wissen, weshalb Sie so interessiert sind. Woran arbeiten Sie, Kaul? Sagen Sie's mir. Eine Hand wäscht die andere.

Tun Sie's nicht, Chef, sagte der Mann vom Spiegel her.

Er machte ein paar Lockerungsübungen, während er zu Bella hinsah. Sein Blick war gleichmütig, aber seine Körperhaltung war es nicht.

Ich krieg das auch so raus, sagte er. Soll ich mal ein bisschen. Es gibt keine Flecke.

Sie haben ihn scharf gemacht, sagte Kaul. Wir machen das ungern, er und ich. Aber es gibt nun mal in unserem Team eine gewisse Arbeitsteilung. Jeder hat seine Begabungen. Der Staat braucht all unsere Fähigkeiten. Also, los jetzt.

Die Tür zum Bad war nur angelehnt. Die Entfernung bis dahin betrug etwa fünf Meter. Kauls Mann stand etwa sieben Meter entfernt von ihr. Sie war im Vorteil, weil er ihre Absicht nicht kannte und überrascht sein würde. Er war im Vorteil, weil er jünger und wahrscheinlich schneller war als sie.

Achtung, Chef, sagte Kauls Partner, ich glaube, sie macht Sperenzchen.

Er war nicht ganz so dumm, wie sie geglaubt hatte. Bella rannte los. Sie hätte die Tür nicht von innen abschließen können, wenn er sich rechtzeitig dagegen geworfen hätte. Er war eine Sekunde zu spät. Vielleicht hätte er nicht reden, sondern gleich handeln sollen.

Das Telefon am Kopfende der Badewanne funktionierte. An der Rezeption meldete sich die Stimme einer Frau.

Geben Sie mir Mario, bitte, sagte Bella. Es ist dringend.

Sie wartete, während sie auf Geräusche aus dem Wohnzimmer horchte. Es blieb still. Was hatten die vor? Würden sie versuchen, die Tür aufzubrechen? Aus dem Hörer kam die Stimme der Frau.

Mario kommt sofort. Kann ich in der Zwischenzeit etwas für Sie tun?

Ja, sagte Bella, bitte, schicken Sie jemand, bitte, schicken Sie den Portier mit den Zeitungen von heute nach oben. Was ist mit Mario? Wo bleibt er?

Ich bin hier, sagte Mario am Telefon.

Die Herren, die Sie neulich vertreten haben, sie sind hier, sagte Bella. Kommen Sie nach oben, schnell.

Aber ich …

Einfach nur ins Zimmer, bringen Sie irgendetwas, Mario, bitte. Lassen Sie die Tür zum Flur auf und rufen Sie laut nach mir. Schnell, bitte. Geben Sie mir die Rezeption.

Ja?

Die Stimme der Frau klang nun schon ein wenig besorgt.

Ich brauche ein paar Handwerker, schnell, wenn es geht. Ich schaff die Sache allein nicht, sagte Bella hastig.

Ja, sagte die Frau, Handwerker.

Sie legte den Hörer auf. Bella stand da und lauschte. Vor der Tür war es immer noch still. Vielleicht waren die nicht auf die Idee gekommen, dass es im Bad ein Telefon gibt. Vielleicht stellten sie sich gerade in Positur, um sich nach einem gemeinsamen Anlauf gemeinsam gegen die Tür zu werfen. Vielleicht kritzelten sie eine Botschaft auf eine ihrer Visitenkarten, um sie ihr unter der Tür durchzuschieben. Vielleicht blieben sie einfach sitzen und warteten darauf, dass sie die Tür öffnete. Vielleicht hatte Kauls Mann fürs Grobe eine Kollektion Dietriche dabei und suchte gerade nach der passenden Größe. Sie konnte nichts tun, als warten und hoffen, dass die Truppen, die sie in Bewegung gesetzt hatte, bald aufmarschierten.

Mach dich schön, Bella, dachte sie, und besah

ihr Gesicht im Spiegel. Es schadet nicht, dass du ordentlich aussiehst, wenn du die Parade abnimmst.

Sie war damit beschäftigt, ihre Wimpern zu tuschen, als sie endlich Marios Stimme hörte.

Frau Block? Ich bin's, Mario. Hallo!?

Bella öffnete vorsichtig die Tür. Das Wohnzimmer war leer. In der Tür sah sie Mario. Hinter ihm stand der Portier mit einem Packen Zeitungen. Während sie das Bad verließ, erschienen zwei junge Männer in Overalls, die Werkzeugkästen in den Händen hielten. Aller Augen waren erwartungsvoll auf sie gerichtet.

Danke, Mario, stellen Sie das Tablett, bitte, auf den Schreibtisch. Wenn Sie, bitte, die Zeitungen daneben legen würden. Im Bad läuft das Wasser sehr langsam ab. Und irgendetwas stimmt mit dem Fön nicht.

Die Männer bewegten sich. Bella trat zu Mario, der neben dem Schreibtisch stehen geblieben war.

Sie sind weg, sagte er leise. Ich wollte es Ihnen schon am Telefon sagen. Sie waren so hastig. Ich bin's nicht mehr losgeworden. Sie gingen an mir vorbei, während wir miteinander gesprochen haben. Sie sahen so aus, als hätten sie es eilig gehabt.

Die Straßen waren verstopft, so dass sie versuchte, auf Umwegen zu Brunner zu fahren. Eigentlich war sie sicher, dass Kaul und sein Partner nicht zu Brunner gegangen waren, nachdem sie das Hotel verlassen hatten. Den beiden ging es darum, sie einzuschüchtern, sie als Informationsquelle zu benutzen in einer Sache, in der sie möglicherweise genauso im Dunkeln tappten wie sie selbst. Brunner musste ihnen dabei als nicht so wichtig erscheinen. Aber sie würde sich besser fühlen, wenn sie ihn gewarnt oder mit ihm abgesprochen hätte, wie er sich verhalten sollte, wenn Kaul doch bei ihm auftauchte.

Langsam schob sich ihr Auto an den Gerichten vorbei. Sie hatte Zeit genug, das Mahnmal zur Erinnerung an die Verbrechen der Justiz in der Zeit von 1933 bis 1945 zu betrachten, das vor dem Oberlandesgericht stand. Die Tatsache, dass der erste rechtsradikale Innensenator der Stadt nach 1945 jetzt aus der Richterschaft hervorgekrochen war, machte die Wirksamkeit von Mahnmalen deutlich.

Bella brauchte eine Weile, um in Brunners Viertel einen Parkplatz zu finden. Sie fand ihn einige hundert Meter entfernt von seiner Wohnung. Während sie zu Fuß zu seinem Haus ging, überlegte sie, wie lange es den Bewohnern dieser heruntergekommenen Gegend noch gelingen mochte, unter sich zu bleiben. Überall gab es Anzeichen dafür, dass sich andere, als die hier bisher üblichen, Lebens- und Arbeitsgewohnheiten zu etablieren suchten. Die ersten Coffee-Shops waren entstanden. Junge Leute in dunklen Anzügen, Männer und Frauen, die sich so ähnlich sahen, dass man sie alle für Geschwister aus derselben Familie hätte halten können, standen, Kaffeetassen in den Händen haltend, davor und unterhielten sich. Sie unterhielten sich auf eine merkwürdig flüchtige Art; so, als stünden sie auf langen Fluren in großen Bürogebäuden und hätten sich zufällig getroffen, während sie von einem Arbeitszimmer ins andere gingen. Jemand, irgendein unsichtbarer Jemand, hatte ihnen einen Becher mit Kaffee in die Hand gedrückt, den sie nun, hastig und im Gespräch, austranken, bevor sie die nächste Bürotür hinter sich schließen würden.

Es gab aber einen entscheidenden Unterschied zwischen Flurgesprächen der Angestellten von gestern und den Gruppen von jungen Leuten, an denen Bella vorüberging. Die Menschen damals hießen Bürohengste oder Tippsen und tief in ihrem Innern fühlten sie sich auch so. Sie arbeiteten im Verborgenen, redeten miteinander im Verborgenen, lebten ein unauffälliges Leben, gehörten nicht zu denen da oben und nicht zu den mehr oder weniger klassenbewussten Arbeitern.

Die hier auf der Straße lebten nach außen, selbstbewusst und bildeten sich ein, den gesellschaftlichen Ton anzugeben. Denn sie waren jung oder versuchten zumindest, es so lange wie möglich zu sein, und sie waren die wichtigste Zielgruppe der Konsum-Industrie. Sie trugen die Anzüge und Kostüme, die man trug, sie tranken den Kaffee, den man trank, sie benutzten das Parfüm, das richtig war, sie lasen, wenn sie lasen, die Bestseller, die in Stapeln an den Eingängen der Buchkaufhäuser aufgestellt waren oder die ihnen eine Stellwand gleich am Eingang der Läden nahe brachte.

Und weil sie alles taten, was man tut, so lebten, wie man leben muss – Anleitungen und Bestätigungen erhielten sie wöchentlich, vierzehntägig oder monatlich durch entsprechende Zeitschriften für jeden Lebensbereich –, war ihr Selbstbewusstsein ein anderes als das der Menschen, die sich auf anonymen Fluren herumgedrückt und im Grunde nirgends dazu gehört hatten, obwohl sie viele gewesen waren. Diese hier, die in der Gesellschaft die gleiche Funktion hatten wie ihre Vorgänger, waren davon überzeugt, dass sie den Ton angaben. Das war unübersehbar. Von klugen Chefs wurden sie selbstverständlich in dieser Annahme bestärkt. Wobei eben diese Chefs nicht darauf verzichten konnten, sie bei passender Gelegenheit zur Konkurrenz untereinander anzustacheln. Denn, natürlich gab es über den Tonangebenden noch ein Oben, das ihnen hin und wieder als lockendes Ziel vor Augen geführt wurde. Dieses Drängen nach Oben konnte plötzlich ungeahnte Kräfte in ihnen frei setzen, die zu aktivieren für das Unternehmen unverzichtbar war.

Vor Bella ging eine Gruppe von fünf Männern zwischen dreißig und fünfzig. Drei von ihnen trugen graue, zwei schwarze Anzüge. Die Stoffe waren von guter Qualität. Sie trugen schwarze, blank geputzte Schuhe und schwarze Socken. An der Art, wie die Gruppe sich formiert hatte, daran, wie die Männer gingen und wer mit wem sprach, war die Rangordnung abzulesen.

Die Spitze hielten ein etwa fünfundvierzigjähriger und ein dreißigjähriger Mann. Ihre Schritte waren elastisch, ihre Körperhaltung gestrafft, ihre Unterhaltung lebhaft. Der Jüngere hielt seinen Kopf dem Älteren zugewandt. Er hörte aufmerksam zu, aber er war auch selbstbewusst genug, mitzureden. Er war ein Thronfolger und er wusste es.

In der Mitte der Gruppe ging ein Mann allein. Er war Ende vierzig und hatte schon seit Jahren die Position im Betrieb erreicht, die ihm bestimmt gewesen war. Weiter empor würde er nicht kommen. Einerseits brauchte die Firma sein auf irgendeinem Gebiet vorhandenes Talent, andererseits waren seine Fähigkeiten zu Kommunikation und Konkurrenzverhalten nicht weit genug entwickelt. Er hatte sich abgefunden. Es machte ihm nichts, dass er allein ging. Den Schluss der Gruppe bildeten zwei, die sich, Bella sah es ihnen an, daran gewöhnt hatten, als Verlierer zu gelten. Der eine war zu alt, um noch für irgendetwas Besonderes in Frage zu kommen; der andere war der Jüngste der fünf, aber er würde nicht mehr lange in der Firma bleiben. Er konnte nicht mithalten, wobei auch immer.

Bella beobachtete die Gruppe so interessiert, dass sie beinahe an der Tür zu Brunners Wohnhaus vorbeigegangen wäre. Einen Augenblick lang, während sie auf den Klingelknopf drückte und darauf wartete, dass ihr die Haustür geöffnet würde, verwendete sie ein paar Gedanken an ihr eigenes, wie ihr schien, ungeheuer privilegiertes Leben. Während sie die Treppe in den zweiten Stock hinaufstieg, beglückwünschte sie sich dazu, schon vor langer Zeit eine Lebensform gewählt zu haben, die der der Anzugträger in nichts ähnelte.

Oben an der geöffneten Wohnungstür stand Charlie. Sie hatte ein blasses, ernstes Gesicht. Das Zeug, das sie in ihren Händen hielt, sah aus, als sei es blutiger Mull.

Er ist gefallen, sagte sie, während sie sich umwandte und in die Wohnung zurückging. Sie wollte in den hinteren Teil der Wohnung, in dem, wie Bella wusste, Brunners Schlafzimmer und das Zimmer von Marie lagen. Bella folgte ihr. In der Wohnung war es still und dunkel. Die leichten, schnellen Schritte von Charlie riefen in ihr Bilder von huschenden Nonnen in dunklen Gängen hervor. Sie rief sich zur Ordnung.

Brunner lag auf dem Bett. Er hatte die Augen geschlossen. Weil er nicht mehr dazu gekommen war, sich zu rasieren, bevor er seinen Besuchern die Tür geöffnet hatte, war der untere Teil seines blassen Gesichts von dunklen Bartstoppeln überzogen. Er hatte eine Platzwunde am Kopf und seine Nase hatte geblutet. Seine Arme lagen ausgestreckt neben seinem Körper. Er hatte schmale Hände, die hin und wieder unruhig zuckten. Der Daumen der linken Hand war merkwürdig verdreht. Bella spürte bei seinem Anblick Mitleid, in das sich mehr Zärtlichkeit mischte, als sie für möglich gehalten hatte.

Wann haben Sie ihn gefunden?, fragte sie.

Ich weiß nicht genau, so gegen fünf vielleicht, antwortete Charlie.

Sie legte die Mullbinden aus der Hand, nahm einen Waschlappen, tauchte ihn in eine Schüssel mit Wasser und legte den feuchten Lappen auf Brunners Gesicht. Bella sah ihr zu. Gegen fünf waren Kaul und sein Mann fürs Grobe noch bei ihr gewesen. Sie waren zuerst zu Brunner gegangen und erst zu ihr gekommen, als sie begriffen hatten, dass sie von ihm nichts erfahren würden.

Das vergesse ich dir nicht, Kaul, sagte sie leise.

Wie bitte?

Charlie sah hoch. Bella fand, dass sie ihr sagen musste, was wirklich geschehen war.

Er ist nicht gefallen, sagte sie. Er hat Besuch gehabt.

Besuch?

Charlie starrte sie an. Plötzlich stand sie auf, kam auf Bella zu und drängte sie aus dem Zimmer. Sie schloss die Tür hinter sich.

Wollen Sie damit sagen, dass Sie schuld sind an seinem Zustand?

Nicht, nicht direkt. Wir haben –

Sie haben ihn in Ihre lächerlichen Ermittlungen eingespannt. Sie haben genau gewusst, dass damit Gefahren verbunden sind, denen er nicht gewachsen sein kann. Sie haben ihn trotzdem machen lassen. Tag und Nacht hat er für sie geschuftet. Ist in der Gegend herumgelaufen, hat in diesen dämlichen Akten gewühlt. Er hat seine Tochter vernachlässigt. Die braucht ihn gerade. Aber nein, er musste ja mit Ihnen unterwegs sein.

Sie meinen, er hat Sie vernachlässigt, sagte Bella. Das ist ein Problem zwischen Ihnen und ihm. Er ist mitgefahren, aber wir waren noch nicht einmal drei Tage unterwegs. Ich habe ihn nicht für mich arbeiten lassen. Ich habe ihn ein- oder zweimal angerufen, das ist alles.

Und was ist das hier?, fragte Charlie.

Ihre Stimme klang sehr entschlossen. Sie wandte Bella den Rücken zu und ging über den Flur zurück in die Küche. Aber sie blieb nicht in der Küche, sondern öffnete die Tür zu einem Nebenraum.

Bella, die ihr gefolgt war, vermutete dort eine Speisekammer oder eine Besenkammer.

Größer war der Raum mit einem Fenster zum Lichtschacht auch nicht. Er enthielt nichts weiter als einen Schreibtisch, einen Stuhl davor und ein paar Kisten, die geöffnet waren. Auf dem Schreibtisch lagen Akten, Papiere, Zettel und zerknülltes Papier.

Und was ist das hier?, sagte Charlie noch einmal. Er war doch gar nicht mehr ansprechbar. Hier hat er Tag und Nacht gesessen. Glauben Sie, er hat das für sich gemacht?

Neben dem Fenster klebte ein Plan an der Wand.

Bella ging näher heran. Was hatte Brunner mit diesem Plan gewollt? Woran hatte er gearbeitet? Sie nahm nacheinander einige der Akten in die Hand. Sie gehörten zu denen, die Brunner aus seiner Dienststelle mitgenommen hatte. Aber es waren sehr viel mehr, als sie gewusst hatte. Am Telefon hatte Brunner von ein paar Tüten geredet. Hier standen Kisten.

Woher kommt das Zeug hier?

Bella wandte sich an Charlie, die noch immer in der Tür stand. Sie sah aus, als habe sie sich ein wenig beruhigt, aber aufgeben wollte sie noch nicht.

Ich weiß es nicht, sagte sie. Ich arbeite. Ich kann nicht den ganzen Tag darauf achten, was dieser Verrückte tut. Ich nehme an, er hat das Stück für Stück nach Hause geschleppt, während der letzten Wochen.

Ich muss mit ihm reden, sagte Bella.

Nein, das werden Sie nicht.

Charlie stand in der Tür, entschlossen Bella daran zu hindern, den Raum zu verlassen. Bella überlegte.

Wahrscheinlich haben Sie Recht, sagte sie. Es ist besser, Sie sehen noch einmal nach ihm. Ich seh mich hier ein bisschen um.

Charlie verschwand. Bella setzte sich an den Schreibtisch und nahm einen rosa Aktendeckel in die Hand. Er enthielt einen Personalbogen. Der Bogen war mit Tinte und Feder und in Sütterlinschrift ausgefüllt worden. Sie versuchte, die Schrift zu entziffern, als Charlie wieder in der Tür erschien.

Kommen Sie, ich glaube, es geht ihm nicht gut.

Brunner war noch blasser geworden. Seine Nase war sehr spitz. Die Hände lagen ruhiger da als vorher. Der abstehende Daumen wirkte grotesk.

Haben Sie versucht, mit ihm zu sprechen?

Ja, sagte Charlie. Vorhin hat er noch geantwortet, wenigstens ein bisschen. Aber jetzt reagiert er gar nicht mehr.

Rufen Sie einen Krankenwagen, schnell, sagte Bella. Ich bleib bei ihm.

Charlie rannte zum Telefon. Bella versuchte vergeblich, mit Brunner Kontakt aufzunehmen. Charlie kam zurück. Sie begann wieder damit, feuchte Lappen auf Brunners Stirn zu legen. Bella hielt das für sinnlos, aber sie sagte nichts.

Er verabschiedet sich von uns, dachte sie. Man muss ihn daran hindern, verdammt noch mal.

Der Krankenwagen kam nach zehn Minuten. Eine sehr junge Ärztin beschäftigte sich einen Augenblick mit Brunner.

Was ist passiert?, fragte sie, während sie versuchte, seinen Puls zu tasten.

Er ist gefallen, sagten Bella und Charlie gleichzeitig.

Aha, sagte die Ärztin.

Sie glaubte ihnen nicht, aber es war ihr gleichgültig. In der Klinik würde man der Sache auf den Grund gehen. Sie war nur für die allerersten Maßnahmen zuständig.

Wir nehmen ihn mit, sagte sie. Jemand von Ihnen sollte vielleicht mitfahren. Sein Zustand ist nicht besonders.

Sie hob nacheinander Brunners Augenlider hoch.

Trinkt er?, fragte sie.

Charlie und Bella antworteten nicht.

Es ist zu seinem Besten, sagte Bella leise, sie muss das wohl wissen.

Ja, sagte Charlie. Das sehen Sie doch.

Zwei junge Männer legten Brunner auf eine Trage, schnallten ihn fest und trugen ihn zur Tür hinaus.

Er braucht Sauerstoff, sagte die Ärztin, sowie wir unten sind. Wer kommt mit?

Ich, sagte Charlie, ich muss nur schnell meine Wohnung abschließen.

Geben Sie mir den Schlüssel, sagte Bella. Ich kümmere mich darum. Gibt es einen Platz, an dem ich das Zeug aus der Kammer unterbringen kann?

Charlie starrte sie an.

Es ist zu seiner Sicherheit, sagte Bella.

Irgendwo, ist doch egal jetzt, sagte Charlie.

Sie gab Bella ihren Wohnungsschlüssel und lief hinter den Männern her, die ein Stockwerk tiefer versuchten, die Trage am Treppengeländer vorbeizubringen, ohne Brunner zu sehr in die Schräglage geraten zu lassen.

Ich bin im Hotel, rief Bella Charlie nach. Rufen Sie mich an. Ich bring Ihnen den Schlüssel zurück.

Charlie antwortete nicht. Bella blieb in der geöffneten Wohnungstür stehen, bis unten die Haustür zugeschlagen wurde. Sie ging in die Wohnung zurück und sah aus dem Fenster auf die Straße. Die Trage mit Brunner war schon im Wagen verschwunden. Charlie stieg ein. Einer der Männer schloss hinter ihr die Tür. Er ging nach vorn, setzte sich ans Steuer und fuhr an. Bella sah dem Krankenwagen nach. Er fuhr schnell und mit eingeschalteter Sirene.

Sie wandte sich vom Fenster ab und sah sich in der Wohnung um. Irgendwo musste es ein Telefon geben. Es stand auf dem Flur. Sie wählte die Nummer des Polizeipräsidiums und verlange nach Kaul. Es dauerte eine Weile, bis er an den Apparat kam.

Block, sagte sie. Das werden Sie büßen, Kaul. Brunner ist mein Freund. Niemand springt mit meinen Freunden um, wie es ihm gefällt. Auch Sie nicht.

Wovon reden Sie?, fragte Kaul.

Ich spreche davon, dass Sie und ihr Prügelknabe meinen Freund Brunner zusammengeschlagen haben.

Kaul antwortete nicht sofort. Und wenn er es nicht war, dachte Bella.

Hören Sie, sagte Kaul, ich will gern zugeben, dass wir uns den Alkoholiker bei Gelegenheit vorgenommen hätten; natürlich nur, weil wir mit Ihnen nicht weitergekommen sind. Aber so weit waren wir noch nicht. Wann ist das passiert?

Versuchen Sie nicht, mich reinzulegen, Kaul, sagte Bella. Das war Ihre Handschrift, zumindest die Ihres Partners. Sie waren bei ihm, bevor Sie mich aufgesucht haben.

Bevor wir bei Ihnen waren, haben wir an einer Dienstbesprechung teilgenommen. Wir können gar nicht dort gewesen sein. Vielleicht denken Sie mal darüber nach, in was für schmutzige Geschäfte Ihr Freund seine Finger gehabt haben könnte? Oder, noch besser, wir sollten so schnell wie möglich darüber nachdenken. Wo sind Sie jetzt?

Sie würde Kaul nicht sagen, dass sie noch in Brunners Wohnung war. Sie würde ihm nicht sagen, dass sich in dieser Wohnung vielleicht Dinge befanden, die ganz andere Leute zu interessieren schienen. Dinge, die sie schleunigst zur Seite schaffen musste.

Ich bin auf der Straße, sagte sie. Ich habe gerade dem Krankenwagen nachgeschaut, der Brunner ins Krankenhaus gebracht hat. Ich glaube Ihnen kein Wort, Kaul. Das haben Sie nicht umsonst gemacht.

Bella legte den Hörer auf. Sie hoffte, Kaul wäre nicht auf die Idee gekommen, ihren Anruf zurückverfolgen zu lassen. Sie musste die Akten in Charlies Wohnung bringen, so schnell wie möglich.

Der Abend ist warm und windstill. Solche Abende sind im Mai in Hamburg selten. Elfriede hat dem Alten am Nachmittag vorgeschlagen, ein paar Tische und Stühle vor die Kneipe auf den Bürgersteig zu stellen. Der Alte hat zuerst gezögert, seine Zustimmung zu geben. Er möchte sein Lokal, er sagt Lokal und Elfriede sagt Kneipe, offen halten, so lange er lebt. Aber es ist ihm nur wichtig, dass es offen ist. Er denkt nicht mehr darüber nach, wie man den Umsatz verbessern könnte.

Wozu, Mädchen, sagt er, wenn Elfriede Vorschläge macht. Läuft doch alles gut, so, wie es ist.

Und wenn ich ein bisschen mehr Geld haben möchte?

Ist denn nicht genug für dich in der Kasse?, fragt der Alte und macht ein besorgtes Gesicht.

Doch, sagt Elfriede, aber ein bisschen mehr könnte nicht schaden. Und außerdem bediene ich gern draußen. Da ist die Luft besser.

Nun sitzt der Alte hinter der Gardine, zufrieden, dass die beiden Tische vor dem Fenster einen vernünftigen Sinn haben. Beide Tische sind besetzt. Ein paar Vorübergehende haben sich für eine kurze Weile dort niedergelassen und sind wieder gegangen. Gegen Abend sind die Alten aus der Nachbarschaft gekommen. Sie haben es vorgezogen, sich drinnen niederzulassen und sind auch bald wieder gegangen. Vielleicht waren sie irritiert, weil es eine Veränderung gegeben hat. Um das Tablett mit den Gläsern einfacher durch die Tür zu bringen, hat Elfriede den braunen Filzvorhang seitlich am Türrahmen befestigt, und die Tür steht offen.

Bisschen laut, hier drin, hat einer der Alten gesagt, der, der dann als Erster wieder gegangen ist. Dabei fahren draußen nur noch wenige Autos vorbei. Draußen, an zusammengerückten Tischen, sitzt inzwischen eine Großfamilie; Vater, Mutter und fünf Kinder. Die Eltern sind Lehrer. Elfriede hat es gewusst, bevor der Vater davon sprach.

Lehrer erkennt man, sagt sie zu dem Alten hinter der Gardine, genau wie Polizisten, auch wenn sie verkleidet auftreten.

Was du alles wissen willst, Mädchen, antwortet der Alte.

Er sieht durch die Gardine nach draußen. Der Lehrer und die Lehrerin sprechen mit ihren Kindern. Sie sehen die Kinder der Reihe nach an. Die Kinder antworten der Reihe nach. Über die Straße kommen zwei junge Leute: ein Mädchen, blond und groß, und ein Junge, dunkel und groß.

Ein schönes Paar kommt da, sagt der Alte. Jetzt ist es schade, dass wir keinen Platz mehr haben. Die kommen bestimmt nicht rein.

Elfriede kommt hinter dem Tresen hervor und geht zur Tür.

Doch, sagt sie, die kommen rein. Die wollen zu mir.

Der Alte antwortet nicht. Er sieht den beiden entgegen, bis sie zwischen den beiden Tischen hindurchgegangen und seinen Augen entschwunden sind. Er dreht sich um und sieht auf die geöffnete Tür. Als die beiden eintreten und Guten Abend sagen, antwortet er freundlich.

Hereinspaziert in unsere Hütte, sagt er. Je später der Abend, desto schöner die Gäste.

Seine Augen sind an Marie hängen geblieben. Sie ist einen Kopf größer als Elfriede. Er überlegt, welche ihm besser gefallen hätte, als er jung war: die Große oder die Kleine. Seine Frau war mittel. Sie war überhaupt mittel, denkt er, aber der Gedanke ist nur ganz kurz in seinem Kopf. Er hat sich auf eine anregende halbe Stunde gefreut, aufs Zuhören und Hinsehen. Jetzt ist er enttäuscht.

Ich kann nicht länger bleiben, sagt Elfriede. Ich kassier da draußen noch. Aber dann muss ich los.

Der Lehrer hätte gern noch ein Bier gehabt. Er bekommt keins und er gibt kein Trinkgeld. Die Kinder haben ihre Cola noch nicht ganz ausgetrunken, als die Eltern aufstehen. Der Alte geht ein paar Mal hin und her, um die Gläser hineinzutragen. Er nimmt kein Tablett. Was ist, wenn er damit stolpert? Als er zum zweiten Mal hinausgeht, sind Marie, Elfriede und Pit schon verschwunden.

Sie hat nicht mal ihr Geld aus der Kasse genommen, murmelt er vor sich hin. Aber als er nachsieht, findet er den Zettel, wie immer. Zwanzig Euro, danke, Elfriede.

Am besten, du kommst gleich mit, sagt Pit. Meine Mutter hat Spätschicht. Du kannst dir das Zeug in Ruhe ansehen. Wenn du etwas davon gebrauchen kannst, nimmst du es mit.

Ihr könntet es veröffentlichen, sagt Marie. Was öffentlich gemacht wird, bleibt nicht ohne Folgen.

Elfriede denkt, dass die zwei naiv sind, aber sie sagt es nicht.

Mein Vater ist im Krankenhaus, sagt Marie. Die Block hat die Papiere aus seiner Wohnung in die Wohnung von Charlie gebracht. Sie hat behauptet, mein Vater sei in Gefahr.

Der Bulle, sagt Pit. Ich möchte wissen, von wem dem Gefahr droht.

Elfriede denkt daran, dass sie Maries Vater in Misdroy gesehen hat. Auf welcher Seite steht er denn? Diese Papiere werden sie nur aufhalten. Es hat keinen Sinn, irgendetwas zu veröffentlichen und zu glauben, jemand interessiere sich dafür. Niemand wird daraus Konsequenzen ziehen. Sie will den beiden den Gefallen tun, sie wird einen Blick auf die Papiere werfen. Sie wird ihnen raten, das Zeug wegzuwerfen, wenn sie Pits Mutter schützen wollen. Und sie wird Hannah und Natalja drängen, ihren Plan in die Tat umzusetzen. Es ist ein Zeichen nötig, ein unübersehbares Zeichen.

Die beiden Kisten mit den Zeitungsausschnitten, Akten, Protokollen, Fotos stehen in Charlies Wohnung in der Besenkammer. Der Zettel auf dem Küchentisch besagt, dass Charlie nach der Spätschicht noch zu Brunner ins Krankenhaus gehen wird. Sie haben Zeit, die Papiere durchzusehen.

Brunner hat angefangen, die Toten auf der Werft aus der Nazi-Zeit zu zählen. Eine überflüssige Arbeit, finden die drei. Das Material spricht auch so eine deutliche Sprache. Das KZ-Außenlager auf der Werft hatte eine sehr hohe Todesrate.

Hier, das kann ich gebrauchen.

Pit und Marie sehen auf das Stück Papier, das Elfriede in den Händen hält. Sie legt es auf den Boden. Die drei beugen sich darüber.

Das ist ein Plan der Werft von 1943. Im Juli waren die Bombenangriffe auf Hamburg. Operation Gomorrha. Vierzigtausend Tote, heißt es. Aber niemand weiß die genaue Zahl. Auch die Werft hatte etwas abgekriegt. Hier, seht ihr: Überall, wo Sterne eingezeichnet sind, haben die Bomben eingeschlagen.

Die drei sehen eine Weile auf den Plan. Sie versuchen, sich die Einschläge, das Bild der Werft nach dem Angriff vorzustellen. Es gelingt ihnen nicht.

Elfriede rollt schließlich den Plan zusammen und steckt ihn ein.

Die Arbeiter sind ihnen weggelaufen, sagt sie. Die hatten keine Wohnungen mehr nach dem Angriff. Die Werft hat sie und ihre Familien mit Notquartieren wieder angelockt. Es musste ja weiter produziert werden. Der Krieg musste doch fortgesetzt werden.

Die drei blättern weiter. Sie reden nicht. Ihre Gesichter sind ernst. In Gedanken sind sie mit Hamburg im Krieg beschäftigt.

Der Bruder meines Großvaters, sagt Elfriede, ich hab ihn nicht gekannt, aber sie haben mir von ihm erzählt: Onkel Hans. Er war Feuerwehrmann. In den Tagen nach dem Angriff war er eingesetzt, die Stadt wieder aufzuräumen. Eines Abends ist er an die Elbe gegangen. Er hat Steine in seine Taschen gesteckt. Er war ein guter Schwimmer. Er hat sich ertränkt. Er hat's nicht ertragen: die verschmorten Leichen, die Menschen, die sie erschießen mussten, weil sie brannten, wenn sie aus dem Wasser der Fleete hochkamen. Phosphor.

Hör auf, sagt Marie. Uns musst du nicht überzeugen.

Elfriede steht auf. Sie mustert die auf dem Boden ausgebreiteten Blätter.

Wäre trotzdem schade, das alles wegzutun, sagt sie. Ihr solltet es zusammenpacken und irgendwo hinbringen.

Sieh mal hier, sagt Pit.

Er hält einen aufgerollten Bogen in der Hand, der anders aussieht, nicht vergilbt, wie die übrigen Blätter.

Das ist ja ’n Ding. Das ist nicht alt. Das ist aus dem letzten Jahr.

Zeig, was steht drauf?

Marie nimmt Pit die Rolle aus der Hand und wickelt sie auf.

Versteh ich nicht, sagt sie. Hier, vielleicht könnt ihr was damit anfangen.

Auch die beiden anderen können in den Namen und Zahlen keinen Sinn entdecken.

Sieht aus, wie ’ne Rekrutierungsliste. Am besten, du fragst deinen Vater, wenn er wieder vernehmungsfähig ist, sagt Pit, falls das hier überhaupt wichtig sein sollte. Oder gib es der Block. Die hat sich sowieso um den Kram hier zu kümmern. Sie hat das Zeug angeschleppt.

Elfriede verabschiedet sich. Pit und Marie räumen die Papiere ein und verschließen die Kisten.

Wir können in mein Zimmer gehen, schlägt Pit vor.

Marie ist nicht gern dort. Pit ist der unordentlichste Mensch, den sie kennt. Sie liegt nicht gern zwischen Socken und Comics und Handtüchern, Pullovern und Flugblättern. Aber jetzt hat sie so sehr das Bedürfnis nach Nähe, dass sie einverstanden ist.

Wie lange kennen wir Elfriede eigentlich?, fragt sie irgendwann. Da liegen sie nackt und zugedeckt mit einem Stück rotem Stoff auf Pits Bett. Aus dem Stoff sollte eigentlich eine Fahne genäht werden, aber dazu sind sie bisher noch nicht gekommen.

Noch nicht so lange, antwortet Pit, und was heißt schon kennen?

Manchmal macht sie mir Angst, sagt Marie. Sie ist so entschlossen. Immer weiß sie, was richtig ist.

Pit kichert und zieht Marie fester an sich. Sie spürt seine heiße Haut und ein wenig die Knochen seiner Hüfte.

Aber gute Ideen hat sie, nuschelt er Marie ins Ohr. Wenn die nicht reagieren, dann fliegt der Luxusdampfer in die Luft, während die im Rathaus das große Werft-Jubiläum feiern. Was glaubt du, wer da eingeladen ist?!

Keine Ahnung, sagt Marie.

Die ganze Rüstungsmafia, natürlich, Admiräle, Generäle, Übersee-Club, der Vertreter der Stadt in Berlin, Politiker und Wirtschaftleute, alle die von der Rüstung und mit der Rüstung gut leben. Sie werden Hamburg hochleben lassen. »Die Werft ist das Herzstück von Hamburg«, werden sie jubeln. »Bauen Sie weiterhin so tolle Schiffe«! »Werft und Hamburg sind untrennbar!« Sie werden »Schiffe« sagen und »Kriegsschiffe« meinen. Vom Tod, den sie verkaufen, wird nicht die Rede sein.

Und die Leute werden nichts merken, sagt Marie leise.

Wenn es nicht Kaul und sein Partner gewesen waren, die Brunner zusammengeschlagen hatten, wer dann?

Bella lag in ihrem Schlafzimmer auf dem Bett und starrte gegen die Decke. Im Zimmer war es dunkel, soweit die Lichter des Hafens Dunkelheit zuließen. Sie wusste nichts. Die einzige konkrete

Spur, der sie nachgehen konnte, war das Auto der Breckwoldts. Wer hatte es nach Misdroy gefahren und warum?

Brunner war offenbar nicht mehr dazu gekommen, mit Hannah Breckwoldt einen Termin zu vereinbaren. Das müsste sie nun selbst tun. Könnte sie es riskieren, vom Hotel aus zu telefonieren? Nein, sie würde versuchen, auf andere Weise mit dem Mädchen Kontakt aufzunehmen. Sie stand auf und ging zum Telefon.

Würden Sie, bitte, Mario mit einem leichten Abendessen zu mir schicken?, sagte sie.

Mario kam zwanzig Minuten später mit Hummersuppe und Toast.

Ich wusste nicht, ob Sie wirklich etwas essen wollten, sagte er, während er den Tisch deckte.

Was ich wirklich will – sitzt unten noch immer ein Aufpasser?

Seit heute Morgen sind sie wieder da, sagte Mario. Wir haben schon geglaubt, sie hätten aufgegeben.

Wir?

Na ja, die unten arbeiten, finden so etwas merkwürdig. Aber solange die sich unauffällig benehmen …

Wie komme ich aus dem Hotel, ohne dass jemand etwas bemerkt?

Auch niemand von den Angestellten?

Auch niemand von den Angestellten, sagte Bella.

Mario dachte einen Augenblick nach.

Es gibt zwei Möglichkeiten, sagte er dann, aber bei der einen ist nicht sicher, ob jemand den Ausgang im Blick hat. Und die andere ist gefährlich.

Könnten Sie feststellen, ob der Ausgang bewacht wird?

Ich hab noch bis elf Uhr Dienst, danach könnte ich es versuchen.

Gut, sagte Bella, ich gehe in einer halben Stunde nach unten an die Bar. Da bleibe ich sitzen, bis Sie mir Bescheid geben. Welche Möglichkeiten gibt es?

Einmal über die Tower-Bar, antwortete Mario. Aber das ist gefährlich. An der Rückseite, an der Seite, die vom Hotel abgewandt ist, führt eine Feuerleiter nach unten. Abends ist diese Seite nicht beleuchtet. Ich glaube nicht, dass da unten jemand steht. Nur ist es im Dunkeln riskant, die Leiter hinabzusteigen. Man erreicht sie über ein Fenster in den Waschräumen. Das Fenster ist nicht abgeschlossen.

Und die zweite Möglichkeit?

Ganz normal durch den Heizungskeller. Der Ausgang liegt unter der vorderen Terrasse. Er ist von Gebüsch verdeckt, aber wenn man draußen ist, dann muss man an der Terrasse vorbei und zur Straße oder zur Hafentreppe laufen. Daran haben die bestimmt gedacht.

Kriegen Sie's raus, sagte Bella. Wir treffen uns unten.

Mario ging. Bella folgte ihm an die Tür und sah auf den Gang hinaus. Er war leer bis auf einen jungen Mann, der am Ende neben dem Fahrstuhl an der Wand lehnte und seine Zähne mit einem Zahnstocher bearbeitete. Der Mann sah nicht aus wie ein Polizist. Bella schloss die Tür. Der Mann gefiel ihr nicht. Sie könnte an ihm vorbei in die Bar gehen, aber wenn er es wirklich auf sie abgesehen hätte, dann würde er ihr folgen und sie nicht aus den Augen lassen.

Sie zog eine lange Hose an und flache Schuhe. Im Hotel würde sie kein Geld brauchen, aber wenn sie das Auto nicht benutzt, brauchte sie Geld für ein Taxi. Sie nahm ein paar Scheine aus der Nachttischschublade und steckte sie in die Jackentasche. Bevor sie hinunterging, sah sie noch einmal in den Spiegel. Sie fand, dass sie angespannt aussah und übte einen Augenblick lang zu lächeln. Es gelang ihr nur halb. Sie dachte über den Unterschied nach zwischen Lächeln und blödem Grinsen, als sie neben dem Mann am Fahrstuhl stand und wartete. Sie beachtete ihn nicht. Er beachtete sie nicht.

In der Bar war noch Betrieb. Das Paar, das damit beschäftigt war, sich mit Alkohol umzubringen, war ziemlich weit vorangekommen; jedenfalls für diesen Abend. Die beiden sahen aus, als habe es zwischen ihnen einen Streit gegeben. Sie hatten gestritten, bis sie nicht mehr artikuliert sprechen konnten. Nun starrten sie sich nur noch an und auch ihre Blicke verloren langsam an Intensität. Am Ende der Bar stand Krister und unterhielt sich mit dem Barkeeper. Bella fand, dass er einen erfreulichen Anblick bot. Sie hob zur Begrüßung die Hand. Er grüßte zurück, freundlich-verbindlich, machte aber keine Anstalten, zu ihr zu kommen, als der Barkeeper das Gespräch mit ihm abbrach und sich ihr zuwandte.

Einen sehr kleinen Wodka mit sehr viel Orangensaft, sagte sie.

Sie sah auf die Uhr. Es war noch eine halbe Stunde Zeit, bis Mario seine Arbeit beenden würde. Sie musste nüchtern sein für das, was sie vorhatte.

Hab ich Sie wirklich wieder erkannt oder täusche ich mich?, sagte eine Frauenstimme hinter ihr.

Bella sah sich um. Da stand eine kleine, eher rundliche Person in grauem Kostüm und mit einer Perlenkette um den Hals. Das Kostüm war tief ausgeschnitten und die Person hatte darauf verzichtet, die Bluse anzuziehen, die tagsüber dazu gehörte. Zwei junge Männer mit sehr kleinen Köpfen und sehr breiten Schultern hielten sich diskret im Hintergrund. Die Person war Tulla, die Senatorin.

Bella!

Tulla streckte die Arme aus und kam auf sie zu. Sie trug sehr spitze, sehr schmale Schuhe mit winzigen Absätzen, die beinahe in der Mitte des Schuhs angesetzt waren. Die Schuhe waren aus Goldleder. Bella erinnerte sich daran, dass Tulla schon immer einen Schuhtick hatte. Bei ihrer letzten Begegnung hatte sie Schuhe getragen, die altgriechischen Kothurnen nachgebildet waren. Sie hatten die kleine, rundliche Tulla zusammen mit einer aufgetürmten Frisur dreißig Zentimeter größer gemacht. Die Aufmachung hatte sich gelohnt. Sie war nicht übersehen worden.

Ich freu mich ja so, sagte Tulla. Wann trifft man in diesem Job schon mal jemanden, den man wirklich schätzt. Sie können sich gar nicht vorstellen, wem ich in den letzten Wochen die Hand schütteln musste. Bedauern Sie mich, meine Liebe, bedauern Sie mich, anstatt mich zu beglückwünschen.

Bella hatte nichts dergleichen vorgehabt.

Hallo, sagte sie, sind Sie denn dienstlich hier?

Tulla sah sie irritiert an. Die Haut, die der Ausschnitt ihres Kostüms frei ließ, hatte die Farbe von Crème caramel. Vielleicht gehörten Sonnenbänke zur Standardausrüstung von Politikerinnen wie Armani-Anzüge zur männlichen Ausgabe.

Aber nein, sagte sie. Für heute habe ich alles hinter mir. Hochkamp war der letzte Termin. Reizende Leute, aber zu viele, zu viele. Es fehlt einfach an Kontemplation. Wenn Sie wüssten, wie ich Sie beneide. Reizende Leute, diese Breckwoldts. Kein bisschen voreingenommen. Mit denen muss ich Sie bei Gelegenheit bekannt machen. Geld.

Tulla hob die Hand an den Mund und sah sich verschwörerisch um. Es war niemand da, der sie belauschen konnte. Die Kleinköpfigen wahrten noch immer Distanz.

Geld, sage ich Ihnen. In Zeiten wie diesen sind solche Leute für den Staat Gold wert. Was soll ich denn machen? Jeder will Geld von mir. Die Oper will Geld. Dieser Ballettmensch will Geld. Die Theater wollen Geld. Und das meiste, wer, denken Sie, will das meiste?

Sie unterbrach ihren Redefluss, um Bella mit großen, runden Augen anzusehen. Der Caramel-Pudding in ihrem Kostümausschnitt war lebendig geworden; jedenfalls hob und senkte er sich deutlich.

Der Verteidigungsminister, nehme ich an, sagte Bella.

Vor ihren Augen hatte sie kurz das Flugzeugbild und die explodierenden Rüstungsgewinne. Tulla sah sie verständnislos an.

Aber wieso denn?, sagte sie. Mit dem hab ich doch gar nichts zu tun.

Sie ist nicht nur komisch, dachte Bella. Sie ist blöd.

Hinter dem Rücken von Tulla tauchte Krister auf. Bella hob die Hand, um ihn zu begrüßen. Sie war froh, dem Redeschwall von Tulla nicht mehr allein ausgesetzt zu sein. Tulla sah sich um, musterte Krister kurz und wandte sich wieder Bella zu. Die Kleinköpfigen rückten ein wenig näher, blieben aber immer noch auf Abstand.

Wer ist das?, zischelte Tulla, reizend, wirklich.

Ich darf Sie bekannt machen, sagte Bella. Krister Mangold, Schriftsteller, die Kultursenatorin.

Krister deutete unglaublich gekonnt eine Verbeugung an. Die Senatorin war entzückt. Bella sah den abschätzenden Ausdruck in Kristers Augen. Sie wusste, was er dachte, und amüsierte sich.

Ich hatte einen langen Tag, sagte sie. Eigentlich würde ich gern schlafen gehen.

Sie müssen etwas mit uns trinken, sagte Tulla. Ich lasse Sie so nicht gehen, Champagner, drei Gläser, rief sie dem Kellner zu. Bella trank ungern Champagner, aber sie widersprach nicht.

Schriftsteller, wie interessant, sagte Tulla. Ja, unsere Stadt hat so viele Talente. Und wir brauchen sie ja alle. Offenheit in der Diskussion, Weltoffenheit in der Politik. Da macht die Kulturbehörde keine Ausnahme. Sind Sie übersetzt?

Krister kam nicht dazu, die Frage zu beantworten. Der Barkeeper stellte die Gläser auf den Tresen. Man trank sich zu. Tulla redete weiter.

Wir suchen solche Menschen wie Sie, sagte sie,

was sage ich, wir forschen händeringend nach ihnen. Unser Runder Tisch – Sie haben davon gehört? Ihre Meinung ist gefragt, mein Lieber. Wir da oben …

Sie sagte tatsächlich wir da oben. Bella spürte, dass sie schlechte Laune bekam.

… also, wir da oben wissen ja so wenig, wie das Volk denkt. Man muss uns raten, was sage ich, beraten. Dafür dieser Tisch. Künstler, Intellektuelle, Wissenschaftler – wir brauchen alle. Sie müssen unbedingt das nächste Mal dabei sein. Schriftsteller, auf einen mehr oder weniger kommt es da gar nicht an. Ich meine, Sie wissen schon, wie ich das meine. Wir haben, wir sind …

Tulla hatte sich vergaloppiert. Sie fand den Ausgang nicht so schnell, wie sie ihn gern gefunden hätte. Bella wollte den Namen Breckwoldt noch einmal ins Gespräch bringen, sie dachte, das könnte nützlich sein.

Bevor Sie kamen, Krister, sagte sie, sprach die Senatorin gerade sehr interessant über die Probleme des Sponsoring. Sagten Sie nicht, die Breckwoldts seien auch dabei?

Sie ahnen ja nicht, was für wunderbare Mitbürger diese Stadt in ihren Mauern hat, sagte Tulla zu Krister gewandt.

Bella sah Krister an. Sie sah, dass er an bestimmte Swinger-Partys dachte und musste lachen. Wahrscheinlich kam er von dort oder von irgendeiner einzelnen wunderbaren Mitbürgerin, die es vorgezogen hatte, anstatt in die freie Theaterszene in ihr eigenes Theater zu investieren. Am anderen Ende der Bar erschien Mario.

Entschuldigen Sie mich bitte einen Augenblick, sagte sie.

Wenn, dann nur über den Turm, sagte Mario.

Er sprach leise und machte ein unbeteiligtes Gesicht. Dann entdeckte er die Bodyguards der Senatorin und sah Bella vorsichtig fragend an. Bella bewegte vorsichtig verneinend den Kopf, um Mario zu beruhigen.

Der Weg über den Turm ist gefährlich, sagte er.

Danke, Mario. Es wäre schön, wenn Sie mir morgen früh das Frühstück bringen könnten. Und die Zeitungen, wie üblich.

Sie wandte sich ab, und ging an die Bar zurück. Tulla war damit beschäftigt, Krister ihre Telefonnummer in die Hand zu schreiben.

Leider, sagte sie, als Bella näher kam. Es ist so schade, aber die Termine. Sie müssen unbedingt dabei sein, mein Lieber. Was für interessante Menschen Sie kennen, meine Liebe. Es hat gut getan, Sie beide getroffen zu haben.

Sie brachte es fertig, den letzten Satz beinahe schwermütig zu sprechen. Der Ton passte nicht zu der Art, in der sie sich entfernte. Sie rollte davon wie eine Kanonenkugel. Die Kleinköpfigen folgten ihr mit ausdruckslosen Hinterköpfen.

Ich gehe schlafen, sagte Bella. Danach kann ich nur noch schlafen.

Ich auch, sagte Krister. Hast du's gemerkt. Sie konnte schon nicht mehr zuhören, obwohl sie den Job erst seit ein paar Wochen macht. Was ist das eigentlich für ein Virus, der diese Leute befällt, wenn die Wirtschaft sie beauftragt hat, ihre Interessen wahrzunehmen?

Ich glaube, es handelt sich um eine Art Selbstschutz, sagte Bella. Sie müssen sich entscheiden, auf wen sie hören wollen. Auf ihre Arbeitgeber oder auf das gewöhnliche Volk. Sie sind nicht zu beneiden. Wenn sie könnten, würden sie den Kontakt mit dem Volk meiden, das sowieso dauernd nur Wünsche hat, die nicht erfüllbar sind. Sichere Renten, billige Theaterkarten, ein kostenloses Gesundheitssystem, Geld für Schulen, Arbeit. Das Dumme ist nur, sie brauchen die Leute. Irgendjemand muss sie wählen, sonst ist die Sache zu durchsichtig. Also begeben sie sich unters Volk und schalten auf Durchzug.

Krister sah sie erstaunt an.

Weshalb bist du so aggressiv, plötzlich, sagte er. Ich mag dich so gar nicht. Bist du wirklich sicher, dass du schon schlafen gehen willst? In diesem Zustand? Ich bin müde, aber ich komm gern noch eine Weile zu dir, wenn du es möchtest.

Danke, sagte Bella. Es geht mir gut. Ich kenne diese Dame schon eine Weile. Ich hab mir nur noch nicht überlegt, was zu sagen richtiger ist: Hamburg hat sie verdient oder Hamburg hat sie nicht verdient!

Es war zwölf Uhr nachts, als Bella den Fahrstuhl betrat. Sie fuhr den Turm hinauf und verschwand im Waschraum neben der Bar. Das Fenster dort ließ sich öffnen, so, wie Mario es beschrieben hatte. Unterhalb des Fensters war an der Außenseite des Turms eine kleine Plattform. Eine eiserne Leiter führte von dort hinab. Der Garten am Fuß der Leiter war dunkel. Bella zog das Fenster von außen so dicht wie möglich zu, bevor sie mit dem Abstieg begann. Sie merkte, nachdem sie zwei Stufen geschafft hatte, dass sie plötzlich nicht mehr schwindelfrei war. Nur mit ungeheurer Anstrengung gelang es ihr, eine Stufe nach der anderen zu erreichen. Niemals, so schwor sie sich, würde sie wieder eine Leiter betreten, die mehr als drei Stufen hatte. Ein paar Mal musste sie stehen bleiben. Eng an die Holme der Leiter gedrückt, versuchte sie, ihre Angst niederzukämpfen. Erst als sie nur noch drei oder vier Stufen vom Boden entfernt war, spürte sie, dass das Zittern in Armen und Beinen weniger wurde. Sie erreichte den Boden, ohne abzustürzen, setzte sich auf die Erde und versuchte, sich zu beruhigen. Am liebsten hätte sie geheult.

Jedenfalls hast du sie ausgetrickst, dachte sie. Der Gedanke wirkte beruhigend. Sie ging vorsichtig durch den Garten, rannte die Straße hinauf zum nächsten Taxistand und bat den Fahrer sie zum Hochkamp zu fahren. Ein paar Meter vor dem Haus der Breckwoldts ließ sie den Taxifahrer halten, zahlte und wartete, bis er weggefahren war. Auf ihrer Armbanduhr war es wenig nach zwölf, als sie das Grundstück der Breckwoldts erreichte. Es standen keine Autos mehr auf der Straße. Die Gäste waren gegangen. Sie war sicher, dass Hannah Breckwoldt nicht am Empfang ihrer Eltern teilgenommen hatte. Sie war in ihrem Zimmer geblieben oder sie war ausgegangen. Wenn sie ausgegangen war, lohnte es sich, auf sie zu warten. Ob sie den Chauffeur fragen sollte?

Die Wohnung des Chauffeurs lag über der Garage. Die Garage stand auf dem hinteren Teil des

Grundstücks. Vorsichtig ging sie am Haus entlang. Durch mehrere erleuchtete Fenster im Souterrain sah sie in die Küche. Dort wurde noch aufgeräumt. Eine ältere Frau und ein junges Mädchen in schwarzem Kleid und mit weißer Schürze hantierten mit Gläsern und Platten. Auf der Rückseite des Hauses entdeckte sie eine große Terrasse. Gerade als Bella um die Hausecke bog, sorgfältig den Kiesweg meidend, um sich nicht durch knirschende Schritte zu verraten, wurden dort die Lichterketten ausgeschaltet. Jemand, sie konnte nicht erkennen, ob Mann oder Frau, sagte ein paar Worte in der geöffneten Terrassentür. Die Person stand mit dem Rücken nach draußen und sprach ins Zimmer hinein. Jemand antwortete, ohne das Bella die Worte verstand. Dann wurde die Tür geschlossen. Durch mehrere Fenster fiel ein schwaches Licht auf den Weg ums Haus und den Rasen. Bella blieb außerhalb des Lichtscheins stehen. Die Tür zur Terrasse wurde wieder geöffnet. Sie erkannte die Frau, mit der sie gesprochen hatte, und einen älteren Mann, der das Jackett seines dunklen Anzugs ausgezogen hatte. Er hielt zwei Gläser mir irgendeiner Flüssigkeit in den Händen. Eins davon reichte er der Frau. Die Frau trug ein schwarzes Kleid und eine Perlenkette, die bis auf den Rasen leuchtete. Bella ging näher heran. Die Situation da drinnen war eindeutig. Die Gäste waren gegangen. Die Gastgeber tranken ein Glas auf den gelungenen Abend. Sie machten einen zufriedenen Eindruck. Bella hätte gern gehört, was die beiden sprachen. Die Büsche in der Nähe boten ihr Schutz.

Sie hat gut ausgesehen, findest du nicht?, fragte die Frau.

Sie saß inzwischen in einem Sessel, der mit gelbem Stoff bezogen war. Ihre Beine hatte sie vor sich drapiert, als sollte sie für eine Strumpfreklame Modell stehen. Der Mann war noch einmal an den Tisch mit den Getränken zurückgegangen, um sich ein zweites Glas einzuschenken. Er kam zurück, und Bella hatte Gelegenheit, ihn näher zu betrachten. Er sah aus, wie Leute aussehen, die in Häusern leben, die so aussehen wie das, in dessen Park sie stand.

Nein, finde ich nicht, antwortete er, während er seiner Frau gegenüber Platz nahm. Bella konnte ihn nun nicht mehr sehen, nichts von ihm, außer dunklen Hosenbeinen und einem Paar schwarzer, handgenähter Schuhe, die auf dem hellen Teppichboden wie eine Ergänzung zu der Strumpfreklame ihm gegenüber wirkten. Seine Stimme war gut zu hören.

Ich hatte den Eindruck, dass du dich sehr gut mit ihr verstanden hast, sagte die Frau.

Ihre Stimme hatte diesen winzigen Unterton von Anklage, der von manchen Frauen bewusst eingesetzt wird, um vorbeugend eigene Abenteuer zu rechtfertigen. Ihr Gesichtsausdruck war freundlich und gelassen.

Du erinnerst dich, weshalb wir diesen Empfang veranstaltet haben?, fragte er.

In seiner Stimme war nicht die geringste Schärfe und doch hatte Bella ihn plötzlich sehr deutlich in einer ganz anderen Situation vor Augen. Sie sah ihn in einem Flugzeug, zusammen mit einer sehr bezaubernden, sehr jungen, sehr blonden Frau. Der Mann dort im Sessel wusste, was er wollte. Und er wollte, soweit es um Frauen ging, weder seine eigene noch die Dame, von der gerade gesprochen wurde.

Natürlich, antwortete sie.

Sie hatte verstanden und war vorsichtig geworden. Bevor sie weitersprach, trank sie ihr Glas leer und stellte es vor sich auf die Tischplatte.

Ich mach dir gern noch einen Gin Tonic, sagte er.

Ja, danke.

Er stand auf, um seiner Frau den Drink zu mischen. Während er mit den Flaschen hantierte, starrte sie auf seinen Rücken. Er trug rote Hosenträger über dem weißen Hemd. Von hinten sah er jünger aus als von vorn. Als er zurückkam, seiner Frau das Glas reichte und wieder Platz nahm, sah er müde aus.

Und? sagte sie.

Tja, antworte er. Ich glaube, dass es einfach ist, sie auf unsere Seite zu bringen. Im Grunde war das von Anfang an klar. Aber es ist natürlich immer gut, wenn man sich nicht auf Annahmen verlässt, sondern die Angelegenheit vorher prüft. Sie ist übrigens nicht besonders intelligent. Wahrscheinlich genau richtig für diesen Job. Eine schlechte Presse wird es jedenfalls mit ihr für uns nicht geben. Ihre Verbindungen sind nicht zu verachten. Sie hat sogar eine Zeit lang für den amerikanischen Geheimdienst gearbeitet.

Spricht sie darüber?

Sie macht jedenfalls Andeutungen, die deutlich genug sind. Nur leider …

Der Mann sprach nicht weiter. Bella glaubte, von irgendwo her ein Knacken gehört zu haben, einen Laut, ähnlich dem, der entsteht, wenn jemand auf einen trockenen Zweig tritt. Sie sah sich um. Niemand war zu sehen.

Ja, sagte die Frau. Sprich weiter, ich höre.

An diesem Wichtigtuer werden wir nicht vorbei kommen, sagte er.

Du weißt ja, was ich von diesem Mann halte, sagte die Frau.

Ihre Stimme war eisig. Ihr Gesicht nahm den Ausdruck an, der ihr am Nachmittag vor der Haustür im Gespräch mit dem Chauffeur schon zur Verfügung gestanden hatte.

Er ist gewöhnlich. Die Leute, mit denen er sich umgibt, sind eine Katastrophe. Und damit meine ich nicht nur seine Leibwächter. Natürlich war es an der Zeit, sich von diesem ganzen Sozialklimbim zu trennen. Aber so durchsichtig, wie er die Sache angeht, so war's vermutlich nicht einmal zu Zeiten von Strauß in Bayern. Gut, wenn man Freunde in der Politik hat, wäscht eine Hand die andere. Aber die Spezis dieses Herren werden doch warm geduscht. Und dann diese rechtsradikalen Reden. Und wo wir gerade darüber sprechen: Ich werde nicht an dem Senatsempfang teilnehmen. Ein Werft-Jubiläum ist für mich kein Grund, mich mit Leuten dieser Art in der Öffentlichkeit zu zeigen.

Die Frau sprach nicht weiter. Sie nahm einen kräftigen Schluck aus ihrem Glas und setzte es zurück auf den Tisch. Ich will nicht, dass die Familie noch einmal mit solchen Leuten etwas zu tun hat, sagte sie dann.

Nun übertreibst du, antwortete er. Da dürften ja wohl ein paar Unterschiede bestehen. Und im Übrigen: Was schlägst du vor?

Schweigen. Die Frau betrachtete ihre Schuhspitzen. Sie trug Schuhe aus weichem, zyklamfarbenem Leder, die tief ausgeschnitten waren.

Ja, siehst du. Dieser Mann ist nun mal gewählt worden. Mit dem Sozi vorher wäre es natürlich auch gegangen. Ich gebe zu, es wäre nicht so anrüchig gewesen. Aber, wie die Dinge nun liegen, scheint es mir doch einfacher zu sein, wenn wir den Innensenator für uns gewinnen. Er machte eine kleine Pause, bevor er weiter sprach. Du musst ihn ja nicht einladen, sagte er dann lächelnd, von anderen Dingen ganz zu schweigen. Es gibt durchaus die Möglichkeiten, sich an neutralen Orten zu treffen.

Ich gehe schlafen, sagte die Frau.

Bella fuhr zusammen. Jemand hatte seine Hand auf ihren Arm gelegt. Als sie sich umsah, blickte sie in das Gesicht von Wohlers. Es war nicht besonders freundlich. Der Griff auf ihrem Arm wurde fester.

Ich komm ja schon, sagte sie leise.

Immerhin hat er keinen Krach geschlagen, dachte sie, während sie Wohlers durch die Büsche auf den Rasen folgte und hinter ihm her zur Garage ging. Er sah sich nicht um. Anscheinend war er sicher, dass Bella ihm folgen würde. Sie erreichten das Garagenhaus. Der Eingang zur Wohnung befand sich auf der Rückseite. Die Tür stand offen. Bella folgte dem Mann eine hölzerne Treppe hinauf und betrat nach ihm einen schmalen Flur, der nichts weiter enthielt als einen Garderobenhaken an der rechten Wand. Der Haken war leer. Wohlers ging in einen Raum, der wie eine einfache Wohnküche eingerichtet war. Außer einem altmodischen Gasherd gab es eine Eckbank. Die Kissen an der Rückenlehne und auf der Sitzfläche schienen braungrün gemustert zu sein. Sie waren, nach dem Muster des Stoffs zu urteilen, mindestens vierzig Jahre alt. Vor der Eckbank stand ein Tisch mit einer Resopalplatte. Die Ränder der Platte waren abgewetzt. Ein halbhoher Küchenschrank, dessen unterer Teil von einem Vorhang aus dem Stoff der Sitzkissen verdeckt war, ergänzte die Einrichtung. Auf dem Tisch stand ein gläserner Aschenbecher. Sein Glas war dunkelgrün, dick und hatte Einschlüsse von winzigen Luftblasen.

Setzen Sie sich, sagte Wohlers.

Hören Sie, sagte Bella, es war nicht meine Absicht zu lauschen. Es hat sich einfach so ergeben. Ich bin gekommen, weil ich gehofft hatte, Hannah zu treffen.

Wohlers sah sie an und schwieg. Bella fühlte sich unbehaglich. Sie kam sich vor wie ein Kind, das bei etwas Verbotenem erwischt worden war.

Ich bin …

Ich weiß, wer Sie sind, sagte Wohlers. Wenn ich es nicht wüsste, hätte ich Krach geschlagen. Darauf können Sie sich verlassen. Es gibt hier einen Wachdienst. Da – er zeigte mit der Hand auf das Fenster –, wenn Sie Glück haben, sehen Sie ihn gleich.

Bella stand auf und stellte sich so ans Fenster, dass sie von draußen nicht gesehen werden konnte. Unten auf dem Rasen ging ein Mann mit einer eingeschalteten Taschenlampe herum. Er hielt einen

Schäferhund an der Leine. Der Hund schnüffelte aufgeregt im Gras.

Hätte ich mir denken können, sagte Bella. Danke.

Sie setzte sich zurück an den Tisch. Erst jetzt fiel ihr auf, dass in der Küche kein Licht brannte. Das Licht kam durch die geöffnete Tür vom Korridor herein.

Der Wagen ist in Polen gewesen, sagte Bella. Ich weiß nicht, wer ihn gefahren hat. Vielleicht Hannah, vielleicht jemand anders. Ich will wissen, was dieser Jemand dort gemacht hat.

Sie wird nichts sagen, antwortete Wohlers. Wozu ist das überhaupt wichtig?

Wichtig?

Bella überlegte eine Weile, bevor sie antwortete. Unten auf dem Rasen schlug der Hund einmal an, war dann aber ruhig.

Ich weiß auch, wer Sie sind, sagte sie dann. Ich hoffe, es ist Ihnen gelungen, ein Leben nach Ihren Vorstellungen zu leben. Sicher arbeiten Sie daran. Und ich wünsche Ihnen Glück dabei. Ich will nichts anderes. Ich will nur in aller Ruhe mein Leben leben, ohne den Besuch von durchgedrehten Hühnern, die irgendwann als Leichen aus der Elbe gefischt werden und ohne dauernde Bewachung von selbst ernannten oder dazu beauftragten Staatsschützern.

Die sind doch nicht etwa hier?

Wohlers schien ernsthaft beunruhigt.

Ich glaube nicht. Es war ein bisschen kompliziert, aber ich glaube, ich bin ohne Bewacher aus dem Hotel gekommen. Was war also mit dem Auto? Wer war damit unterwegs?

Fragen Sie Hannah, wenn es wirklich wichtig für Sie ist. Ich weiß nicht, ob Sie Ihnen ihre Frage beantworten kann. Bevor Sie sie allerdings fragen, will ich, dass Sie etwas wissen: Wenn Sie durch Ihre Fragerei oder durch irgendeine überlegte oder unüberlegte Handlung das Mädchen in Gefahr bringen, dann wird's eng für Sie. Haben Sie mich verstanden?

Bella sah ihn an. Eine Hälfte seines Gesichts lag im Schatten, die andere wurde von der Flurlampe erhellt. Sie fand, dass der Mann ihr gegenüber auf eine merkwürdige Weise gespalten aussah, merkwürdig, weil sein augenblickliches Aussehen zu seiner inneren Verfassung zu passen schien. Er hatte nach einem ruhigen, unanhängigen Job gesucht. Den hatte er gefunden, aber gleichzeitig hatte er sein Herz für diese Hannah entdeckt, wahrscheinlich ohne zu ahnen, dass gerade sie es sein würde, die ihn seine Ruhe, seine Unabhängigkeit nicht genießen ließe. War Wohlers in Hannah verliebt? Versuchte er deshalb, sie zu schützen? Er sah sie an, wartete auf eine Antwort. Er hatte eine aufrichtige Antwort verdient.

In Gefahr bringen sich die Menschen meistens selbst, sagte Bella. Ich halte es sogar für möglich, dass sie bereits in Gefahr ist. Es gibt eine Verbindung zwischen ihr und einer jungen Frau, die mich aufgesucht hat, bevor sie umgebracht wurde. Diese Verbindung ist das Auto. Hören Sie auf, sich irgendwelche Illusionen zu machen. Helfen Sie mir, Hannah so bald wie möglich zu treffen, bevor sie wirklich in Gefahr gerät.

Sie ist zu Hause, sagte Wohlers. Sie können mein

Telefon benutzen. Sie hat einen eigenen Anschluss. Die Nummer steht auf dem Block neben dem Telefon. Sie ist noch wach.

Woher wissen Sie das?

Bella war überrascht. Sie hatte angenommen, Wohlers Verhältnis zu Hannah sei mit »Verehrung aus der Ferne« am besten beschrieben. Seine Bemerkung schien anderes anzudeuten.

Da, sehen Sie, sagte Wohlers, während er aufstand und zum Fenster ging. Bella stellte sich neben ihn. Der Mann mit der Taschenlampe hatte seine Runde beendet. Er war verschwunden. Ein schwacher, weiter entfernter Lichtschein auf dem Rasen deutete an, dass Breckwoldt und Frau noch immer im Wohnzimmer über die intelligenteste Art der Einbeziehung bestimmter Politiker in ihre Geschäfte debattierten. Im Giebel des Hauses, der dem Garagenhaus zugewandt war, brannte Licht hinter zwei Rundbogenfenstern.

Da ist ihre Wohnung, sagte Wohlers.

Bella ging in den Flur. Neben dem Telefon lag eine Liste mit verschiedenen Telefonnummern: Autowerkstatt, Wäscherei, Staatsoper, verschiedene Theater, der Golfclub, zwei verschiedene Galerien und zwei renommierte Aktionshäuser und dann, am Ende, ein paar private Telefonnummern, darunter die von Hannah.

Bella wählte und wartete. Sie hörte Wohlers in der Küche hantieren. Es roch plötzlich nach Kaffee. Die Gier, mit der sie den Geruch einsog, ließ erkennen, wie müde sie war.

Ja?

Die klare, selbstbewusste Stimme einer jungen Frau.

Es ist spät, sagte Bella, und ich bitte Sie, diesen späten Anruf zu entschuldigen. Mein Name ist Bella Block. Ich würde Sie gern sprechen. Es ist wichtig.

Niemand antwortete. Aber es wurde auch nicht aufgelegt. Ein- oder zweimal glaubte Bella, ein Geräusch wahrzunehmen, das sich wie das ungeduldige Trommeln von Fingern auf einer Tischplatte anhörte.

Wo sind Sie?, fragte die Frauenstimme endlich.

Ich bin in Ihrer Nähe, antwortete Bella.

Sie blickte zu Wohlers hinüber, der zwei Kaffeetassen in der Hand hielt und sie ansah. Er nickte.

Ich bin in der Wohnung des Chauffeurs Ihrer Eltern. Es wäre wahrscheinlich besser, wenn Sie hierher kämen. Es liegt mir nichts daran, mit Ihren Eltern zusammenzutreffen. Ich möchte Sie sprechen.

Und weshalb?

Nicht am Telefon, bitte, sagte Bella.

Geben Sie mir Herrn Wohlers.

Bella hielt den Hörer in Wohlers Richtung. Er stellte die Kaffeetassen auf den Tisch. Sie klirrten auf den Untertassen, während er sie absetzte. Bella fand das Geräusch unangemessen normal. Wohlers nahm ihr den Hörer aus der Hand.

Ja, bitte?, sagte er.

Seine Stimme war ruhig, beherrscht, zurückhaltend, wie es sich für einen Chauffeur gehören mochte. Unterwürfig war sie nicht. Er hörte eine Weile zu. Bella verstand nicht, was Hannah sagte und obwohl Wohlers Gesicht nun nicht mehr im Schatten lag, konnte sie keine besondere Regung darin erkennen. Er war aufmerksam, sonst nichts.

Ich würde es Ihnen raten, sagte er endlich.

Er lauschte noch einen Augenblick, bevor er den Hörer zurücklegte.

Sie kommt, sagte er. Ich werde ihr öffnen und mich dann zurückziehen. Ich habe Ihnen Kaffee gemacht. Und wenn Sie mit ihr reden, denken Sie daran, was ich Ihnen gesagt habe.

Bella fand es überflüssig, Wohlers zu antworten. Sie ging zurück in die Küche, setzte sich auf die Eckbank, sah Wohlers beim Hantieren in der Küche zu und wartete. Es dauerte nicht lange. Wohlers verschwand, ohne dass sie ein Klingeln oder Klopfen gehört hatte. Er musste sehr gute Ohren haben. Vielleicht hatten die beiden auch ein besonderes Zeichen. Schritte kamen die Treppe herauf.

Im Rahmen der offenen Küchentür stand Hannah. Weil das Licht hinter ihrem Rücken brannte, sah Bella nur die Umrisse ihrer Figur: eine große, kräftige Person in weiten Hosen und einer Jacke, die wie eine Fliegerjacke aussah; ein Blouson, der in der Taille endete und am Hals einen Pelzkragen zu haben schien.

Dann betrat sie die Küche. Sie sah sich suchend um. Es war deutlich, dass sie zum ersten Mal hier war. Schließlich setzte sie sich auf die lange Seite der Eckbank. Die Kaffeetasse, die vor ihr stand, beachtete sie nicht. Sie sah Bella an. Ihr Blick war gelassen und aufmerksam.

Hier bin ich, sagte sie. Worum geht's?

Vor drei Tagen, antwortete Bella, bin ich in Polen gewesen, genauer gesagt, in Misdroy.

Sie macht eine kleine Pause und beobachtete Hannah scharf. Deren Gesicht zeigte keinerlei Bewegung.

Entweder, sie weiß schon, dass wir dort waren, oder sie kann sich sehr gut beherrschen, dachte Bella.

Ich war dort, weil ich mit einer jungen Frau zu tun hatte, die ermordet worden ist. Sie kam aus Misdroy. Ich war dort auf der Suche nach ihrer Vergangenheit. Motive findet man in der Vergangenheit. Auch die für Mord. »Die Vergangenheit ist nicht tot. Sie ist nicht einmal vergangen«, sagt Christa Wolf. Aber darüber will ich mit Ihnen nicht sprechen. Auch wenn es sich vielleicht lohnen würde.

Immer noch war das Gesicht von Hannah ohne Bewegung. Ihre Hände, kräftige, braun gebrannte Hände mit kurzen Fingernägeln, lagen auf dem Tisch. Der Mittelfinger der rechten Hand berührte den Rand der Kaffeetasse und fuhr langsam darauf hin und her.

Hinter einem Haus, das ich für das Elternhaus der jungen Frau halte, stand der Wagen Ihrer Eltern. Unübersehbar und mit Hamburger Kennzeichen. Es war der Wagen Ihrer Eltern. Wir müssen darüber nicht reden. Ihre Eltern waren verreist, wie ich inzwischen weiß, aber nicht nach Polen. Herr Wohlers hat, wie er im Beisein Ihrer Mutter bestätigte, Urlaub gemacht. Wer ist mit dem Auto in Misdroy gewesen? Und weshalb?

Hannah antwortete nicht. Aber ihr Gesicht war

nicht mehr unbewegt. Es war deutlich zu sehen, dass sie nachdachte.

Sie hat gewusst, dass wir in Misdroy waren, dachte Bella. Ist ja eigentlich auch logisch.

Sie haben die Frau gekannt, die ermordet wurde, sagte sie. Sie müssen sie gekannt haben. Was wollte sie wirklich von mir? Wovor, vor wem wollte sie beschützt werden? Wer hat sie bedroht und weshalb?

Ich nehme an, es kommt manchmal vor, dass jemand zu einem Privatdetektiv kommt und Hilfe haben will. Was soll daran so Besonderes sein? Woher soll ich wissen, was die bei Ihnen wollte. Sie hätten sie fragen sollen.

Hatte sie ihren Beruf genannt? Nein, ich glaube nicht, dachte Bella. Hatte Wohlers am Telefon ihren Beruf erwähnt? Nein, sie konnte sich an jedes einzelne seiner Worte erinnern. Es war klar, dass Hannah wusste, wer sie war. Woher?

Wie machen Sie es eigentlich, wenn Sie einen Privatdetektiv brauchen?, fragte sie. Schauen Sie ins Telefonbuch?

Phh – stehen solche Leute da überhaupt drin?

Der Ausdruck in Hannahs Gesicht wurde dem ihrer Mutter ähnlich, aber er passte nicht zu ihr.

Vorsicht Mädchen, dachte Bella, komm mir nicht auf die Tour. Noch versuche ich, dich zu verstehen. Noch bin ich dir wohlgesonnen. Aber das kann sich ändern.

Ich hätte gern eine Antwort auf meine Frage, sagte sie. Die war ja nicht so kompliziert. Woher hatte sie meine Adresse?

Sie setzte stillschweigend voraus, dass Hannah

und die Tote etwas miteinander zu tun gehabt hatten, ein alter Trick. Hannah war nicht gerissen genug, um nicht darauf hereinzufallen. Sie protestierte nicht. Sie dachte ernsthaft darüber nach, was sie antworten sollte.

Ich weiß nicht, weshalb ich mich überhaupt mit Ihnen unterhalte, sagte sie schließlich, Sie kommen hier mitten in der Nacht an und wollen von mir Dinge wissen, die ich überhaupt nicht wissen kann. Was kann ich dafür, dass Sie nach Misdroy gefahren sind? Was soll ich damit zu tun haben? Eine Tote, die aus Polen kommt. Woher sollte ich so eine kennen? Sehen Sie mich doch an. Fällt Ihnen nichts auf? Ich komme aus einer alten Hamburger Familie. Wir sind angesehene Leute. Der Rasen, über den Sie vermutlich gegangen sind, wird von einem Gärtner gepflegt. Dieses Grundstück, nein, dieses Anwesen, ist nicht das einzige, das meine Eltern besitzen. Schottland und Griechenland – würde Ihnen das gefallen? Eine weiße Villa in Griechenland, ein graues Schloss in Schottland? Was glauben Sie, weshalb ich gerade Fliegen lerne? Es wäre nicht unbedingt nötig, nein, das nicht. Aber es ist natürlich angenehm, ungehindert und unbeobachtet von Krethi und Plethi den Aufenthaltsort zu wechseln. Was unsere Familie oft im Jahr tut. Polen gehört nicht zu unseren Reisezielen. Da können Sie sicher sein. Jedenfalls nicht mehr.

Ach, du lieber Himmel, dachte Bella. Auch das noch. Aber eigentlich hätte ich es mir denken können. Verbiesterte Tochter aus reicher Familie, als Kind zu oft allein gelassen, als Jugendliche in Wut geraten, aber immer schön unter dem Dach des Alten geblieben. Ich bin zu müde, um mich auf so etwas einzulassen.

Fragen Sie Ihren Partner, sagte Hannah. Sie haben doch einen. Vielleicht hat der mehr gesehen als Sie. Vier Augen sehen doch angeblich besser als zwei.

Marie, dachte Bella. Sie hat meine Adresse von Marie gehabt. Nur Marie konnte wissen, dass ich mit Brunner unterwegs war. Und Charlie. Aber Charlie kam bestimmt nicht in Frage.

Ich sage Ihnen etwas, auch wenn Sie so tun werden, als ob Sie meine Worte nichts angingen. Diese Ruth, so hieß die Frau, die bei mir war, hat sich gewaltig aufgespielt. Aber in Wirklichkeit hatte sie nichts weiter als Angst. Ich habe das zu spät begriffen. Manchmal macht man solche Fehler. Und dann ist man damit beschäftigt, ob man will oder nicht, die Sache wieder auszubügeln. Soweit das möglich ist. Ich werde nicht noch einmal so einen Fehler machen. Und dann damit beschäftigt sein, zwei Sachen auszubügeln. Ich habe schon verstanden, was Sie mir sagen wollten. Was Ihr Problem mit Ihren Eltern betrifft: Da kann ich Ihnen nicht helfen. Aber was die Angst angeht, die Sie so geschickt zu verbergen wissen, da gebe ich Ihnen einen guten Rat: Sagen Sie mir, was Sie wissen. Ich bin sicher, ich kann Ihnen helfen.

Uff, dachte sie, was für eine schöne Rede, Bella. Und nicht ganz ohne Wirkung.

Obwohl Hannah nicht sofort antwortete, war an ihrem Gesicht deutlich abzulesen, dass sie über eine ernsthafte Antwort nachdachte.

Ich kann jetzt nicht mit Ihnen darüber reden, sagte sie endlich. Aber ich verspreche, dass ich mich bei Ihnen melde.

Wann?

So bald wie möglich. Wie kann ich Sie erreichen?

Die Frage war merkwürdig. Wenn Ruth ihre Adresse gefunden hatte, weshalb sollte Hannah davon ausgehen, sie nicht zu finden? Bella nahm einen Zettel und einen Füller aus der Jackentasche und schrieb den Namen ihres Hotels und ihre Telefonnummer darauf. Sie schob den Zettel über den Tisch. Hannah steckte ihn ein, ohne einen Blick darauf zu werfen. Sie stand auf. Im Rahmen der Küchentür erschien Wohlers.

Ich begleite Sie nach unten, sagte er. Es ist besser, wenn wir kein Licht anmachen.

Er trat zur Seite und ließ Hannah vorbei. Bella blieb sitzen. Sie hörte die beiden die Treppe hinuntergehen. Sie sprachen nicht miteinander. Sie stand auf und stellte sich ans Fenster. Unten lief Hannah über den Rasen; eine große, beinahe männlich wirkende Gestalt in weiten Hosen und Fliegerjacke.

Sie gehen besser ein paar Minuten später, sagte Wohlers dann in ihrem Rücken. Der Wachmann macht eine zweite Runde.

Ich könnte einen Schnaps gebrauchen, sagte Bella. Ein harter Brocken, Ihr Schützling.

Wohlers antwortete nicht. Er hatte den Kühlschrank geöffnet und eine Flasche aus dem Eisfach genommen.

Wodka? fragte er.

Im Licht der offenen Kühlschranktür wirkte

seine Silhouette schmal, beinahe zart. Bella nickte. Wohlers stieß die Tür zu und nahm zwei Wassergläser vom Regal. Er goss sie halb voll. Er stellte die Gläser auf den Tisch und ließ auch die Flasche dort stehen. Sie tranken, ohne sich anzusehen.

Noch einen? fragte Wohlers.

Bella schüttelte den Kopf. Es lag etwas in der Luft, etwas, mit dem sie nicht gerechnet hatte.

Wann hat der Mann seine Runde beendet?

Sie hörte ihrer veränderten Stimme zu, während sie sprach und suchte gleichzeitig nach einer Erklärung für das, was nun kommen würde.

Wir haben eine halbe Stunde, antwortete Wohlers.

Seine Stimme klang absolut überzeugend, fand Bella. Schließlich waren sie erwachsene Leute, die mit ihren Bedürfnissen nüchtern umgehen konnten. Wohlers stand auf, um im Flur das Licht auszumachen. Sie blieben in der Küche, während sie sich miteinander beschäftigten. Einmal, aber nur ganz flüchtig, nahm sie den Strahl der Taschenlampe wahr, der über den Rasen wanderte. Den Hund hörte sie nicht, aber das musste nicht unbedingt bedeuten, dass er nicht gebellt hätte. Sie tranken dann noch einen Kaffee zusammen, bevor Bella ging. Wohlers verhielt sich so korrekt, als wäre nichts geschehen. Ist es ja eigentlich auch nicht, dachte Bella und fand, er übertreibe ein bisschen. Erst auf dem Weg über den Rasen fiel ihr ein, dass er vielleicht ein wenig Theater gespielt haben könnte, und sie lächelte. Ein guter Schauspieler war er auch.

Die Terrassentür war nun geschlossen. Im Haus

war kein Fenster mehr erleuchtet. Wenn sie genauer darüber nachdachte, glaubte sie nicht, dass Hannah anrufen würde. Aber das war nun gleich. Sie hatte Marie. Marie würde reden.

Es war drei Uhr morgens, als sie ins Hotel zurückkam. Sie nahm keine Rücksicht auf Kauls Leute. Einer von ihnen lag im Foyer auf einem Sessel und schlief. Erst bei seinem Anblick fiel ihr ein, dass auch draußen jemand gestanden haben könnte. Der Nachtportier reichte ihr den Schlüssel und ein Blatt Papier, das wie ein Fax aussah. Sie war zu erschöpft, um mehr als einen kurzen Blick darauf zu werfen. Als sie in der Wanne lag und Angst hatte, vor Müdigkeit einzuschlafen, angelte sie nach dem Blatt in ihrer Jackentasche. Das Fax war von Kranz. Der Text lautete:

> Ich werde dich atemlos machen wie ein
> Schneesturm.
> Unsere Lustbarkeiten
> sollen dich langsam betäuben. Die Sinne
> werden dir schwinden wie auf der Schaukel.
> Mit völlig in Unordnung geratenen Strähnen
> werd ich dich binden, wenn du es verlangst.
> Du wirst betrunken und fröhlich
> wie nach jungem Bauernwein.
> Kranz.

In der Nacht stand sie am Rand einer Kiesgrube von ungeheuren Ausmaßen, einer Kiesgrube, die einem Krater ähnlich sah. Eine eigenartige Dämmerung umgab sie, in der bestimmte Bereiche oder Gegenstände beleuchtet wurden, während andere in der Dunkelheit verschwanden oder nur noch schattenhaft erkennbar waren. Das Licht auf den beschienenen Zonen war gelb. Sie konnte den Boden des Kraters nicht erkennen. Er lag im Dunkeln. Die Wände der Grube oder des Kraters waren an einigen Stellen hell, so dass sie den Sand deutlich sehen konnte, aus dem sie bestanden. Sie wusste, dass er unter ihren Füßen wegbrechen und sie in den rieselnden Sand rutschen würde. Dort, an den Sandwänden, gab es keinen Halt. Sie würde versinken, SO, WIE UNZÄHLIGE VOR IHR VERSUNKEN WAREN.

Sie blieb eine Weile liegen, um über den merkwürdigen Satz nachzudenken, den sie in deutlichen Buchstaben vor sich gesehen hatte, bevor sie aufgewacht war. Es gab verschiedene Möglichkeiten, den Satz zu interpretieren. Keine davon gefiel ihr.

Das Läuten des Telefons unterbrach ihre Grübeleien. Sie erkannte die Stimme von Charlie und wurde sofort aufmerksam.

Er möchte, dass Sie ihn besuchen, sagte Charlie. Es wäre mir Recht, wenn Sie das noch heute machen könnten. Ich hab gleich Dienst und kann mich nicht um ihn kümmern.

Wie geht es ihm?, fragte Bella.

Charlie ließ sich Zeit mit einer Antwort. Bella wartete geduldig. Dann war Charlie soweit, ihre Aggressionen beiseite lassen zu können.

Es geht ihm nicht gut, sagte sie. Die Ärzte sagen, wenn seine Gesundheit nicht so ruiniert gewesen wäre, hätte er die Sache mit links wegstecken können. Sie werden ihn wieder gesund machen, aber eben nur, soweit das überhaupt noch möglich ist. Und er wird eine ganze Weile brauchen, bis er wieder einigermaßen fit ist.

Ich meinte, psychisch, wie es ihm psychisch geht, sagte Bella.

Psychisch, psychisch, sagte Charlie. Wie soll's ihm denn gehen, bitte schön? Ich weiß nicht, ob er überhaupt eine Psyche hat. Eine Weile blieb es still. Dann sagte Charlie: Entschuldigung. Können Sie denn nun nach ihm sehen?

Ich kann in einer Stunde dort sein, antwortete Bella. Ich wäre sowieso heute zu ihm gegangen. In welches Krankenhaus hat man ihn denn eigentlich gebracht?

Sie ließ sich von Charlie das Krankenhaus und die Zimmernummer geben und legte auf. Mario kam mit dem Frühstück, aber sie trank nur eine Tasse Kaffee, bevor sie sich zu Brunner auf den Weg machte. Sie hatte tatsächlich vorgehabt, ihn zu besuchen, und sie hoffte inständig, dass er in der Lage sein würde, ihr die Frage zu beantworten, die sie umtrieb.

Das Krankenhaus war schon jetzt ein deutliches Beispiel für die Industrialisierung des Gesundheitswesens, sowohl, was die Menge der Patienten als auch den mechanisierten Ablauf der Behandlung betraf. Dass der neue Senat darauf drängte, es an ein Privatunternehmen zu verkaufen, ließ darauf schließen, dass es hier trotzdem noch ungeahnte Profitmöglichkeiten gab. Bella nahm den Fahrstuhl in den neunten Stock.

Verstehen Sie das, sagte eine ältere Frau, die mit ihr den Fahrstuhl benutzte. Als ich ihn hergebracht habe, war er ganz in Ordnung. Er sollte nur auf eine andere Dosis eingestellt werden. Mein Mann hat nämlich Parkinson, aber es ist ihm eigentlich ganz gut gegangen. Sie haben ja heute schon Medikamente für alles. Und jetzt ist er seit vier Tagen hier und er redet nur noch wirres Zeug. Er weiß nicht mal, wo er ist. Die Schwester hat mir gesagt, gestern, nein, vorgestern, haben sie ihn unten auf dem Parkplatz gefunden. Er war einfach im Schlafanzug rausgegangen. Ich verstehe das nicht. Als ich ihn hergebracht habe, ging es ihm gut. Ich hab so Angst, dass er mich nicht mehr erkennt.

Er wird Sie bestimmt erkennen, sagte Bella, nehmen Sie ihn einfach in den Arm. Er wird sich erinnern.

Sie kam sich blöd vor und war froh, als die Frau im achten Stock ausstieg. Der Gang, den sie betrat, war sehr lang und sehr weiß. In regelmäßigen Abständen waren rechts und links Türen eingelassen. Die Vorstellung, dass Roboter mit Essentabletts über den Gang rollten, die Türen sich automatisch vor ihnen öffneten und sich wieder schlossen, nachdem sie an den Betten das Essen abgestellt hatten, drängte sich ihr auf. Brunners Zimmer lag ganz am Ende des Ganges. Vor der Tür saß ein Polizist in Zivil auf einem Stuhl und las Zeitung. Er sah auf, als Bella näher kam, machte aber keine Anstalten sie an irgendetwas zu hindern. Sie beachtete ihn nicht, klopfte und trat leise ein und hatte Zeit, ihren Freund anzusehen. Er sah besser aus, als sie nach Charlies Reden angenommen hatte. Aber sein Atem war flach und obwohl er zu schlafen schien, wirkte er unruhig. Sie hätte gern gewusst, wo er in seinen Träumen war.

Bella zog einen Stuhl heran und setzte sich neben Brunners Bett. Er erwachte von dem Geräusch, das die Stuhlbeine auf dem Linoleum gemacht hatten.

Hallo, sagte Bella. Das Personal hat gewechselt. Wie geht es dir, mein Lieber?

Bella, sagte Brunner.

Seine Stimme war sehr leise. Das Sprechen strengte ihn an. Aber er schob eine Hand über die Bettdecke, um sie zu begrüßen. Bella nahm die Hand und drückte sie. Die Haut fühlte sich heiß an und trocken und knöchern.

Du musst gar nicht reden, sagte sie. Lass mich einfach eine Weile hier sitzen. Schlaf ruhig wieder ein. Ich bleibe hier.

Deswegen bist du nicht gekommen, sagte Brunner.

Er sprach mit Anstrengung, aber ganz selbstverständlich. Sie hatte keinen Grund, sich schuldig zu fühlen, deshalb tat sie es auch nicht. Beide schwiegen. Das leere Bett am Fenster war weiß bezogen. Sonne schien darauf und Bella spürte, während sie auf die weiße Bettdecke sah, wie eine große Müdigkeit in ihre Glieder kroch.

Frag mich, sagte Brunner. Ich bin ganz gut beieinander.

Sie stand auf, um ihren Stuhl näher zu seinem Kopf zu bringen. Vielleicht war der Auftrag des Mannes vor der Tür nicht darauf beschränkt, Brunner zu bewachen.

Wer waren die Leute, die dich besucht haben?

Hast du sie gekannt? Was wollten sie wirklich? Waren das Kauls Leute?

Brunner schüttelte den Kopf. Er sah Bella an und dann fragend auf die Tür. Bella nickte.

Ich weiß nicht, sagte er. Ich hab einen von denen erkannt. Es waren drei. Ich kann mich auch täuschen. Sicherheitsdienst, Grotjahn, Personen- und Gebäudeschutz, so ähnlich. Sie haben nicht nach den Papieren gefragt, nicht gleich. Irgendjemand muss ihnen gesagt haben, dass ich etwas mitgenommen habe. Ich hätte es ihnen gesagt. Wenn ich gewusst hätte, was sie wollten. Wenn sie mich gleich gefragt hätten.

Er schwieg. Das Sprechen hatte ihn angestrengt und es war unklar, was seine Worte bedeuteten. Aber es war deutlich, dass er noch etwas sagen wollte. Bella berührte seine Hand und wartete.

Ich hätte es ihnen gesagt, flüsterte Brunner, aber dann kam Charlie. Sie hat gerufen. Sie ging zuerst in ihre Wohnung. Sie rief: »Ist jemand da? Ich hab Kuchen mitgebracht.« Da sind sie abgehauen. Die kommen wieder.

Es war keine gute Idee, die Papiere in Charlies Wohnung zu bringen, dachte Bella.

Was ist mit den Papieren, fragte sie. Was ist daran so wichtig.

Ich weiß es nicht, antwortete Brunner. Ich hab nur so eine Ahnung. Nimm das Zeug weg. Es soll nicht bei Marie in der Wohnung liegen.

Ja, sagte Bella, schon erledigt. Schlaf jetzt erst einmal. Ich bleib hier sitzen und pass auf dich auf.

Brunners Gesicht verzog sich zu einem winzigen Lächeln. Er wirkte nun ruhiger als vorher.

Bella nahm den Gedichtband aus der Jackentasche, den sie unterwegs gekauft hatte, und blätterte darin herum. Sie fand, dass sie Brunner etwas vorlesen sollte, aber es war nicht einfach, die richtigen Verse zu finden. Alexander Bloks »Ich werde dich atemlos machen« hätte sie auswendig gekonnt, aber es schien ihr nicht angebracht.

Denn was täte ich,
wenn die Jäger nicht wären, meine Träume,
die am Morgen
auf der Rückseite der Gebirge
niedersteigen, im Schatten.

Sie sprach leise, wie zu sich selbst. Brunner hatte sie trotzdem verstanden. Sie sah auf sein angespanntes Gesicht. Plötzlich, und sie wusste nicht, weshalb, kam ihr Roosbach in den Sinn. Sie hatte seit vielen Jahren nicht mehr an das Dorf gedacht.

So sind denn unsere Häuser
verbrennet als die Reiser …

Brunner wollte sprechen. Sie beugte sich über ihn.

Marie, sagte er, wo ist Marie. Sie soll weg. Bring sie weg. Schnell.

Weshalb?, fragte sie. Was ist mit Marie?

Schnell, flüsterte Brunner.

Seine Hände waren nun wieder unruhig. Es war, als suchten sie auf der Bettdecke nach einem Halt. Bella versuchte, eine Hand in die ihre zu nehmen, aber Brunner entzog sich ihr beinahe unwillig. Er hatte die Augen geschlossen. Sie wusste nicht, ob er noch bei Bewusstsein war. Sie stand auf und ging auf den Gang hinaus. Er war immer noch leer und sehr hell. Der Mann auf dem Stuhl vor der Tür sah sie an. Sein Gesicht war ohne jeden Ausdruck.

Wo ist hier das Schwesternzimmer, sagte Bella.

Er zeigte mit der Hand den Gang entlang, ohne dass der Ausdruck in seinem Gesicht sich änderte. Bella lief in die Richtung, die er gezeigt hatte. Sie spürte seine Augen in ihrem Rücken. Im Stationszimmer saßen zwei junge Mädchen.

Ich weiß nicht, wie du das aushältst, sagte die eine, als Bella den Raum betrat.

Ich glaube, es wäre gut, wenn Sie nach dem Patienten von 918 sehen würden, sagte sie. Er sieht ein bisschen merkwürdig aus.

Die, die gesprochen hatte, stand sehr schnell auf und ging hinaus.

Brunner, sagte Bella. Wie steht es um ihn?

Sind Sie eine Verwandte?

Die junge Frau hatte braune, runde Augen, mit denen sie versuchte, Bella einen strengen Blick zuzuwerfen. Eigentlich sah sie so aus, als würde sie lieber kichern.

Ich bin die Schwester, sagte Bella. Meine Nichte, Marie, ist sie schon bei ihm gewesen?

Nein, nur seine Frau war hier. Die inneren Verletzungen machen ihm zu schaffen. Aber der Doktor meint, wir kriegen ihn wieder hin. Ein Wunder, bei dem Zustand, fügte sie altklug hinzu,

Danke, sagte Bella. Ich komm wieder vorbei. Sagen Sie ihm das, bitte, wenn er wach wird.

Weshalb Roosbach, dachte sie, während sie mit

dem Fahrstuhl nach unten fuhr. Vielleicht hatte es mit dem Gedicht zu tun gehabt, dass ihr Roosbach eingefallen war. Im Foyer des Krankenhauses ging es zu wie auf einem Jahrmarkt. Männer und Frauen in Schlafanzügen und Bademänteln liefen herum zwischen Besuchern in Straßenkleidern, die genormte Blumensträuße in der Hand hielten. Auch der Ausdruck auf den Gesichtern schien genormt zu sein: Ernst bei den Besuchern, Angst bei den Besuchten waren die vorherrschenden Varianten. Bella atmete auf, als sie das Gedränge verlassen hatte.

Während sie Brunners Wohnviertel ansteuerte, dachte sie wieder an Roosbach. Sie glaubte nicht an Zufälle. Wenn ihr das Dorf eingefallen war, dann musste es einen Grund dafür geben. Vielleicht sollte sie hinfahren? Verrückte Idee. Sie wollte Marie sprechen, das war jetzt das Wichtigste. Vor Brunners Haus gab es keinen Parkplatz. Von dem, den sie schließlich fand, brauchte sie zehn Minuten, um zurückzugehen. Sie klingelte und wartete, aber niemand öffnete die Haustür. Sie versuchte es auch bei Charlie, aber auch dort öffnete niemand. Und nun? Zurück ins Hotel und auf den Anruf von Hannah warten, die nicht anrufen würde?

Ganz ruhig, Bella, nun denk mal gut nach. Brunner ist im Krankenhaus und gut versorgt. Marie wird in der Uni sein oder irgendwo, wo junge Leute eben sind. Aber sie schläft hier und wird zurückkommen. Weshalb fährst du nicht nach Roosbach? Du wirst durch das Dorf gehen, in der Kneipe einen Kaffee trinken, einen langen Feldweg entlangmarschieren und irgendwann wird dir einfallen, weshalb du unbedingt dorthin fahren musstest. Also, los. Vertrau dir!

Auf dem Weg in das Dorf dachte sie an die Geschichte, die damals, vor vielen Jahren, passiert war und die der Grund dafür gewesen war, dass sie ihren Beruf und auch ihr Ferienhaus in Roosbach aufgegeben hatte. Da war eine Frau, die vergewaltigt worden war; eine Art Dorf-Jux, eine üble Geschichte. Die Frau hatte sich gerächt. Sie hatte die Täter umgebracht. War nicht auch eine Frau bei den Tätern gewesen? Bella versuchte, sich zu erinnern. Es fiel ihr schwer, sich die Einzelheiten des Falles ins Gedächtnis zurückzurufen. Aber sie wusste, dass sie die Mörderin nicht festgesetzt hatte. Dafür hatte sie ihren Beruf aufgegeben. Tat es ihr Leid?

Nicht ein einziges Mal, seit damals, sagte sie laut vor sich hin. Sie schaltete das Radio ein, hörte einen Augenblick der krächzenden Stimme des Außenministers zu und schaltete wieder aus. Sie verstand nicht, wie jemand, der mit so vielen Worten so wenig zu sagen hatte, in der Öffentlichkeit eine Rolle spielen konnte. Es sei denn, das, was den Leuten als Politik verkauft wurde, hatte in Wirklichkeit gar keine Bedeutung. Politik war vielleicht nur noch eine Art Spiel, mit dem die Menschen unterhalten werden mussten zwischen den Gelegenheiten, zu denen sie ihre Stimmen abgeben durften. Und irgendwo, nein, nicht irgendwo, sondern an zuvor bekannt gegebenen Orten wurde Krieg geführt, aber niemand war darüber informiert, was dort wirklich geschah. Eine Stadt verdiente an der Produktion von Mordwaffen, ohne dass irgendjemand ein Wort darüber verlor. Diese Stadt verkaufte ihre

Krankenhäuser und Altersheime an Unternehmen, die gezwungen waren, bei Strafe ihres Untergangs, ihre Gewinnmöglichkeiten zu erweitern. Alle würden zusehen, wie das auf dem Rücken von Alten und Kranken geschah. Heil dir, heil dir, Hammonia, schmetterte sie.

Und wollen welche frech noch sein,
so sperrn wir sie in Knäste ein.
Davon bau'n wir 'ne Menge
und herrscht darin auch Enge,
ein Bett, ein Stuhl, ein Scheißklosett,
mehr braucht man nicht,
sonst wird's zu nett.
Und wer da hat gelogen,
er hätte keine Drogen,
dem gibt ganz schnell ein Mittel
ein Arzt im weißen Kittel.
Und geht beim Kotzen einer drauf,
das ist nun mal der Welten Lauf,
wo gehobelt wird, wo gehobelt wird,
da fällt ein schwarzer Span.

Sie hielt einen Augenblick inne und öffnete die Autofenster, bevor sie weiter sang.

Seht euch die Stadt genauer an,
der Bürgermeister, welch ein Mann,
er holt ins Kabinette,
nicht was ihr denkt, nicht was ihr denkt,
nein, lauter wirklich nette …

Bella blieb die Puste weg, weil sie lachen musste.

Es war eine merkwürdige Art des Lachens, irgendetwas stimmte nicht daran, irgendetwas war schief oder krumm oder traurig.

Sie dachte plötzlich an Ruth, die zu ihr gekommen war und Hilfe gesucht hatte. Ruth war tot. Die Frau aus dem Dorf, in das sie fuhr, hatte drei Menschen getötet, und sie hatte sie laufen lassen. Auch Beyer war tot, den sie in Roosbach geliebt hatte.

Es führt nun mal zum Tode
des Lebens ganzer Sinn.
Wer heute nicht marode,
ist morgen trotzdem hin.
Drum lass den Lenz dich grüßen
und lach ihn fröhlich an.
Wer's Leben will genießen,
liebt auch den Knochenmann.

Sie fuhr langsam durch das Dorf. Es lag da, als sei es unbewohnt. Das Haus, ihr Haus, schien leer zu sein. Sie stellte den Wagen an den Straßenrand und ging zu Fuß weiter. Vor und hinter der Mauer, die das Grundstück umgab, standen Gras und Brennnesseln so hoch, dass die Mauer beinahe verdeckt war. Vor der Einfahrt lag ein umgestürzter Baumstamm. Die Gartenpforte stand halb offen. Sie hing schief in den Angeln, fast verdeckt vom hohen Gras. Das Haus der Schwestern, die ihre Nachbarinnen gewesen waren und eine von ihnen eine Mörderin, hatte blank geputzte Scheiben und war umgeben von einem sorgfältig angelegten Gemüsegarten. Salatpflanzen waren aufmarschiert. Sogar von der Straße her waren die Haufen von Schneckenkorn zu erkennen, die um die Pflanzen herum gestreut worden waren. Da lagen Nacktschnecken, in Auflösung begriffen, und leere Schneckenhäuser hatten sich angesammelt. Auch in diesem Haus und in diesem Garten schien es keine Menschen zu geben. Bella ging weiter, ein Stück die Landstraße entlang, um die Kneipe aufzusuchen. Kein Laut, nur das Kollern eines fetten Truthahns war zu hören. Der Truthahn stand am Zaun des letzten Hauses. Anscheinend war er darüber erschrocken, dass außer ihm noch ein anderes Lebewesen die Welt bevölkerte.

Die Kneipe war geschlossen. Die hölzernen Blumenkästen vor den Fenstern waren leer. Neben der Eingangstür hing ein flacher Kasten mit den Resten einer Speisekarte. Bella dachte an Bauernfrühstück und Aquavit. Auch in der Wohnung über der Gaststube schien niemand mehr zu leben. Die Fensterscheiben waren verdreckt. Vor dem mittleren hing eine halb heruntergelassene Jalousie. Sie hing schief.

Langsam ging sie zurück. Sie wusste, dass es am anderen Ende des Dorfes ein zweites Gasthaus gegeben hatte. Sie wollte dort hingehen und etwas essen. Noch einmal sah sie zum Giebel hinüber, als sie an ihrem Haus vorbeikam. Die Inschrift, die ihr von Anfang an so gut gefallen hatte, war verwaschen und kaum noch lesbar. »Verbrennet als die Reiser« war alles, was sie noch erkennen konnte. Sie entschloss sich, ins Auto zu steigen und vor dem Gasthaus zu parken. Der Weg durch das Dorf war sinnlos. Was hatte sie überhaupt hier gesucht?

Das Gasthaus sah aus, als sei es in Betrieb. Sie stieg aus und ging über die Straße. Die Eingangstür, gestrichen in dunkelgrün und rot, war geschlossen. Auf dem rechten Türflügel war ein Schild befestigt.

> Unser Restaurant ist von
> 18.00 Uhr bis 24.00 Uhr
> geöffnet. Montags haben wir
> geschlossen.
> Wenn Sie uns besuchen wollen,
> bestellen Sie,
> bitte, vorher telefonisch einen Tisch.

Darunter standen eine Telefonnummer und die Namen eines Mannes und einer Frau.

Bella wandte sich ab und ging über die Straße zurück zu ihrem Auto. Auf dem hellgrauen Asphalt lag der winzige Körper einer toten Spitzmaus. Er war platt gefahren. Fliegen saßen darauf.

Ich hätte nicht hierher fahren sollen, dachte sie.

Die Fliegen auf der toten Maus schienen ihr aus irgendeinem Grund ein Symbol für den misslungenen Versuch zu sein, Erinnerung wieder zu beleben. Sie stieg ins Auto und fuhr zurück. Es gab auch jetzt eine Reihe von Gründen, die Anlass zum Singen hätten sein können. Einen Grund dafür gab es eigentlich immer, unabhängig davon, ob das Lied einen traurigen oder einen fröhlichen Inhalt hatte. Sie wusste nicht, weshalb sie auf der Rückfahrt keine Lust zum Singen hatte. Warum war sie in dies verdammte Dorf gekommen? Es musste einen Grund geben, etwas, das mit der Geschichte zu tun hatte, in die sie verwickelt war.

In die du dich verwickelt hast, dachte sie, in die du dich ohne Not hast verwickeln lassen.

Sie verstand den Grund ganz plötzlich. Er wurde ihr bewusst, während sie die Elbbrücken erreichte und ihr Blick im Vorüberfahren zufällig auf das Hammonia-Wappen fiel, das an einem Pfeiler zur Begrüßung der Besucher der Stadt angebracht worden war. Plötzlich entstand vor ihren Augen ein Bild. Sie sah ein Zeitungsfoto, das den Innensenator in Begleitung zweier seiner Bodyguards zeigte. Als sie diese beiden zum ersten Mal gesehen hatte, waren sie zwölf Jahre jünger gewesen. Sie waren mit einem teuren Auto in Roosbach eingefahren. Auf dem Rücksitz hatten zwei sehr blasse, sehr schöne, sehr junge Mädchen gesessen. Sie waren nicht ausgestiegen, während das Auto vor der Keipe stand. Die beiden Zuhälter hatten sich mit dem Kneipenwirt unterhalten und versucht, ihn für ein Bordellprojekt in einem der leer stehenden Höfe zu begeistern, als sie dazugekommen war. Ein paar Männer aus dem Dorf hatten mit leuchtenden Augen dem Gespräch zugehört. Sie war dann gegangen. Irgendetwas hatte sie laut gesagt, als sie die Kneipe verließ. Was war das gewesen? Richtig: Hier stinkt's nach Loddel oder so ähnlich. Aus dem Bordell im Dorf war anscheinend nichts geworden. Die beiden Zuhälter hatten trotzdem Karriere gemacht. Sie gehörten zum Sicherheitsdienst Grotjahn. So hatte es jedenfalls unter dem Foto gestanden.

Es klingelt an der Tür und Marie geht, um zu öffnen. Vor der Tür steht Natalja. Trotz der Dämmerung, die in dem Bunker geherrscht hatte, und obwohl Natalja nicht viel gesagt hatte, erkennt Marie sie sofort.

Kann ich reinkommen?

Komm rein, sagt Marie. Ich arbeite ein bisschen. Aber eine Pause kann überhaupt nicht schaden. Was tust du eigentlich den ganzen Tag? Studierst du in Hamburg?

Im Augenblick nicht, sagt Natalja, während sie Marie in die Küche folgt. Das glauben zwar meine Eltern, aber ich hab Schwierigkeiten, mich zu konzentrieren.

Sie schicken dir Geld, ja?

Natalja antwortete nicht. Sie nickt nur und sieht sich in der Küche um.

Die Tür da, wohin führt sie?

Dahinter ist nur eine Besenkammer, sagt Marie. Suchst du einen Schlafplatz?

Die Frage soll lustig klingen, aber während Marie sie ausspricht, wird ihr klar, dass Natalja sie auch ernst nehmen könnte.

Trinkst du Tee, fragt sie und sieht Natalja aufmerksam an.

Ja, antwortet Natalja.

Marie überlegt, ob damit der Tee oder der Schlafplatz gemeint sein soll.

Beides, vermutlich, denkt sie und setzt Wasser auf, hantiert mit Teekanne und Teesieb, stellt Tassen und Zucker auf den Küchentisch. Natalja hat die Tür zur Besenkammer geöffnet, einen Blick hinein geworfen und die Tür wieder geschlossen.

Nun sitzt sie am Tisch und sieht Marie zu. Marie blickt zu ihr hinüber.

Was für schöne Haare du hast, sagt sie.

Natalja antwortet nicht. Sie trägt die Haare zu Zöpfen geflochten, in zwei dunklen Strängen, die vorn über ihre Schultern hängen. Marie wendet sich ab, um den Tee aufzugießen. In der Küche riecht es ein wenig nach Vanille.

Ich hab noch mal nachgedacht über das, was du neulich gesagt hast, sagt Natalja. Ich glaube, dass du Recht hast. Ein Zeichen setzen ist gut, wenn die Hoffnung besteht, dass das Zeichen verstanden wird.

Habt ihr noch einmal darüber gesprochen?, fragt Marie.

Nein, sagt Natalja. Wir treffen uns nachher. Wir müssen ja vorsichtig sein.

Marie schenkt den Tee ein. Sie setzt sich und sieht Natalja an.

Hast du Angst?, fragt sie.

Natalja antwortet nicht sofort. Ihre Finger spielen mit den offenen Enden der Zöpfe. Marie fällt auf, dass Nataljas Sweatshirt die gleiche dunkelbraune Farbe hat, wie ihre Haare.

Wenn ich Angst habe, dann hab ich keinen Hunger, sagt sie endlich. Und außerdem, wenn ich Angst habe, dann sieht die Welt, ich meine, die Umgebung, in der ich mich gerade befinde, anders aus, dunkler. Kennst du das auch? Ich meine nicht, dass ich dann in einer dunklen Stimmung bin. Ich meine das ganz konkret. Alle Farben sind dunkler.

Komisch, sagt Marie, kenn ich überhaupt nicht.

Ich glaube, das hat mal wieder mit meiner Großmutter zu tun. Ist ja auch egal. Jetzt jedenfalls hab ich Hunger und die Farben sind auch ganz normal. Ich hab keine Angst. Es ist einfach nur sinnlos, was wir vorhaben.

Rede mit ihnen, wenn ihr euch trefft. Außerdem: Es zwingt dich doch keiner, bei einer Sache mitzumachen, die du für falsch hältst.

Natalja antwortet nicht. Marie steht auf und hantiert am Brotkasten herum. Der Brotkasten ist ein altmodisches Ding mit weißer Emaille beschichtet und einem Muster in bräunlichen Tönen auf dem Deckel, das vielleicht vor fünfzig Jahren modern war.

Reicht dir ein Brot mit Butter?, fragt Marie.

Das Telefon klingelt und sie legt das Brot aus der Hand und geht in den Flur, um den Hörer abzuheben.

Wieso kommst du nicht hier her?, hört Natalja sie sagen und gleich darauf: Natalja ist hier.

Sie schweigt eine Weile, sagt gut, bis gleich und legt den Hörer auf.

Das war Pit, sagt sie, während sie Butter auf zwei Scheiben Schwarzbrot streicht, wir sollen rüber kommen. Er will uns etwas zeigen. Nimm das Brot einfach mit.

Marie hat einen Schlüssel für Charlies Wohnung, so wie Pit einen Schlüssel für die Wohnung von Brunner hat. Während Charlie allerdings von Anfang an nichts dagegen einzuwenden hatte, hat Brunner sich lange gewehrt, Pit ungehindert Zugang zu seiner Wohnung zu verschaffen. Er hielt die politischen Ansichten des Freundes seiner

Tochter für lächerlich, seine Beteiligung an Demonstrationen für die schnellste Methode, sich den eigenen Ast abzusägen, den Einfluss Pits auf Marie für gefährlich und den Aufenthalt des Jungen in seiner Wohnung im Grunde für nicht vereinbar mit seiner Stellung im Staatsdienst. Erst als er begonnen hatte, sich von seinem Job zu distanzieren, hatten seine Ansichten über Pit etwas von ihrer Ausschließlichkeit verloren. Aber er war immer noch nicht in der Lage, entspannt mit Pit umzugehen, denn der wirkliche Grund für seine Wut waren nicht Pits linksradikale Ansichten, sondern immer noch seine Eifersucht auf den Freund seiner Tochter.

In Charlies Wohnung sitzt Pit im Wohnzimmer auf einem Flickenteppich, um sich herum hat er Papiere und Fotos ausgebreitet.

Seht euch das genau an, sagt er. Habt ihr 'ne Ahnung, wem das Zeug gehört?

Marie nimmt ein paar Blätter auf und beginnt zu lesen. Zuerst liest sie still für sich.

Hört euch das an, sagt sie, hier steht: Häftlinge, die auf der Werft arbeiteten, wurden in einem Elektroaufzug nach unten gebracht. Der Aufzug hielt an, wir stiegen in einem beleuchteten, etwa drei Meter breiten und gekachelten Tunnel aus. Wir marschierten den Tunnel entlang und erreichten den nächsten Aufzug, der uns nach oben brachte. Wir befanden uns in der Stadt. Man brachte uns zu einem neu gebauten Gasschutzbunker, führte uns hinein, schloss die Türen ab. Dort blieben wir eine Weile. An uns wurde die Zuverlässigkeit dieses Gasschutzbunkers erprobt.

Sie sind durch den alten Elbtunnel gebracht worden, sagt Natalja. Das kenne ich. Wir sind dort gewesen.

Verstehst du nicht? Sie haben die Häftlingen zu Experimenten missbraucht. Die Firma, die daran beteiligt war, hieß Träger. Heißt nicht auch einer der neuen Senatoren Träger?

Hier, hört mal: Am Abend wurden alle Häftlinge unter Aufsicht der Soldaten zum Anlegeplatz gebracht. Gestorbene Häftlinge trug man in Bettdecken mit. Im Hafen standen Fähren bereit, mit denen wir weggebracht wurden. Nach einiger Zeit wurden wir an einem Anlegeplatz ausgesetzt, wo wir auf dem Boden sitzend noch eine Weile warteten. Dann hob man uns auf und führte uns in einer Kolonne eine Straße entlang. Schwach, müde stützten wir uns aufeinander, bewegten uns, schliefen im Gehen. Am Morgen brachte man uns ins KZ Neuengamme.

Marie sieht auf. Natalja ist ans Fenster gegangen und sieht auf den Hof hinaus. Pit hält ein Blatt Papier in der Hand und starrt darauf.

Es interessiert euch nicht, was ich vorlese?, fragt Marie.

Natalja antwortet nicht. Sie bleibt am Fenster stehen und sieht nach unten in den Hof, als habe sie Marie nicht gehört. Pit sieht auf.

Das hier ist komisch, sagt er. Es passt wieder nicht zu den anderen Sachen. Sieht aus wie eine Liste mit Personal- und Waffennummern. Hat dein Alter irgendetwas mit Waffeneinkauf zu tun gehabt?

Kommt mal, sagt Natalja vom Fenster her.

Sie sieht noch immer in den Hof. In ihrer Stimme ist ein Ton, der Pit und Marie alamiert.

Seht mal, die beiden da unten, eben kamen vier Männer in den Hof. Zwei sind da an der Einfahrt stehen geblieben. Zwei sind in der Hoftür verschwunden. Sie müssten gleich hier sein.

Das sind Bullen, sagt Pit.

Einen Augenblick ist es still. In die Stille hinein schrillt die Klingel an Brunners Wohnungstür.

Die wollen zur euch, flüstert Pit. Wenn keiner öffnet, klingeln die bestimmt hier. Ich hab keine Lust auf Bullen.

Er lässt sich langsam und vorsichtig, ohne ein Geräusch zu verursachen, auf dem Fußboden nieder. Marie und Natalja folgen seinem Beispiel. Sie sitzen nebeneinander und lauschen. Die Männer vor Brunners Wohnungstür sprechen miteinander. Ihre Worte sind nicht zu verstehen. Sie hören ein metallisches Geräusch, eher ein Kratzen.

Was machen die denn?, flüstert Pit. Die gehn drüben rein.

Die Stimmen sind plötzlich verschwunden. Pit will aufstehen, aber Marie hält ihn zurück. Wieder sitzen die drei und lauschen angespannt. Sie hören, dass die Männer die Wohnung wieder verlassen. Die Tür wird leise ins Schloss gezogen. Gleich darauf schrillt die Klingel an Charlies Wohnungstür.

Ach, lass, sagt eine Männerstimme gleich darauf. Den kaufen wir uns direkt.

Die drei bleiben auf dem Fußboden sitzen, bis die Schritte der Männer im Treppenhaus nicht mehr zu hören sind.

Die haben gedacht, sie könnten dich reinlegen,

sagt Pit. Sie wollten in eure Wohnung, obwohl sie genau wussten, dass dein Alter im Krankenhaus ist. Ich glaube – sein Blick fällt auf die Papiere und Fotos am Boden –, ich glaube, die suchen das hier. Ich bin dafür, dass die Sachen verschwinden.

Wo sollen wir denn damit hin?

Für so was wäre ein fahrbarer Untersatz nicht schlecht, sagt Pit. Wir könnten heute Nacht alles einladen.

Das frage ich doch gerade: Wo sollen wir damit hin, sagt Marie.

Habt ihr denn ein Auto?, fragt Natalja. Wenn ihr ein Auto habt, ist es vielleicht einfach. Wenn Hannah einverstanden ist. Bei ihren Eltern ist Platz genug. Außerdem sucht da bestimmt niemand.

Sie trifft Hannah nachher, sagt Marie. Bloß, dass sie eigentlich etwas anderes mit ihr besprechen wollte.

Sie wusste nicht, weshalb ihre Stimmung auf dem Rückweg ins Hotel immer besser geworden war. Unmöglich konnten die Zuhälter dafür verantwortlich sein, die dem Dorf erspart geblieben waren. Sie waren aufgestiegen, stärkten die Macht des Innensenators auf ganz praktische Weise und gaben der noblen Stadt ein ganz besonderes Flair. Eigentlich doch kein Grund zur Freude. Die merkwürdige Lust, die Autoscheiben herunterzulassen und so laut wie möglich selbst gedichtete Lieder zu singen, tauchte wieder auf. Sie dachte eine Weile nach, aber es fiel ihr nicht das richtige Thema ein. Kranz tauchte in ihren Gedanken auf und gleich darauf Krister. Was für ein sonderbares Leben er führte. Weshalb hatte er ihr noch immer keine Zeile vorgelesen von dem, was er schrieb; aus Schüchternheit konnte es nicht sein. Überhaupt: Sie hatte ihn seit mindestens zwei Tagen nicht gesehen.

Weil du so ein chaotisches Leben führst, Bella Block. Du bist es doch, die zu den unmöglichsten Tages- und Nachtzeiten unterwegs ist.

Etwa hundert Meter vor dem Hotel sah sie Wohlers. Er ging langsam den Bürgersteig entlang. Sie hatte den Eindruck, als warte er auf jemanden. Hannah! Bella war sofort hellwach. Wohlers brachte eine Botschaft von Hannah. Sie hatte nicht angerufen, um einer möglichen Telefonüberwachung aus dem Wege zu gehen. Bella fuhr den Wagen an der Hotelgarage vorbei und stellte ihn ein paar hundert Meter weiter an den Straßenrand. Sie blieb im Auto sitzen. Im Haus neben sich sah sie den Eingang zu einer heruntergekommenen Bar. Ein paar ausgetretene Steinstufen, Geländer, das aus gebogenen, blank gewetzten Eisenstangen bestand, auf der untersten Stufe ein in den Stein eingelassener, eiserner Fußabtreter. Die Tür zur Bar stand offen, auch der Vorhang hinter der Tür war zurückgezogen worden. In der Öffnung erschien ein etwa fünfzigjähriger Mann. Er trug ein schwarzes T-Shirt mit der Aufschrift »Hummel Hummel« und schmutzige Jeans. Sein Bauch wog mindestens fünfzig Pfund und hätte eine Stütze nötig gehabt. Der Mann sagte irgendetwas in ihre Richtung und Bella ließ das Autofenster herunter.

Komm rein, wenn du was willst. Ich mach es dir heute umsonst, sagte der Mann.

Bella schloss das Fenster. Der Mann verschwand aus der Türöffnung. Von den Wänden des Hauses löste sich ein Stück Putz und fiel auf den Bürgersteig. Vielleicht hatte drinnen jemand eine Tür zugeschlagen. Der Putz war rosa gefärbt. Neben dem Auto tauchte der Wagen von Wohlers auf. Bella öffnete ihre Tür und stieg um: Wohlers schien es eilig zu haben.

Ich hab in der Garage nachgesehen, sagte er. Als das Auto nicht da war, dachte ich, ich sollte warten.

Sie hat Ihnen gesagt, dass Sie vorsichtig sein sollen.

Ja, sagte Wohlers. Sie will Sie sprechen.

Sie allein?

Ich glaube nicht, sagte Wohlers. Sonst hätten sie wohl kaum diesen verrückten Treffpunkt vorgeschlagen. Ich soll Sie hinbringen.

Wohin?

Wir fahren bis zum Kühlhaus, sagte er. Dann geht's zu Fuß weiter.

Wohlers fuhr an. Aus den Augenwinkeln beobachtete sie den Mann auf dem Fahrersitz. Er wirkte außerordentlich gelassen, aber sie war nicht sicher, ob sie gerade den Chauffeur oder den Schauspieler zu Gesicht bekam. Sie fuhren an der Fischauktionshalle vorüber. Ein Brauereiwagen wurde gerade entladen.

Früher, dachte sie, wurden die Brauereiwagen von Pferden gezogen, und die Männer, die die Fässer in die Kneipen brachten, trugen lange Lederschürzen. Der Kutscher des Wagens blieb auf dem

Bock sitzen, während seine Kollegen die Fässer herunterrollten. Ihre Mutter Olga hatte ihr eine Geschichte erzählt von so einem Kutscher. Er war ein stolzer Mann. Er war verantwortlich für die Pferde. Die Pferde hatten eine Pracht zu sein. Der Kutscher hatte sich im Stall zwischen seinen Pferden erhängt. Niemand hatte gewusst, weshalb. Niemand, außer seiner ältesten Tochter. Ihr Kind starb gleich nach der Geburt.

Da vorn, sagte Wohlers, da werde ich anhalten. Lassen Sie uns einen Augenblick sitzen bleiben, bevor wir aussteigen. Ich hab nicht gesehen, dass uns jemand gefolgt ist, Sie?

Bella sah in den Außenspiegel. Es war ihnen kein Auto gefolgt und auch kein Kurierfahrer. Auf dem Parkplatz standen zwei Autos, die schon dort gestanden hatten, als sie gekommen waren.

Ich glaube, wir können nun aussteigen, sagte sie.

Auf dem Weg durch Oevelgönne sprachen sie nicht. Bella hatte wie immer das Gefühl, durch ein Museum zu gehen. Die niedrigen Häuser waren mit einer Sorgfalt restauriert worden, die sie aggressiv machte. Wohlers sah sich ein paar Mal um. Bella nicht. Sie versuchte, ihre Gedanken auf das bevorstehende Gespräch zu konzentrieren. Die Häuserreihe endete. Vor ihnen lag ein Stück Uferweg. Zweimal war ein Radfahrer an ihnen vorübergefahren. Eine Frau, die damit beschäftigt war, ihren Hund zu beschäftigen, warf einen Ball ins Wasser. Der Hund raste dem Ball hinterher, als ginge es um Leben oder Tod.

Ich war noch nie hier, sagte Wohlers, ich meine, noch nie in diesem Zusammenhang. Ich werde nicht mitkommen. Ich bleibe auf dem Weg und warte, bis Sie wieder da sind. Vielleicht gibt es dann noch etwas zu tun für mich. Sie gehen genau hundert Meter weiter. An der rechten Seite stehen Fliederbüsche. Achten Sie darauf, dass Sie niemand sieht, wenn Sie darin verschwinden. Das ist wichtig.

Wohlers wandte sich um und ging den Weg zurück, den sie gekommen waren. Er ging langsam und Bella glaubte, ihn vor sich hin pfeifen zu hören. Ein wenig ging er ihr auf die Nerven. Sie ging los, fand die Fliederbüsche nach hundert Metern und ging daran vorbei. Erst als sie sicher war, dass niemand sie beobachtete, verschwand sie hinter den Büschen. Die Tür, eine halb hohe Holzluke vor einem in die Uferböschung eingelassenen Gang, war nicht verschlossen. Der niedrige Gang war etwa fünf Meter lang und führte schräg nach unten. Im Gang roch es nach Moder. Am Ende des Ganges lag ein Raum, der anscheinend als Luftschutzbunker gedient hatte. Die Reste von Etagenbetten waren zu erkennen. An den Wänden zwischen den Betten waren Klapptische angebracht. Stühle gab es nicht. Decke, Wände und Fußboden waren aus gelben Klinkersteinen. Irgendjemand hatte sich mit dem Mauern große Mühe gegeben, die Einrichtung aber vernachlässigt. Der Modergeruch im Raum war kaum wahrnehmbar. Alles wirkte eingerichtet und bewohnt. Aber konnte man von Einrichtung sprechen, wenn die Möbel umgekippte Holzkisten waren, die Textilien zusammengewürfelte Wolldecken und wenn das Geschirr aus Tassen und Untertassen einer kostspieligen Rosenthal-Sammeltassen-Serie bestand.

Es gab zwei Karbidlampen. Sie produzierten gelbliches Licht und einen Geruch, der nicht in die Zeit passte und deshalb die Szene so unwirklich erscheinen ließ, wie sie in Wirklichkeit war.

Das ist sie, sagt Hannah.

Die beiden jungen Frauen, die nebeneinander auf der unteren Etage eines der Betten sitzen, sehen Bella an, ohne etwas zu sagen. Bella sieht sich nach einer Sitzgelegenheit um, schiebt mit dem Fuß eine Kiste mit der Aufschrift Murcia an die Wand neben den Gang und setzt sich.

Wir haben nichts zu verbergen, sagt Hannah.

Sie sieht zu den beiden anderen hinüber. Offensichtlich ist sie zur Wortführerin ernannt worden.

Jetzt nicht mehr, sagt Hannah. Wir ziehen hier aus.

Das erklärt alles, sagt Bella. Sie ziehen hier aus.

Besser von Anfang an, sagt eine der beiden, die bisher wie stumme Vögel auf dem Bett gehockt haben. Sie ist blond und zierlich. Ihre Stimme hat einen energischen Klang, der Bella überrascht.

Es ist mir lieber, wenn ich Fragen stelle, sagt Bella. Ich bin nicht sicher, ob ich an einer »Geschichte von Anfang an« interessiert bin. Ich nehme an, dass jemand von Ihnen in Polen war.

Elfriede, sagt Hannah.

Ich, ich bin hingefahren. Eigentlich hätte Ruth das machen sollen. Aber es hat auch so geklappt. Es war ja vorher alles besprochen. Der Sprengstoff …

Der was?, Bella schreit fast.

Der Sprengstoff war da, wie sie gesagt hat.

Elfriedes Stimme bleibt unaufgeregt. Nur daran,

dass sie die Hand der kleinen Dunklen nimmt, die neben ihr sitzt, erkennt Bella eine gewisse Gemütsbewegung.

Die Leute, bei denen ich war, sind die Großeltern von Ruth. Ihr Großvater hat irgendetwas mit der polnischen Armee zu tun gehabt. Seinen Bruder haben sie auf der Werft umgebracht. Er hat sich tot gearbeitet.

Und dieser Großvater gibt Ihnen Sprengstoff? Einfach so?

Ja, antwortet Elfriede, einfach so. Wir haben der Werft eine Warnung geschickt. Sie sollten damit aufhören, Waffen zu produzieren. Stattdessen haben sie Ruth umgebracht.

Die Sie nicht beschützt haben.

Zum ersten Mal hat die Dunkle sich zu Wort gemeldet. Auch ihre Stimme ist dunkel. Sie ist weich und angenehm.

Lass doch, Natalja, sagt Hannah. Es kommt nicht mehr drauf an.

Bella werden plötzlich ein paar Zusammenhänge klar. Sie sieht die Frauen aufmerksam an, eine nach der anderen. Kann sie sich an eines der Gesichter erinnern?

Es war ein Versehen, sagt Elfriede. Wir hatten nicht vor, Ihr Haus anzuzünden. Das Feuer sollte Ihnen nur einen Schreck einjagen. Wir haben überhaupt nicht daran gedacht, dass Sie nicht zu Hause sein könnten. Wir waren ein bisschen durcheinander wegen Ruth.

Elfriedes Stimme klingt nicht so, als seien ihre Worte als Entschuldigung gemeint. Sie erklärt nur, sonst nichts.

Ich will wissen, was Sie vorhaben! Und wenn es das ist, was ich vermute, dann werde ich Sie davon abbringen, das schwöre ich!

Die Frauen sehen sich an. Bella kann sehen, dass eine Vertrautheit zwischen ihnen ist, die nicht nur daher kommt, dass sie sich schon lange kennen. Diese Frauen haben einen gemeinsamen Plan, ein Ziel, über das sie sich einig sind, eine gemeinsame Angst, und alles zusammen wird wahrscheinlich verheerende Folgen haben.

Es ist egal, sagt Elfriede. Sie kann uns nicht mehr hindern. Wenn sie das vorhat, setzen wir sie hier fest. Wenn nicht, ist es vielleicht ganz nützlich, jemanden zu haben, der hinterher Erklärungen abgibt. Wir werden dazu nicht in der Lage sein.

Ich, sagt Natalja, ich könnte das machen. Ich komme nicht mit.

Hör damit auf. Das hatten wir schon. Und selbst wenn du nicht mitmachst: Was glaubst du, werden sie hinterher mit dir machen? Dich um Interviews bitten? Denk an Ruth.

Hannahs Stimme ist laut. Sie klingt hart und entschlossen und Natalja schweigt.

Wir haben festgestellt, sagt Elfriede, dass es für das Elend der Welt eine Ursache gibt. Vielleicht gibt es mehrere, aber es gibt eine, die entscheidend ist, und das ist Krieg. Wir glauben nicht, dass es der Zufall war, der uns zusammengeführt hat. Es war notwendig, dass wir zusammenkamen, um unsere individuellen Geschichten zusammenzufügen und daraus zu lernen. Da haben wir getan. Das Ergebnis unserer Überlegungen ist, dass es nichts Wichtigeres gibt, als Kriege zu verhindern. Deutschland führt wieder Kriege und verkauft Rüstung in die ganze Welt. Da drüben auf der Werft wird Tod und Hunger und Elend produziert. Das werden wir ändern.

Ihr seid verrückt, sagt Bella.

Ihre Stimme ist atemlos und in ihrem Magen entsteht ein Gefühl von Übelkeit.

Wir haben die da drüben gewarnt. Wir lassen uns nicht abschrecken. Die wissen, dass wir ein Recht haben, im Grunde wissen die das. Aber denen geht es nur um Profit. Sie gehen über Leichen.

Und deshalb wollt ihr ebenfalls über Leichen gehen?

Wir haben die gewarnt, wiederholt Elfriede. Vielleicht wissen Sie überhaupt nicht, was da alles produziert wird? Vielleicht glauben Sie ja das Märchen, das da am Dock 10 erzählt wird? Überseedampfer, Passagierschiffe, die große, weite Welt, Hamburg – Stadt der Seefahrer, Störtebecker, auf den Weltmeeren zur Hause? Klar, aber mit U-Booten! Mit Panzern. Mit Kanonen.

Hören Sie mir zu, sagt Bella. Es ist nicht nötig, dass Sie mir erzählen, die Werft sei ein Rüstungsbetrieb. Es ist nicht einmal nötig, dass Sie den Hamburgern davon erzählen. Ich glaube nämlich, dass die davon wissen. Hamburg verdient mit Rüstung und die Leute wissen das. Es scheint ihnen recht zu sein. Anstatt in diesem Bunker zu sitzen, sollten Sie lieber sonntags am Hafen spazieren gehen. Da können Sie die Leute sehen, die ihren Kindern stolz die Werft zeigen.

Es sind nicht alle so, sagt Hannah. Wir nicht, wir sind nicht stolz auf das, was da geschieht.

Bella spürt, dass sie beginnt, die Geduld zu verlieren.

Alles, was mich interessiert, ist, dass ich keine Lust habe, zuzusehen, wie Sie sich umbringen. Und dabei vielleicht noch andere Menschenleben gefährden. Auf der Werft arbeiten Menschen. Ist Ihnen das klar? Was wollen Sie tun, um die vor Ihrem Plan zu schützen?

Das haben wir genau überlegt. Auf dem Schiff wird nachts nicht gearbeitet.

Und wie kommen Sie auf das Werftgelände? Da drüben auf der anderen Seite gibt es ganz sicher nicht nur den Werkschutz. Das ist ein Rüstungsbetrieb und das bedeutet: Bundesgrenzschutz, BKA, MAD, Verfassungsschutz. Sie haben es mit einem Hochsicherheitsbereich zu tun.

Wir haben einen Weg nach drüben, den die nicht kennen.

Ihre Freundin Ruth ist nicht mal auf die andere Seite gekommen. Hat sie den Weg nicht gekannt?

Einen Augenblick ist es still.

Wann soll es losgehen?, fragt Bella.

Morgen früh um fünf, antwortet Hannah. Wir verlassen diesen Bunker heute Abend. Vom neuen Quartier gibt es einen direkten Weg auf das Werftgelände.

Hören Sie, ich mache Ihnen einen Vorschlag. Ich habe Kontakte, die ich nutzen kann. Ich kann versuchen, die Werftleitung oder den Senat dazu zu bringen, mit Ihnen zu sprechen. Ich kann versuchen, eine Lösung zu finden, die vielleicht eine Perspektive hat. Manchmal ist es besser, man verhandelt, statt zu drohen.

Was rede ich für einen Unsinn, denkt sie bei sich.

Wir brauchen ein Zeichen, sagt Elfriede. Woher sollen wir wissen, ob Sie tatsächlich etwas erreichen? Da drüben muss sich etwas bewegen.

Sie sollen den Dampfer, der im Dock 10 liegt, rausnehmen. Das Täuschungsmanöver soll aufhören. Dafür sollen sie deutlich sichtbar Kriegsschiffe nach vorn bringen. Wir bleiben auf jeden Fall bei unserem Plan. Um fünf morgen früh sind wir drüben, wenn sich nichts bewegt hat. Danach können die die Teile des Luxusdampfers einzeln aus der Elbe fischen.

Von wo aus werden Sie vorgehen?

Wieder ist es still. Eine der Karbidlampen beginnt zu flackern und geht aus. Bella spürt Kälte und riecht nun doch Moder. Daran, dass sie ihre Umwelt wahrnimmt, stellt sie fest, dass sie wieder klar denken kann. Was für eine absurde Situation!

Sie wollen wissen, wo der Sprengstoff liegt, stimmt's? Es ist aber nicht nötig, dass Sie darüber Bescheid wissen. Sie sollen sich doch nicht unnötig gefährden. Es reicht, wenn wir sehen, dass Sie etwas erreicht haben. Wir beobachten einfach das Dock.

In Hannahs Stimme ist deutlich Spott zu hören. Bella befiehlt sich, ruhig zu bleiben.

Ich muss eine Möglichkeit haben, zwischendurch mit Ihnen Kontakt aufzunehmen, sagt sie.

Das halten wir nicht für notwendig, antwortet Elfriede. Natalja, willst du sie zum Ausgang bringen?

Nein, sagt Natalja. Sie kann allein gehen.

Hannah löst sich von der Wand. Sie wirkt schmaler und ernster als bei ihrem Gespräch in der Wohnung von Wohlers.

Wie lange ist das her, denkt Bella.

Ich bring Sie nach vorn, sagt Hannah.

Bella spürt die Blicke der Zurückbleibenden in ihrem Rücken. Sie meint sogar, Elfriedes verächtliches Lächeln zu spüren.

Unter der Kirche am Pinnasberg, sagt Hannah vor ihr mit leiser Stimme. Der Eingang ist links, von der Elbe aus gesehen. Eine kleine Straße, ich hab vergessen, wie sie heißt. Ich sag's Ihnen, weil ich Ihnen vertraue. Die anderen kennen Sie ja nicht.

Das soll entschuldigend klingen und ist so absurd, wie alles, was in der letzten halben Stunde geschehen ist. Bella antwortet nicht.

Draußen bleibt sie eine Weile hinter den Fliederbüschen stehen, um tief Atem zu holen. Die Luft ist warm und weich. Auf dem Elbweg, den sie undeutlich erkennen kann, scheint noch immer nicht viel Betrieb zu sein. Sie hört eine weibliche Stimme und sieht gleich darauf die Umrisse einer Frau, die einen Kinderwagen vor sich her schiebt. Die Frau brabbelt das Kind darin an. Sie verlässt das Gebüsch, nachdem die Stimme verklungen ist.

Absichtlich geht sie nicht gleich zur Stadt zurück, sondern schlägt die entgegengesetzte Richtung nach Blankenese ein.

Es dauert zehn Minuten, bis Wohlers ihr entgegenkommt. Er lächelt vorsichtig. Hinter seinem rechten Ohr steckt ein Jasminzweig. Für Bella bedeutet dieses Bild die Krönung des absurden Nachmittags.

Sie hätte Kranz gebraucht. Kranz, mit seinen Beziehungen, mit seinen Erfahrungen, mit den Tricks und Kenntnissen, die er angewendet hatte, um den Sicherheitsapparat des Innensenators zu beherrschen, zumindest, alle Informationen zu bekommen, die in einer solchen Situation nötig gewesen wären. Selbst Brunner, auf dem Abstellgleis, aber noch im Apparat und mit einer Menge gegen den Apparat gerichteter Energie, hätte vor ein paar Wochen noch nützlich sein können. Sie lässt sich von Wohlers in die Stadt zurückfahren, während sie die nächsten Schritte überlegt. Sie wird Wohlers nicht einweihen.

Es gibt ein paar Probleme, sagt sie, während sie aus dem Auto steigt. Ich will versuchen, die Lage zu entschärfen. Wenn es Ihnen möglich ist, bleiben Sie in den nächsten vierundzwanzig Stunden in der Nähe Ihres Telefons.

In Ordnung, antwortet Wohlers.

Er wendet das Auto, um nicht am Hotel vorbeifahren zu müssen. Vielleicht hätte sie ihn doch einweihen sollen?

Kurz bevor sie am Hotel ankommt, erwischt sie ein Taxi. Da hat sie Kauls Sicherungsgrenze schon überschritten. Den Mann, der ihr im Taxi folgt, hat sie noch nie gesehen. Vor der Innenbehörde lässt sie sich absetzen. Sie wartet, bis das zweite Taxi herangekommen und ihr Bewacher ausgestiegen ist. Er kommt auf sie zu. In seinem Gesicht kann sie Verwunderung lesen.

Ich will Ihren Chef sprechen, sagt sie, sofort.

Der Mann starrt sie an. Dann zieht er ein Handy aus der Jacke und wendet sich ab.

Es eilt, sagt Bella laut.

Der Mann wendet sich ihr zu.

Klappe, sagt er, wendet sich weg und spricht leise weiter.

Früher, denkt sie, war es einfach. Da waren die Verbrecher nichts als Verbrecher und die Polizei war – ja, was? Hat diese Stadt nicht ein ganz besonderes Polizeibataillon gehabt? Waren das keine Verbrecher? Ruhe, Bella, ausfällig werden nützt nichts.

Mitkommen, sagt der Mann endlich.

Er geht voran. Über einer dunkelbraunen Stoffhose trägt er den beigefarbenen, unauffälligen Beschattungsblouson. Er bedeckt nicht seinen Hintern. Die Hose ist zu eng. Bella kennt den Weg, den er nimmt. Er verursacht in ihr eine kleine Beklemmung, mit der sie unterwegs fertig zu werden versucht. Vor der Tür, hinter der bis vor kurzem Kranz gesessen hat, hält er an.

An die Wand, sagt er.

Es ist ihr egal, ob Kaul angeordnet hat, sie nach Waffen zu durchsuchen oder ob der Braunärschige sich ein besonderes Vergnügen auf eigene Rechnung verschaffen will.

Ich geh da jetzt rein, sagt sie. Wenn du es darauf ankommen lassen willst, kann ich deinem Chef einen Gruß ausrichten von dem Haufen Scheiße, der vor seiner Tür auf dem Boden liegt und sich krümmt.

An ihrer Wortwahl merkt sie ihre Erregung. Der Mann stiert sie an, aber er kommt nicht mehr dazu, sie daran zu hindern, die Tür zu öffnen.

Kaul hat die Möbel so stehen lassen, wie er sie

vorgefunden hat. Der Blick aus dem Fenster über die Stadt ist noch genauso schön. Sie hat keine Zeit mehr für Sentimentalitäten. Vor Kauls Schreibtisch bleibt sie stehen.

Ich weiß jetzt, worum es geht, sagt sie. Diese Frauen mögen verrückt sein, aber sie sind entschlossen, in ihrer Verrückheit einen Nerv zu treffen. Und sie meinen es ernst. Sie wollen das Schiff hochgehen lassen, das zur Reparatur oder zu Schauzwecken im Dock 10 liegt. Sie wollen, dass über die schönen Rüstungsgeschäfte geredet wird, an denen die Stadt und die Wirtschaft beteilgt sind. Sie können die Gefahren vermutlich abschätzen, die mit einem solchen Akt verbunden sind. Ganz abgesehen davon, das sich die Truppen, die eingesetzt werden, um den Nerv, oder besser: das Herz der Stadt zu schützen, Bundesgrenzschutz und Werkschutz und BKA und LKA und MAD – wozu gehören Sie eigentlich? – alle diese Truppen sich dann lächerlich gemacht haben.

Was wollen Sie?, fragt Kaul.

Er zeigt sich unbeeindruckt, aber Bella glaubt ihm nicht.

Sie haben mich benutzt, antwortet sie. Sie haben versucht, über mich an die Frauen heranzukommen. Das nehme ich Ihnen übel, Kaul. Es ist ja nicht Ihr Verdienst, dass die Leute, die Sie eingesetzt haben, zu blöd waren. Ich hab bloß keine Zeit mehr, um Ihnen zu demonstrieren, wie es ist, wenn ich etwas übel nehme. Was ich will? Ich glaube nicht, dass sich so eine Explosion begrenzen lässt. Glauben Sie mir: Ich würde mit dem allergrößten Vergnügen zusehen, wie die Fregatten für die Türkei und Taiwan, die Kriegsschiffe für Griechenland und Portugal, die Patrouillenboote für Saudi-Arabien, die Kriegsschiffe für Australien und Neuseeland und Deutschland, natürlich, wie konnte ich das vergessen; wie das alles in die Luft fliegt. Gefolgt von der »Wehrtechnik Land«, was, vielleicht, elegant klingt, in Wirklichkeit aber nichts anderes bedeutet als Panzerwannen und ähnliches Beiwerk für motorisierte Mordwerkzeuge. Die Werft ist das Herz von Hamburg. Ein todbringendes Herz, meinen Sie nicht?

Sie hält inne, um Luft zu holen. Auf dem Schreibtisch, vor dem sie steht und auf Kaul hinuntersieht, liegt ein Papier, das ihr bekannt vorkommt. Kaul nutzt den Augenblick.

Interessant, sagt er. Wenn Sie wirklich meine Meinung wissen wollen, dann sage ich Ihnen offen, dass ich Sie schon länger für einen Fall des Verfassungsschutzes gehalten habe.

Es gibt eine Möglichkeit, die Katastrophe zu verhindern, sagt Bella. Sie können ein Zeichen setzen. Lassen Sie den Luxusdampfer, der im Dock 10 liegt, entfernen. Lassen Sie, deutlich für alle sichtbar, ein paar von den Kriegsschiffen dort hinbringen. Die Frauen werden das für ein Zeichen zum Einlenken halten. Unter dieser Bedingung kann ich sie davon überzeugen, von ihrem Vorhaben abzulassen.

Sie müssen verrückt sein, antwortet Kaul, wenn Sie glauben, dass wir uns auf so etwas einlassen. Selbst wenn meine Leute Sie ein paar Mal verloren haben: Wir sind nah dran und ich garantiere Ihnen, es braucht nicht mehr lange, dann haben wir die

Bande. Und Sie gleich dazu. Sie haben sich zu weit aus dem Fenster gehängt. Sie waren zu unvorsichtig. Diesmal sind Sie dran.

Wollen Sie wirklich riskieren, dass das Schiff in die Luft fliegt?

Hör mal, sagt eine Stimme in Bellas Rücken.

Nein, denkt sie, und wendet sich um.

Sie kennt die Tür in der vertäfelten Wand, die sich geöffnet hat. Sie kennt auch die Büros, die hinter dieser Tür liegen. Wenn man den Weg zu Kaul durch die Büros nimmt, läuft man nicht Gefahr, auf den Fluren gesehen zu werden. In der Tür steht Krister.

Kaul steht auf, um zu Krister oder wie immer er auch heißen mag, hinüberzugehen. Gemeinsam verlassen sie den Raum, ohne die Tür hinter sich zu schließen. Bella greift nach dem Papier und stopft es in ihre Jackentasche. Kaul kommt schneller zurück, als sie gedacht hat.

Er ist verbrannt, jedenfalls was Sie betrifft, sagt er. Dabei hatten wir uns alles so schön ausgedacht. Er hätte Sie schon noch rumgekriegt. Aber wir brauchen Sie gar nicht mehr öffentlich zu kompromittieren. Diese Terroristen-Geschichte reicht. Dabei hatte Ihre Freundin Tulla eine so schöne Geschichte über Sie. Sie sind erledigt, Bella Block. Wenn wir's genau nehmen, sind Sie mit verbrannt. Gehen Sie und machen Sie, was Sie wollen. Wenn wir uns wiedersehen, werde ich eine Lupe brauchen.

Sie glaubt nicht, dass ihr jemand folgt, als sie das Gebäude verlässt, aber es wäre ihr auch gleichgültig. Sie hätte sich denken müssen, dass Kaul ihr jemanden auf den Hals schicken würde. Sie nimmt es sich übel, dass sie hereingefallen ist. Sie hat Kaul unterschätzt. Seine Leute mögen unfähig sein, er ist es nicht. Er hat ihre Eitelkeit richtig eingeschätzt. Sie ist mindestens zwanzig Jahre älter als Krister. Die Situation, in der er sich angeboten hat, ist besonders günstig gewesen: Kranz weg, ihr Haus verbrannt – verdammt, Bella, hör auf, dich reinzuwaschen. Du hast versagt. Und nun hast du keine Zeit mehr, aus gekränkter Eitelkeit über unwichtige Dinge nachzudenken.

Kaul hat seine Leute vom Hotel abgezogen. Sie wüsste gern, wann das gewesen ist. An der Rezeption fragt sie nach Mario. Sie erfährt, dass sein Dienst in einer Viertelstunde beginnt und lässt ihm ausrichten, er möge mit einer Flasche Champagner zu ihr kommen. Im Fahrstuhl fragt sie sich, weshalb sie Champagner bestellt hat. Sie mag keinen. Ihre Suite ist hergerichtet, als würde ein Brautpaar die Hochzeitsnacht darin verbringen wollen. Überall stehen Blumen. Es wäre nicht nötig gewesen, Champagner zu bestellen. Er steht im Kühler auf dem Tischchen zwischen den Vorhängen. Die Vorhänge sind nur wenig zurückgezogen worden. Die Sonne scheint auf den gelben Stoff. Das Licht im Zimmer ist warm und golden und verbreitet eine Atmosphäre von Ruhe und Luxus. Bella sieht es mit Bedauern. Sie hat das Gefühl, ihre Kleider hätten einen modrigen Geruch angenommen. Sie beginnt, sich umzuziehen. Einen Augenblick starrt sie auf die Sachen aus Seide und Leinen, die sie vor ein paar Tagen gekauft hat. Was hat sie eigentlich damit gewollt? Das nach Moder riechende Zeug wirft sie in die Badewanne. Sie sieht sich im Spiegel und bleibt stehen.

Das bin ich also, Bella Block, schon in den Sechzigern, immer noch einen Meter und fünfundsiebzig Zentimeter groß, immer noch mit kurzen, weissen Haaren, immer noch ansehnlich. Ziemlich allein. Hervorragend in Form. Und nur ein bisschen schlecht gelaunt.

Jemand klopft an die Zimmertür. Mario kommt herein. Er sieht sie aufmerksam an, mit genau dem aufmerksamen Blick, den ein guter Kellner haben muss. In Gedanken ist er bei seiner Frau, bei seiner Freundin, bei seinen Kindern oder in seinem Schrebergarten. Sie beschließt, ihn dort zu lassen.

Ich brauche den Champagner nicht mehr, sagt sie. Nehmen Sie ihn mit und setzen sie ihn auf meine Rechnung.

Ist alles in Ordnung?

Sie ist ihm dankbar für den besorgten Ton in seiner Stimme, auch, weil es ein professioneller Ton ist.

Danke, Mario.

Sie zögert einen Augenblick, bevor sie weiterspricht. Sonderbar, was ihr da gerade eingefallen ist.

Ich hab mal, sagt sie, einen anderen Kellner gekannt. Das war vor langer Zeit in Italien, ziemlich tief im Süden. Er war Italiener, wie Sie. Ihm gefiel nicht, dass es Frauen gab, die sich prostituierten. Er hat mit Lenin dagegen argumentiert:

Niemand ist Schuld daran, dass er als Sklave geboren wurde, aber ein Sklave, dem nicht nur alle Freiheitsbestrebungen fremd sind, sondern der seine Sklaverei auch noch rechtfertigt und beschönigt – ein solcher Sklave ist ein Lump und ein Schuft, der ein berechtigtes Gefühl der Empörung, der Verachtung und des Ekels hervorruft.

Das versteht doch heute keiner mehr, sagt Mario. Und dann noch Lenin. Wenn ich dazu etwas sagen darf …

Danke, Mario, sagt sie. Das wollte ich eigentlich nur wissen. Ich brauche Sie nicht mehr. Ich wünsche Ihnen einen schönen Tag.

Erst als Mario das Zimmer verlassen hat, fällt ihr ein, dass sie ihn nach Kauls Leuten hatte fragen wollen. Weshalb eigentlich? Es ist nicht wichtig. Kaul. Was steht auf dem Blatt, das sie von seinem Schreibtisch genommen hat? Sie zieht das Papier aus der Jackentasche und liest: E-mail von: Fa. Grotjahn. An: St. R. Kaul, Zur Weiterleitung an den Innensenator. Betr.: Schutztruppe.

Bella steckt das Papier zurück in die Jackentasche.

Sie geht zum Telefon und ruft Brunner im Krankenhaus an. Er hat offenbar geschlafen. Seine Stimme klingt aufgeschreckt.

Ach, du, sagt er, weshalb rufst du an? Komm lieber her und unterhalte einen armen Ex-Polizisten, dem man den Schnaps verboten hat. Ich brauche dringend eine Frau, die mich versteht.

Was ist mit Charlie?

Die sitzt neben mir und spuckt Gift und Galle, seit du am Telefon bist, sagt Brunner. Bis vor kurzem hat sie meinen Schlaf bewacht.

So schlecht geht es dir gar nicht, sagt Bella. Bestell Charlie eine Gruß von mir und sag ihr, sie soll dich verlassen, wenn du die Sauferei wieder anfängst.

Das macht die nie, sagt Brunner, und Bella stellt sich sein geschundenes Gesicht vor, das zu einem mühsamen Grinsen verzogen ist. Sie legt auf. Sie geht hinüber ins Schlafzimmer. Sie hat noch Zeit. Ein paar Stunden Schlaf werden ihr gut tun.

Als sie das Hotel verlässt, liegt die Straße in der Dämmerung vor ihr wie ein Weg ins Ungewisse. Niemand ist zu sehen, weder Autos noch Fußgänger sind unterwegs. Es scheint, als sei sie die Einzige, die diesen Weg benutzt.

Ihr Ziel ist der vergessene Bunker unter der Kirche. Die Straße wird sich nach etwa anderthalb Kilometern teilen. Sie wird nach links gehen und vor der Kirche ankommen. Sie wird versuchen, den Eingang zum Bunker unter der Kirche zu finden. Was dann geschieht, wird sich ergeben.

Wie schön blühende Kastanienbäume in der Dämmerung aussehen. Amseln haben am Abend einen anderen Ton. Er weist auf die kommende Nacht hin. Nur am oberen Teil der Straße stehen Kastanien. Der untere Teil führt ein wenig bergab. Im Parterre der an den Seiten stehenden, heruntergekommenen Häuser haben ein paar Spelunken ihre Fenster und Türen geöffnet. Die Nähe zur Reeperbahn ist deutlich. Über einige Türen ist vor dreißig Jahren das Wort BAR auf die Hauswand gemalt worden. Auf einer steinernen Treppe sitzt eine ältere Frau. Ihre Strümpfe sind heruntergerollt. Sie hängen über den Knöcheln. Die Keilabsätze ihrer Strohschuhe sind ausgefranst.

Gibt kein' Grund, mich rauszuschmeißen, sagt sie.

Die Frau ist betrunken. Eine Polizeistreife fährt langsam an Bella vorüber. Das Auto fährt in die Richtung, die sie eingeschlagen hat. Sie lässt den Wagen nicht aus den Augen, während sie weitergeht. Im Rücken hört sie die Stimme der Frau, die lauter geworden ist und einen jammernden Ton angenommen hat. Unwillkürlich werden ihre Schritte langsamer. Für einen Augenblick ist das Polizeiauto ihren Blicken entschwunden. Ist der Wagen ebenfalls nach links abgebogen? Aber die Straße, die sich gleich darauf ihrem Blick darbietet, ist leer. Rechts, etwa hundert Meter entfernt, sind die dunklen Umrisse der Kirche zu erkennen.

Sie wird, eine zufällige Spaziergängerin, die Kirche und den kleinen Friedhof, der sie umgibt, umkreisen und dabei die Augen offen halten. Eine Treppe führt den Erdwall hinauf, auf dem die Kirche steht. Der Friedhof ist mit Gras überwachsen. Anscheinend wird er nicht mehr genutzt. Schon nach den ersten Schritten tritt sie in Hundedreck. Sie bleibt stehen und wischt den Dreck am Gras ab. Ein paar Meter weiter führt eine Frau ihren Hund auf's Klo. Eine andere nähert sich vorsichtig. Auch sie führt einen Hund an der Leine.

Während sie zu erkennen versucht, wohin sie tritt, achtet sie nicht auf ihre Umgebung. Dann erreicht sie den Weg, der vom Eingang des Friedhofs zum Kirchenportal führt. Er ist mit Kies bestreut und im Halbdunkel noch gut zu erkennen.

Die Tür zur Kirche ist geschlossen. Die Pforte zum Friedhof steht offen. Davor, auf dem Bürgersteig, patrouillieren zwei Polizisten in Uniform. Sie haben Bella entdeckt, nehmen sie aber nicht zur Kenntnis. Solange die beiden dort auf und ab gehen und so tun, als sähen sie sie nicht, ist es unmöglich, den Eingang zum Bunker zu suchen.

Sie geht zurück zum Rand des Grasplatzes, der einmal ein Friedhof gewesen ist und nun ein Hundeklo. Sie geht die Treppe zur Straße wieder hinunter. Dort unten können die Polizisten sie nicht sehen. Sie kramt ihr Handy hervor, steckt es nach einem Augenblick der Überlegung wieder ein und sieht sich suchend um. Sie hat Glück. Eine Telefonzelle ist nicht weit entfernt. Sie ruft Marie an und beginnt zu warten.

Es kann keine halbe Stunde vergangen sein, als sie ein Auto heranrasen hört. Es hält mit quietschenden Reifen oben vor dem Friedhof. Eng an die Treppe gedrückt bleibt sie stehen und lauscht. Die Polizeisirenen, auf die sie gewartet hat, nähern sich nach fünf Minuten. Sie hört Gebrüll auf der Straße, deutlich die Stimme von Pit. Autotüren werden zugeschlagen und mit Sirenengeheul entfernt sich eine Polizeikarawane. Sie wartet noch zehn Minuten, bevor sie zum Eingang des Friedhofs zurückgeht. Es ist jetzt dunkel. Sie muss sich anstrengen, um nichts und niemanden zu übersehen. Die Polizisten sind verschwunden.

Der Gestank, der ihre entgegenschlägt als sie den Deckel zum Eingang der Höhle aufhebt und hinunterzusteigen beginnt, ist beinahe unerträglich. Er verschwindet, je tiefer sie kommt, wird aber bald von Modergeruch abgelöst. Mühsam und oft über Gerümpel stolpernd, tastet sie sich einen Gang entlang. Er scheint sehr lang zu sein. Der Gang führt steil nach unten. Mehrmals ist sie in Gefahr, hinzufallen. Sie möchte umkehren, aber es kommt ihr so vor, als sei eine Umkehr nicht möglich; als seien die Stufen hinter ihr zusammengebrochen; als gebe es keinen Halt mehr für ihre Hände, wenn sie den Weg zurück einschlüge. Sie verliert das Gefühl für Zeit.

Der Raum, in dem Hannah, Natalja und Elfriede sie erwarten, ist nichts weiter als eine erweiterte Biegung des Ganges, der bis hierher geführt hat und nun waagerecht weitergeht. Die drei stehen in gebückter Haltung an den Wänden und sehen ihr entgegen. Ihre Gesichter sind nicht erwartungsvoll, sondern eher amüsiert.

Das mit den Bullen eben war gar nicht schlecht, sagt Elfriede. Und den Rest können wir vergessen. Hab ich Recht?

Ich hatte nichts, was ich denen anbieten konnte, antwortet Bella.

Sie hätten uns anbieten können, sagt Elfriede.

Ich komme mit. Ich stell mir einfach vor, dass es mir gelingt, Sie an dem Wahnsinn zu hindern, den Sie vorhaben. Aber bevor wir uns auf den Weg machen, will ich Ihnen noch schnell sagen, was ich von Ihnen halte.

Nicht nötig, danke. Wir gehen.

Es ist Hannah, die das Kommando zum Aufbruch gegeben hat. Sie wendet sich um und alle folgen ihr; alle, bis auf eine.

Ich gehe nicht mit, sagt Natalja.

Sie bleiben noch einmal stehen und wenden sich Natalja zu. Die Taschenlampe scheint ihr von unten ins Gesicht. Sie sieht plötzlich alt aus und sehr fremd.

Ich gehe nach Hause, sagt sie. Und dann noch: mich friert.

Hannah und Elfriede gehen zu ihr und umarmen sie. Sie wenden sich ab und marschieren los. Bella sieht Natalja nach, die den Gang hinaufzuklettern beginnt.

Wie merkwürdig, derselbe Weg, für Natalja möglich, für mich nicht, überlegt sie, während sie sich beeilt, den beiden anderen in die entgegengesetzte Richtung zu folgen.

Für den Weg unter der Elbe hindurch auf die andere Seite brauchen sie nicht mehr als zehn Minuten. Niemand spricht ein Wort, bis sie am Ende angekommen sind. Elfriede nimmt ihren Rucksack ab und stellt ihn gegen die Ausgangsluke.

Sie hat den Zünder, sagt sie. Natalja hat den Zünder.

Es bleibt still. Bella fühlt eine große Erleichterung. Beinahe möchte sie lachen. Sie beobachtet die beiden anderen. Was werden sie jetzt tun? Was können sie denn jetzt noch tun?

Wir gehen einfach hier raus, sagt Elfriede irgendwann.

Sie nimmt den Rucksack vom Boden auf und hängt ihn sich wieder über die Schultern.

Das ist Wahnsinn, sagt Bella. Das Gelände da

oben ist besser bewacht als das Pentagon. Denken Sie an Ihre Freundin Ruth. Die ist nicht einmal bis ans Ufer gekommen.

Pentagon bringt mich auf eine Idee, sagt Hannah. Wir gehen. Sie können ja umkehren. Ihre Aufgabe ist doch sowieso beendet. Wir haben keinen Zünder, diesmal jedenfalls. Es wird also auch keine Bombe geben. Am besten, du lässt den Sprengstoff hier unten, Elfriede.

Bella beobachtet Elfriede, die zögernd einen Riemen des Rucksacks von der Schulter streift.

Ach, Quatsch, wozu, sagt sie schließlich. Ich nehm das Zeug mit. Wer weiß, ob wir es nicht doch noch gebrauchen können.

Sie können hier nicht einfach hinausgehen, sagt Bella. Man wird Sie festnehmen, noch bevor Sie die Nase ins Freie gesteckt haben. Sie werden den Rest Ihres Lebens in einem Hochsicherheitsgefängnis verbringen. Ihre einzige Chance ist der Weg zurück.

Lassen Sie das ruhig unsere Sorge sein. Es ist nicht nötig, dass Sie Ihr schlechtes Gewissen an uns abarbeiten. Ruth haben Sie nicht geholfen. Wir brauchen Ihre Hilfe bestimmt nicht.

Da Sie gerade von Ruth sprechen – Bella versucht, Zeit zu gewinnen –, da hätte ich noch eine Frage. Was hat sie gemeint, als sie so wütend über Semprun geredet hat?

Semprun? Keine Ahnung.

Semprun, sagt Elfriede, hat sich nicht entblödet, die Frauen, die die SS in den Lagern zur Prostitution gezwungen hat, als Huren zu bezeichnen. Er hat sie verachtet, der feine Herr. Ich nehme an, dass Ruth in dieser Frage anderer Meinung war. Komm, Hannah, lass uns gehen.

Auf dem engen Raum vor der Ausstiegsluke sind die beiden nicht weiter von Bella entfernt als zwei Meter.

Zwei Meter können auch zwei Meilen sein, denkt sie, während sie ihren Ausstieg beobachtet.

Hannah hat die Luke geöffnet, die sich merkwürdig leicht öffnen lässt; so, als sei sie schon oft benutzt worden. Sie steckt vorsichtig den Kopf hinaus. Als alles ruhig bleibt, rutscht sie langsam auf dem Bauch voran. Elfriede folgt ihr und dann Bella. Schließlich liegen sie draußen auf der Erde zwischen hohem Gras, Schuttbergen und Maulwurfshaufen.

Bella versucht, sich zu orientieren. Vorsichtig, Zentimeter für Zentimeter hebt sie den Kopf.

Wir sind nicht auf dem Werftgelände, flüstert sie. Wo sind wir hier?

Niemand antwortet ihr. Die beiden neben ihr scheinen sich auszuruhen.

Was jetzt? hört sie Hannah flüstern.

Bleib hier. Ich will sehen, wie die Lage ist, sagt Elfriede.

Verdammt, wo sind wir? Wo wollen Sie hin!?

Links liegt die Werft, sagt Hannah. Wir sind hier im Niemandsland. Rechts beginnt das Gelände der Flugzeugwerft. Seien Sie still.

Elfriede kriecht langsam, an den Boden gedrückt, davon.

Ist sie verrückt geworden? flüstert Bella.

Keine Sorge. Sie weiß, was sie tut.

Hannahs Stimme ist ruhig. Fast klingt sie belustigt.

Weshalb auch nicht, denkt Bella. Das hier ist ganz sicher die absurdeste Situation, die ich jemals erlebt habe. Leg dich auf den Rücken und sieh dir den Himmel an. Vielleicht steht in den Sternen, wie es nun weitergeht.

Elfriede ist nicht mehr zu sehen. Hannah hat den Kopf auf die Arme gelegt. Es riecht nach Brennesseln und Holunder. Der Himmel ist sehr weit weg.

Sie hätten sie beschützen müssen, flüstert Hannah.

Bella antwortet nicht gleich. Der Vorwurf ist ungerecht. Oder doch nicht? Ist sie nicht die Erfahrene, die Ältere, die Klügere? Hätte sie nicht wissen müssen, dass Angst auch frech machen kann? Hör auf, Bella. Du hast noch nie über Dinge nachgedacht, die nicht mehr zu ändern waren. Was tust du überhaupt hier. Verschwinde, bevor es zu spät ist. Weshalb gehst du nicht?

Der Himmel über dem Werftgelände ist plötzlich sehr hell.

Leuchtmunition, flüstert Hannah.

Sie liegen ins Gras gepresst und warten. Die Detonation ist furchtbar. Einen Augenblick lang sind sie verwirrt.

Wir müssen hier weg, schreit Hannah.

Sie springt auf und rennt davon, nach rechts, auf die Flugzeugwerft zu. Bella rappelt sich auf, halb betäubt, und versucht, ihr zu folgen. Irgendwann sieht sie Hannah. Hannah läuft nicht mehr panisch, sondern in gleichmäßigem Rhythmus, so, als habe sie ein Ziel, für das sie ihre Kräfte einteilen muss. Bella holt auf und läuft neben ihr.

Der Rucksack, sagt Hannah. Eine von diesen verdammten Leuchtgranaten hat den Rucksack getroffen.

Bella sieht zu ihr hinüber. Hannahs Gesicht ist ruhig. Sie hat zu sich selbst gesprochen. Sie sieht aus, als spüre sie die Tränen nicht, die über ihr Gesicht laufen. Bella versucht, neben ihr zu bleiben, so, als könnte allein ihre Anwesenheit trösten. Ihre Hand in der Jackentache zerknüllt ein Stück Papier. Wohin rennt Hannah? Der Himmel hinter ihnen ist immer noch hell. Sie meint, Sirenen zu hören. Sie sieht sich nicht um. Wohin rennt Hannah?

Bella hätte es wissen können.

Das Flugzeug ist klein, sehr klein; Bella hat nicht genug Zeit, darüber nachzudenken, ob sie kleine Flugzeuge überhaupt mag. Die Maschine rumpelt über die Startbahn und gewinnt langsam an Höhe. Das Durcheinander auf dem Werftgelände ist deutlich zu erkennen. Sie fliegen über die Elbe. Da, unter ihr, liegt die Stadt. Sie liegt da mit ihren Spitzeln und alten und neuen Gefängnissen und mit einem kleinen, schwarzen Trümmerhaufen in Elbnähe. Irgendwo da unten denkt Brunner darüber nach, ob die Papiere, die er zwischen den alten Akten gefunden hat, wirklich bezeugen, dass der Innensenator dabei ist, eine Privatarmee auszurüsten. Irgendwo trauert Charlie um ihre Liebe und lieben sich Pit und Marie in getrennten Zellen, während die Bürger der Stadt einen ruhigen Schlaf haben. Sie sind für nichts verantwortlich. Die Stadt unter ihnen wird schnell kleiner. Der Himmel ist sehr schön und sehr weit.

Ich glaub, wir haben zu wenig Benzin, sagt Hannah.

Na, und? antwortet Bella.

Die Zitate sind folgenden Büchern entnommen:

Jorge Semprun: »Was für ein schöner Sonntag«, Frankfurt 1994
Christa Wolf: »Kein Ort. Nirgends«, Berlin 1979
Alexander Blok: »Ausgewählte Werke, Gedichte, Poeme, I«, Berlin 1978
Ilse Aichinger: K. O. Conrady: »Das große deutsche Gedichtsbuch«, Frankfurt 1978